怦然心跳

多肉芒芒 著

Countless heartbeats

国文出版社
·北京·

目录 CONTENTS

- 第一章　怦然心动　　　　　001
- 第二章　攻陷沈知南计划　　033
- 第三章　被攻陷　　　　　　059
- 第四章　误会　　　　　　　077

- 第五章　很喜欢你　　　　　103
- 第六章　要平安回来　　　　163
- 第七章　你最重要　　　　　225
- 第八章　我愿意　　　　　　245

目录

- 番外篇·一　　新婚夜　　　　　　　265
- 番外篇·二　　怀孕　　　　　　　　269
- 番外篇·三　　漂亮的小公主　　　　275
- 番外篇·四　　沈倾意小朋友　　　　277

- 番外篇·五　　林岚&顾之衍1　　　281
- 番外篇·六　　林岚&顾之衍2　　　287
- 番外篇·七　　幸福多一点　　　　　293
- 后记　　多肉芝芝的碎碎念　　　　　296

第一章
怦然心动

宁城，南怡苑小区，中午十二点。

房间里，窗帘被拉上，室内光线昏暗。

床上的人无意识地掀开被子，额头上冒着汗，眼睛紧闭，嘴里嘟囔着："热。"

苏念意感觉自己的身上烧了起来，渐渐地，火开始从她身上蔓延，一瞬间点燃了整个房子。

"嘭嘭嘭——"

一阵砸门声响起，苏念意猛地惊醒。

她眼睛看着天花板，深吸了几口气。

门外的砸门声还在继续，苏念意意识回笼，她赶忙坐起身，发现自己的睡衣湿了大半。

此时房间里就像蒸笼一样，紧闭的窗户外有些许浓烟冒进来。

还没等她思考到底发生了什么，房间突然闯进来几个穿着黑色防护服、戴着空气呼吸器的消防员。

然后，一脸蒙的苏念意被带出了门，走时还不忘拿上自己的手机。

过道里烟雾还算不多，苏念意本能地去按电梯。

消防员拉住她的手臂，带着她往安全楼梯走。

到了楼下，苏念意穿着单薄的睡衣站在警戒线外，头发还有些凌乱，她仰着头，眼睁睁看着大火从 10 楼烧到了她住的 11 楼。

她不过就是睡了个觉，怎么房子就被烧了？

她立刻想起自己刚刚做的那个梦。

这原来不是梦！

苏念意看着消防员拿着高压水枪对着 10 楼喷射，还有几个消防员拿着消防水带进了楼。

"余和，你再去确认一遍楼里是否还有人，如果有人，先疏散出来。"

"收到！"

"刘平，你带两个人去 11 楼，其余人留在 10 楼，注意安全。"

"收到！"

"大勇，水压再给高点。"

"收到！"

苏念意站在警戒线外，隐隐约约能听到对讲机里男人的声音，低沉又有磁性，仿若带着电流，缓缓传进她的耳朵里。

她闻声看过去，男人背对着她，同样穿着黑色的防护服。他一手叉着腰，一手拿着对讲机。

在男人井然有序的指挥下，这次灭火行动大约只用了半小时就结束了。

也不知道是被他的声音所吸引还是对消防员这个职业感到敬佩，在这半小时里，苏念意的目光不自觉地跟着前面的男人，根本没有去管自己家被烧成什么样了。

很快，她看到男人转过身，朝她所在的方向走了过来。

苏念意有些近视，看不太清男人的脸，但是等他越走越近，五官越发清晰。

男人一头黑短发，眉毛浓黑，眼眸如墨；眼睛稍长，眼尾处微微上扬，能看到内双的褶皱；鼻子高挺，薄唇紧抿，再加上他高大但又不魁梧的身材和现在穿的黑色消防防护服。

给她的感觉就是，一身正气。

又帅又正。

这完全长在了她的审美点上啊！

她有点想流鼻血怎么办？！

此时男人站在物业经理面前，不知道说了些什么。很快，物业经理扯着嗓子，对着人群叫了一声："10 楼和 11 楼的业主出来一下。"

苏念意往前走了一步："我是 11 楼的业主。"

男人目光看向她，正好对上苏念意的目光，目光对视，苏念意心突然一颤。

"10楼的业主呢？"物业经理问道。

有个人站了出来，说："这里。"

因为这次失火，电梯已经被停用，苏念意和10楼的业主跟在男人后面，刚走到5楼她就有些气喘吁吁了。

走到9楼，苏念意彻底爬不动了，而男人依然面不改色，步伐稳健地走着，大气都没喘一下。

苏念意停下脚步，一手叉着腰，一手扶着墙，大口喘着粗气："我不行了，让我休息下。"

男人回头看了她一眼，淡声说道："那我们先上去了，你休息一下再上来。"

"好。"

苏念意也不敢休息太久，在墙壁上靠了一会儿后，便往上走。

到了10楼，苏念意看到男人正在和10楼的业主说话。

"当时我也不知道怎么了，刚把油倒进锅里它就燃起来了。"

"嗯，以后还是要注意用火安全。"男人一边说一边拿着本子记录着什么。

苏念意站在门外看了眼房子里面，感觉可以用"面目全非"来形容这一惨状。

她想到自己的房子也被这场火波及，便立刻爬到了11楼。

随后，苏念意看到了同样被烧得面目全非的房子。她顿时心痛起来。

这套房子是她爸妈送给她的毕业礼物，才刚住没多久啊！

现在就只剩下乌漆麻黑的墙壁和被烧毁的家具，关键是她几柜子的衣服、化妆品和包包，全被烧没了。

想到这，她有点想哭了。

那可是她好不容易打下的江山啊！

苏念意正沉浸在悲伤之中，忽然，本在10楼的男人走了进来，身后还跟着另一个消防员。

那个消防员像认出她来，一本正经地说："小姐，你刚刚的行为真的太危险了，发生火灾是不能乘坐电梯的。"

苏念意挠了挠头:"我当时睡得太蒙了,脑子还有些不清醒。"

男人朝她看了一眼,随后拿着手机对着事故现场拍了些照片。

拍完照片,他拍了拍那个消防员:"你先在这儿留一会儿,确认没有余火后再走。"

"收到!"

说完,男人抬脚走了出去。

苏念意有些发蒙。就没什么要问她的?

也对,她不过也是个受害者。

她看着他的背影,此时男人已经走到了楼梯口,苏念意眼眸微动,忽然,她的脚像不受控制般,驱使着她往楼梯口走。

直到看到前面的消防车,她才意识到自己跟着他下了楼。

看他准备上车离开,苏念意总觉得,不能就这么让他走了。

她还想再跟他说点什么。

她想要他的联系方式。

想着想着,苏念意真的就这么做了。

她快步走过去,扯住了他的衣服:"那个……"

沈知南回头看她,视线定在她扯着他衣服的手上。察觉到他的视线,苏念意立马松开手,说道:"今天真是谢谢你们了,给你们添麻烦了。"

"嗯,没事。"

毕竟是第一次问人要微信,苏念意有些紧张。她理了理头发,拿出手机,深吸一口气:"消防员哥哥,能把你的微信给我吗?"

"……"

气氛顿时安静下来,苏念意感受到自己的心跳有些快,脸好像也要烧起来了。

安静片刻,沈知南目光寡淡地看了她一眼,反问道:"你自己没有吗?"

嗯?什么意思?

苏念意一时间有些没反应过来。

沈知南也没有要解释的意思,他爬上消防车,很快又下来。

随后,她看到他递给了她一本《消防知识宣传手册》。

"我想你更需要这个。"

苏念意"啊"了一声,木讷地接过这本红色的手册。

沈知南："有空多看看。"

苏念意："……"

说完，沈知南转身上了消防车。

苏念意站在原地怔了几秒后，才失落地拿着手册上了楼。

第一次问人要微信竟然被拒绝了。

他刚刚说什么？你自己没有吗？

这是什么新型的拒绝方式，还是他误会她的意思了？

苏念意看着手上的手册，第一次尝到了从未体会过的挫败感。

她从小就长得漂亮，很招小男孩喜欢，上学后，更是有很多追求者，但是她都没有心动过。

这是她第一次心动，第一次，感受到心脏因一个男人而疯狂跳动。

消防车上，沈知南坐在副驾驶位上，揉了揉眉心。

前几天宁城一家工厂发生一起特大火灾，消防队忙了三天三夜，好不容易把火扑灭，以为今天终于可以休息一下了，结果又来一起。

不过还好这次火势不大，也没有人员伤亡。

"沈队，刚刚那姑娘是不是问你要联系方式啊？"大勇坐在驾驶位上极其八卦地问他。

沈知南愣了一瞬。她刚刚是问他要联系方式吗？

他还好奇这姑娘为什么要他的微信，原来是问他要微信号啊。

沈知南："大概是吧。"

大勇："你没给吗？"

沈知南"嗯"了声。

大勇觉得很可惜："沈队，那个姑娘长得跟明星一样漂亮，我觉得跟你还挺配的。"

沈知南背靠在座椅上，闭上眼，没再接话。

房子被烧后，苏念意直接住到了闺蜜叶语姝那里。

两人躺在床上，敷着叶语姝昂贵的面膜，有一搭没一搭地聊着。

"你把你男朋友赶到哪里去了？"苏念意问。

"他回家了啊。"

"那改天我请你和你男朋友吃个饭。"

叶语姝最近谈了个男朋友，正处于热恋期，这会儿被她打扰，她觉得有些不太好意思。

"还跟我客气呢。"叶语姝笑了笑，话锋一转，"那我想吃小龙虾。"

"可以。"

想到苏念意房子被烧，叶语姝觉得她实在是有些惨，但是她又忍不住想笑，怎么会有人这么倒霉，睡个觉起来房子就被烧了。

她同情地看着她，问道："宝贝，你跟你爸妈说你房子被烧了吗？"

苏念意叹了口气，道："还没跟他们说呢，我也不打算跟他们说了，免得他们担心，而且物业经理说10楼的住户到时候会给我赔偿损失的。"

"那这段时间你就好好住在我这儿。"

"嗯。"

为了让她不要再想这件事，叶语姝直接转移了话题，说起了她即将要拍的下一部戏。

"我下一部戏是关于消防员的，听说到时候会去宁城消防大队学习一下消防知识。"

听到这个，苏念意想起了那天那个男人。

她坐起身揭掉面膜，问道："姝姝，你觉得我长得怎么样？"

叶语姝看着她白皙透亮的皮肤和近乎完美的五官，实话实说："美得很，都快要美死我了。"

"是吗？我怎么觉得你很敷衍。"苏念意拿起旁边梳妆台上的手持镜子看了看，"我觉得我脸有点大。"

"……"叶语姝极其无语，她这脸怕不是还没有她巴掌大，"你能不能不要凡尔赛？你这脸还大那我这成什么了。"

苏念意挺了挺胸，继续问道："那你觉得我身材怎么样？"

此时苏念意穿着吊带睡裙，锁骨明显，身段姣好。

叶语姝盯着苏念意的眼睛："这位美女，能不能考虑下我的感受？"

苏念意看了看叶语姝一马平川的身板，不说话了。

"真不知道以后便宜了哪个臭男人！"叶语姝恨恨道。

听叶语姝这么一说，苏念意瞬间恢复了自信，但是又想到那天问那个男人要微信他说的那句话，她又没了底气。

"我跟你说个事，你给我分析一下。"

"你说。"

苏念意组织了一下语言:"就是我有个朋友问一个男人要微信,然后那个男人说'你自己没有吗?'这句话是什么意思?"

叶语姝很直接:"哦,你问男人要微信被拒绝了?"

"……"

叶语姝一本正经地帮她分析起来:"我在网上看到过这个梗,这应该是新型的拒绝方式。当然还有一种可能,就是那个男人比较憨比较蠢,压根儿没懂你的意思。"

苏念意点点头,默认他是用这种新型的拒绝方式拒绝了她,因为他本人看上去并不憨更不蠢。

"不过我很好奇是什么男人,还能让你这么主动。"

苏念意也不隐瞒:"就我房子烧了那天来救火的消防员。"

绕来绕去,还是回到了这个话题上,叶语姝很好奇:"有这么帅?还能让你这个孤寡王心动?"

"嗯,又帅又正。"苏念意不知道该怎么形容他的长相,好像怎么形容都不太贴切,反正就是完完全全长在了她的审美点上。

叶语姝:"明天消防大队走一波?"

苏念意:"?"

"提前去学习一下消防知识。"叶语姝一本正经地说,"顺便去看看这位让你春心萌动的消防员哥哥到底有多帅多正。"

苏念意:"……"

隔日,两人睡到日上三竿。

苏念意是被叶语姝的电话吵醒的,等她打完电话,苏念意彻底没了睡意。

叶语姝看着她,语气中带着歉意:"念念,我今天可能不能陪你去消防队了,我男朋友约我去看电影。"

苏念意本就没有真的要去:"没事,你好好去约会吧。"

"嘻嘻,下次再陪你去。"叶语姝掀开被子,"起床了,我得好好收拾一下。"

苏念意一整天都没出门。

晚上,苏念意点了个外卖,等外卖的间隙,她登上微博看起了粉丝给她发的私信。

苏念意是个小网红，微博粉丝几百万，平常主要是更新一些日常穿搭或者化妆视频。

私信里，粉丝都在问她什么时候更新，但是她最近创作到了瓶颈期，再加上现在房子又被烧，苏念意实在没心情更新。

八点，苏念意正吃着外卖，就听到门外传来一阵声音。

因为餐桌离门口很近，苏念意隐隐约约能听到外面人的对话。

"不请我进去坐坐？"

"我朋友还在呢，你早点回去吧。"

"她什么时候搬走？"

"她想什么时候搬就什么时候搬，你管那么多干什么？"

"好好好，我不管。"

…………

苏念意听了一会儿，觉得确实不能一直住在叶语姝这里，虽然她知道叶语姝不会介意，但是现在她有了男朋友，她住在这儿也不太方便。

她的房子重新装修还需要一段时间，这段时间，她可以先租个房子住着。

苏念意拿出手机，点进一个租房平台。

下一秒，她听到玄关处传来开门的声音，下意识地关闭了手机屏幕。

"宝贝，我回来啦！"

苏念意转头看她："怎么回来得这么早？"

叶语姝换掉高跟鞋，提着一盒提拉米苏和两盒草莓走了过来。

"嗯，给你带了草莓和蛋糕。"

苏念意吃了些饭，有些饱了："我刚吃了饭，这些等会儿再吃吧。"

"那我先放到冰箱。"说完，叶语姝提着袋子进了厨房。

洗完澡，两人躺在床上聊天。

苏念意跟叶语姝提了要出去租房子住这件事，叶语姝反应有些大。

"怎么了？住我这儿不好吗？干吗要浪费钱去租房子。"

苏念意实话实说："我房子重新装修还要一段时间，你现在有男朋友了，我一直住你这儿也不好，我可不想当电灯泡啊！"

"我们现在又没同居。"

"那不是迟早的事吗？"

叶语姝沉默了下来，很快，她想起什么："念念，我想起来我在景和北苑有套房，要不你先住那边去？"

苏念意惊了："景和北苑？"

叶语姝现在不是个十八线小演员吗？

现在十八线都能赚这么多钱了吗？！

景和北苑啊！宁城最贵的房子！

叶语姝不以为然："嗯，我爸给我买的。"

哦，苏念意忘了，叶语姝有个富豪老爸，但是她和她爸爸关系并不好。

苏念意一点都不跟她客气："钥匙给我，明天我就搬过去。"

叶语姝："……"

为了不打扰叶语姝谈恋爱，第二天一早，苏念意便带着还不够装满一个行李箱的行李搬了过去。

叶语姝输入密码把门打开，因为一直没住过人，里面灰尘有些多。

"卫生你自己打扫一下，家具什么的都有，还有，密码是我出生年月日，你要是想改也行。"

苏念意乖乖应下："知道啦。"

因为叶语姝还有工作，便早早走了，只留下苏念意一个人打扫卫生。

中午，卫生还没打扫完，苏念意就饿得不行了，于是跑去附近的商场吃了个饭，想着自己的漂亮衣服和化妆品都被烧没了，她又在商场逛了一下午的街。

最后她提着大包小包蹦跶着回了景和北苑。

由于景和北苑比较大，苏念意又是刚住进来，对里面的路线还不是很熟悉，只能照着记忆和路标走。

走了半天，苏念意都没找到自己所住的那栋楼。

太阳早就下山，小区里的路灯亮起，她走到路边的长椅上坐下，想着要不要找个人问问。

刚好这时一个大妈经过，苏念意赶忙起身问道："阿姨，你知道18栋A单元怎么走吗？"

阿姨停下脚步，热心地给苏念意指路，但是苏念意方向感极差，听了半天都没搞懂到底要怎么走。

阿姨有些无奈，忽然，她的视线定在前面一个男人身上，她出声叫住他："哎！小沈。"

男人闻声看过来。

苏念意往前看过去，路灯有些昏暗，她没太看清男人的脸。

阿姨拉着苏念意走过去，走到跟前，男人的脸越发清晰。

苏念意呼吸一滞。

这不是拒绝了她还给了她一本《消防知识宣传手册》的那个男人吗！

"小沈，今天怎么有空回来了？"阿姨问道。

"嗯，这几天休假。"沈知南看了苏念意一眼，表情有一丝惊讶，但很快又恢复如常。

"这样啊。"阿姨看向苏念意，"姑娘，你跟着小沈走吧，他就住在18栋A单元。"

阿姨自顾自地继续道："小沈，这姑娘是去18栋找人的，你带她过去吧。"

苏念意："……"我没说我是来找人的啊。

沈知南"嗯"了声，看了苏念意一眼，随后便往前走去。

苏念意看着他的背影，跟阿姨说了声"谢谢"后，立刻跟了上去。

她一路跟着他，顺利走到了18栋A单元。

两人并排站在电梯口等电梯。

此时气氛异常安静，苏念意侧头偷偷瞄了他一眼，很快又收回视线。

苏念意不太确定他有没有认出她来，如果认出她来了，她现在是不是应该打个招呼，不然会显得她很没有礼貌。

她舔了舔唇，小声地开口："那个……好巧啊，又见面了。"

沈知南垂眼看她，没有吭声，一副"不要随意跟我套近乎"的模样。

苏念意尴尬地笑了一声，闭上嘴不再说话。

原来这个男人根本就没认出她来，她长得有那么大众吗？还是他脸盲？

想着想着，电梯到了一楼。

两人走进去，沈知南按了25楼的按钮，苏念意顿了一下，收回想要去按按钮的手。

怎么会这么巧！这男人竟然和她住同一层楼！

见她没有按楼层，沈知南疑惑地看了她一眼。

苏念意站在他斜后面，上下打量着他。

这次和上次不一样，这次沈知南穿着便服，简单的白色 T 恤和黑色休闲裤，手上还提着一个便利店的购物袋，整个人显得很慵懒。

到了 25 楼，两人走出电梯，苏念意提着东西跟在他后面。

刚走出没几步，沈知南突然停下脚步，苏念意一个刹车不及，脸直接撞上他坚硬的背。

她"哎呀"一声，稍稍站稳，抬手摸了摸鼻子。

沈知南转过身，盯着她微皱着的小脸，嗤笑了一声："来找人？"

苏念意被撞得有些迷糊："啊？"

"还没死心？"

"？"

沈知南看着她，等着她的解释。

苏念意意识到自己被误会了，但她并不打算解释，她半开玩笑道："对啊，还没死心呢。"

沈知南虽然不是第一次被人追，但是也没见过像她这样还敢追到他家里来的。

他皱了下眉，语气没了耐心："这位小姐，请你自重。"

苏念意观察着他的表情，见他当真了，赶忙解释："我开玩笑的，我住在这儿，今天刚搬过来。"

沈知南看着她没说话。

怕他不相信，苏念意也不多说废话，直接走到门前开始输密码，以此来证明自己的清白。

但是下一刻，她听到密码锁发出了一声警报声。

苏念意又重新输了一次，警报声再次响起。

怎么回事啊！怎么密码还是错的呢！

姝姝不是说密码是她的出生年月日吗？

苏念意转过头，见沈知南正双臂环着胸看着她，她尴尬地笑了一声："那个……这房子是我朋友的，我好像记错密码了，我打个电话问一下。"

苏念意拿出手机，给叶语姝打了个电话。

那头没接，苏念意又打了个过去，还是没接。

沈知南彻底没了耐心，也不打算在这里跟她浪费时间："我劝你还是早点回去吧，以后也不要再来找我了。"

真的是比窦娥还冤，苏念意正想解释，就看到沈知南直接打开她对面的门走了进去。

随之而来的，是门被关上的声音。

"……"

苏念意也没心思去在意他这个态度，她弯下腰，准备再试一遍密码。

手刚触到密码锁，叶语姝的电话打了过来。

苏念意赶紧接起来。

"你刚刚怎么不接电话啊？"

"在拍戏呢，刚收工。"

"好吧，我现在进不去了，密码真的是你的出生年月日吗？"

"是啊。"

"那没错啊，19930227，都试了好几遍了，还是不行。"

叶语姝安静了几秒："这位美女，我1995年生人，咱俩是同龄人，OK？"

"……"苏念意之前看到叶语姝的身份证上写的1993年，然后就一直这么记着了，"Sorry，我记岔了。"

"……"

挂断电话后，苏念意输入密码，门开了。

对面房内，沈知南站在玄关处，听到外面传来的动静，往猫眼里看了一眼。

隔日，苏念意接着在家打扫卫生。

打扫完，她提着垃圾袋准备出门扔垃圾。

打开房门，她不经意地看了一眼对门。

这让她不禁想起昨天晚上的事，那个男人全程都是一副"你不要勾搭我，我完全看不上你"的表情，想到这儿，她顿时有些想翻白眼。

长得帅了不起啊！我苏念意好歹也是个坐拥几百万粉丝肤白貌美大长腿的网红博主好吗？

她朝那扇紧闭的门翻了个白眼。

白眼才翻到一半，她看到那扇原本紧闭的门忽然被里面的人推开。

那个还没完成的白眼也瞬间被开门的人捕捉到。

"……"

空气凝固了一瞬,苏念意立刻收回眼,唇边扯出一丝微笑:"哈哈,那个……我刚刚眼睛抽筋了,你信吗?"

沈知南没接话,脸上像写了"你看我信吗"五个大字。

"……"苏念意觉得有些尴尬,没再说话,直接走到电梯口按了电梯。

沈知南这会儿也是要出门,他走到苏念意旁边,等着电梯上来。

空气再次安静下来,两人就这么安静地站着。

电梯一直停在8楼没动,另一台电梯正在维修。

苏念意不动声色地拿出手机玩了一会儿。

突然,苏念意听到沈知南口袋里的手机响起,她侧头看过来。

"喂。"

苏念意不知道电话里的人说了什么,她看到沈知南眉头微皱,看了一眼电梯楼层的显示屏,说道:"我知道了,我先下去看看,你们抓紧过来。"

挂断电话,沈知南看向苏念意:"电梯出故障了,你走安全楼梯吧。"

还未等她说话,沈知南就快速走向安全楼梯。

苏念意还有些蒙,正当她准备往安全楼梯走时,她听到电梯铃响了一声,电梯楼层显示屏上的数字也从8变成了6。

苏念意明白过来是怎么回事,她快速从安全楼梯跑到6楼。

此时这里已经围了一堆人,苏念意站在人群外,看到沈知南正在安抚电梯里面的人。

"我是宁城消防大队队长沈知南,大家不要怕,保持冷静,背贴着电梯壁,不要随意乱动,不要用手掰电梯门,我们很快就会进行救援。"

他的声音有些大,像怕里面的人听不到。

苏念意隔着人群看着他。

沈知南。

很好听的名字。

正当她想着,苏念意看到消防员拿着工具从安全楼梯口走了过来:"大家快让一下。"

苏念意赶紧乖乖站到一旁,给消防员让路。

"沈队。"

"电梯卡在5楼和6楼中间,已经被困半小时了,你们动作快点。"

"收到！"

消防员拿着工具，准备强行打开电梯门。

大概过了十几分钟，电梯门丝毫没有反应。

气氛变得紧张起来，苏念意的心也跟着焦灼起来。

沈知南皱着眉，对其中的消防员说："把撬棍给我，你用扩压器。"

"好。"

救援又持续了十分钟。

沈知南穿着短袖，因手上的动作而使得手臂上的肌肉凸显出来。他的额头上冒出很多汗，头发和衣服也早已被汗水打湿，但是手上的动作却一点都没有停下。

苏念意看着他，在这一刻，她觉得沈知南确实是了不起的。

或者应该说，所有的消防员都是了不起的。

没过一会儿，电梯门缓缓打开，苏念意悬着的心也落了下来。

她看着沈知南和其他消防员一起把电梯里的人一个个拉出来，她忽然想起了自己的外公。她外公也是消防员，但是却在一次救援中牺牲了。

等苏念意扔完垃圾上来，人群都差不多散了，只有消防员在收拾东西。

她走过去，和他们打了声招呼："你们好。"

大家都抬头看她，包括沈知南在内。

大勇像认出她了，他咧嘴笑了笑，表情很憨："你好啊，我记得你，你就是上次那个问沈队要联系方式的姑娘吧？"

"……"苏念意尴尬地笑了笑，"呵呵，是啊。"

苏念意又看了看沈知南，发现他表情依旧很淡，像没把这件事放在心上一样。

对于那件事，她虽然有些挫败感，但她并不是一个轻言放弃的人，尤其是在遇到自己好不容易心动的人的时候。

她想了会儿，脑中忽然涌现出一个想法，如果她在人多的时候问他要微信，他应该不好意思拒绝吧。

尽管她觉得这好像有些道德绑架的意味，但是万一成功了呢？

想到这儿，她从兜里掏出手机，递到沈知南面前，说道："沈队长，我们加个微信吧，我有点消防方面的问题想请教你。"

气氛安静下来，所有人手上的动作停住。

沈知南站直了身体，看着她，语气平淡："不是给了你一本消防知识手册？"

"……"那个手册早就不知道被她扔到哪里去了，她清了清嗓子，"我觉得你给我亲自普及可能会好一些。"

沈知南沉默了几秒："那你加他们的微信吧，他们也可以给你普及。"

"……"

说完，沈知南丢下了句"我上去换套衣服，等会儿一起回队里"便上了楼。

大勇默默地叹了口气："美女，沈队他人就这样，我跟着他好几年了，都没见他身边有过女性。"

余和也搭腔道："我觉得他可能不太懂怎么和女人相处。"

刘平："何止啊！我甚至觉得他不喜欢女的。"

"……"苏念意沉默片刻，然后问道，"那他喜欢男的吗？"

"这我们就不清楚了，不过沈队好像有个玩得很好的男性朋友。"

"……"

"对了美女，还不知道你叫什么。"

"苏念意。"

"要不你加我们微信吧，你有什么消防方面的问题也可以问我们。"

苏念意想着她话都说出口了，只能加了他们三个的微信。

之后一连几天，苏念意都没再见到沈知南，估计他很忙。

她也没闲着，回了趟南怡苑，准备和10楼的那个业主商量赔偿事宜。

然而，当她到了后，那个业主却反悔了，甚至还大言不惭地说这并不是他的责任，拒不赔偿。

可能是看她一个小姑娘好欺负，又看她的穿着打扮觉得她并不缺钱。

但是苏念意这个人向来吃不得亏，也从来不是一个好欺负的人。

她找来了物业经理出面调解。

虽然物业经理是个明事理的人，但是那个业主根本就不听，还在那儿歪曲事实。

最后，物业经理没办法，只能建议她找个律师调解。

苏念意简直想骂人，这碰到的都是些什么事。

她气冲冲地回到景和北苑，在电话里跟叶语姝说了这件事。

叶语姝比她还气，当下就要给她找律师："我给你找宁城最好的律师，这个哑巴亏我们可不吃。"

苏念意感动得都要哭出来了："姝姝我爱你！"

"刚好我表哥最近从美国回来了，在宁城开了家律所。"

苏念意想了想，猜测道："江屿哥？"

"你还记得他？"

"当然了，我记得高中时他还教我们写过数学作业。"

"也是，后来他出国后还问我要了你的微信，说是方便你有题目不会做可以直接问他。"说到这个，叶语姝想到什么，"对了，你有通过吗？"

都这么久的事了，苏念意哪还记得："我没怎么有印象。"

那个时候苏念意是学校的校花，加她的人很多，后来她就直接把加好友权限给关了。

可能苏念意根本就没收到江屿的添加好友申请，而现在，她用的也不是以前那个微信号了。

"没事，反正都那么久了，估计我表哥也不记得了。"

苏念意"嗯"了声，没太在意这件事。

"那我把他微信推给你，你加一下。"

"好。"

挂断电话后，过了会儿，叶语姝才把江屿的微信推了过来。

苏念意点了下添加到通讯录，很快，那边就同意了她的好友申请。

苏念意正想跟他打个招呼，江屿就发了条信息过来。

江屿：念念。

苏念意看着他发过来的这条信息，心里莫名地有些抵触。

其实她很不喜欢不熟悉的人这样叫她，当然她的粉丝除外。

而江屿对她来说，并不算是熟悉的人，只能算是认识的人。

她想了想，回复：江屿哥，你叫我全名就可以了。

江屿那边过了几分钟才回复：好。

江屿：我听妹妹说，你要打官司？

苏念意：嗯。

江屿：那你明天有时间吗？我们当面谈。

苏念意也觉得当面谈会稳妥一些，于是应下：好，明天下午可以吗？我直接去你律所找你。

江屿：可以，我把地址发给你。

苏念意：好。

隔日下午，苏念意去了江屿的律所。

律所离景和北苑不远，打车二十分钟就能到。

下了车，苏念意走进律所大门。

"您好，请问您约的哪位律师呢？"前台看着苏念意，笑着问道。

"约的江律师。"怕律所还有别的律师姓江，苏念意补充道，"是江屿律师。"

"好的，您去那边稍等一下。"

"谢谢。"

话音刚落，苏念意便看到江屿从二楼走了下来。

苏念意抬头看着他。江屿穿着白色衬衫和黑色西装裤，和以前一样没什么太大变化，只是鼻梁上多了副金丝边框眼镜，头发也全部被梳上去，打理得一丝不苟。

典型的成熟稳重型男人，苏念意想。

江屿走到她面前，笑了笑："念念，好久不见。"

"⋯⋯"苏念意觉得他可能忘记她昨晚说的话了，但是她也不好老是提醒，搞得她好像多见外一样。

她笑了笑："江屿哥，好久不见。"

"我们去楼上说吧，想喝点什么？"

"呃⋯⋯凉白开就好了。"

"好。"江屿看向前台，"小赵，倒杯温水上来。"

小赵应下。

江屿带着苏念意上了二楼。

办公室里，苏念意和江屿详细说了她要打官司的原因。

江屿手撑着下巴："这种情况的话，一般要先申请《火灾事故责任认定书》。你被烧的房子还没动吧？"

"已经开始装修了。"

当时 10 楼的那个业主信誓旦旦地说会赔偿她，只是让她等几天，所以她也没想那么多，后来她想着房子装修完再到散甲醛也要一段时间，干脆就早点装修了。

"你有拍照吗？"

苏念意摇了摇头。

"这样的话，可能会赔偿得少一点。"

苏念意"啊"了一声："那怎么办？"

"你先去消防大队把《火灾事故责任认定书》拿了，之后的事我来处理。"

苏念意点点头，站起身："那江屿哥，我先走了，你忙吧。"

江屿也站起来："嗯，我送你到门口。"

苏念意摆了摆手："不用麻烦了。"

"没事。"

见江屿坚持要送她，苏念意也没再说什么。

送到门口，江屿看着她："念念，改天一起吃个饭？"

苏念意秉着求人办事当然得贿赂一下的原则开心应下："好啊，到时候我请你。"

江屿笑了笑："那微信上联系。"

"好。"

从律所出来后，苏念意直奔消防大队。

刚到消防大队大门时，正好碰上收队回来的消防员。

苏念意在门卫处登记好信息，看着消防车从大门缓缓开了进去。

她跟着走进去，来到消防车停车的地方。

几个消防员刚好下了车，包括沈知南在内。

看到苏念意，他神情一愣。

苏念意倒是没了之前的尴尬，她目标明确地走到沈知南面前，问道："沈队长，能把前段时间我房子被烧的《火灾事故责任认定书》给我吗？"

沈知南看着她，表情很自然："这个不能随便给人。"

"啊？那能借我一下吗？或者给我复印一份也行。"

"你要干吗？"

苏念意耐心和他解释："用来打官司啊，我房子不是因为楼下着火才被烧的嘛，本来那个业主说要赔偿我的，但是他现在反悔了。"

沈知南瞥她一眼，没理她，直接绕过她走了。

苏念意："……"

一旁的余和实在看不下去了，安慰道："苏小姐，你放心，沈队是去给你拿认定书去了。"

苏念意一愣："他刚刚不是说不能随便给人吗？"

"没有的事，这个原本就是要在一星期内给你的。"

"哎？"那刚刚沈知南是什么意思，耍她呢？

此时沈知南已经从办公楼里走了出来，手上还拿着一个档案袋。

走到苏念意跟前，他把档案袋递给她。

苏念意有些被他气到，她瞪了沈知南一眼，接过档案袋。

沈知南无视她的视线，从裤兜里拿了支笔递给她："把认定书拿出来，然后在下面签个字。"

对于他这个态度，苏念意简直想打人，但是看他那高大的身躯，她觉得自己可能打不过，于是只能悻悻地接过笔，从档案袋里拿出认定书，潦草地签下了她的大名。

她把笔还给沈知南，然后头也不回地走了。

沈知南看着她气鼓鼓的背影，莫名地勾了下唇角，微弱到连他自己都没有察觉到，却被余和不经意间注意到了。

他觉得有些不可思议，刚刚沈队是在笑吗？

都有八百年没看他笑过了吧？

苏念意回到家，拿出认定书仔细看了下，确认10楼业主对她的房子被烧负有直接责任后，才放心下来。

她拿起档案袋，准备把认定书放进去，却发现里面有几张照片。

苏念意愣住，她想起来那天沈知南好像拿手机拍照了。

想到自己今天还因为一点小事跟他生气，苏念意瞬间觉得自己有些小心眼。

她把照片拿出来看了看，决定找个机会好好谢谢他。

有了照片，苏念意这才彻底松了口气。

她把照片和认定书拍了照发给江屿。

江屿秒回：好，明天下午有时间吗？把资料带过来，顺便一起吃个晚饭。

苏念意：好。

第二天下午，苏念意再次来到江屿的律所，把资料交给了他。

很快，江屿给她写了张律师函。

苏念意把律师函发给了那个业主，随后，她看到信息前面出现了一个红色的感叹号！

这还把她拉黑了？！

苏念意瞬间怒气值飙升，本来她还想着是邻居，如果他看到律师函想要私了的话，她可能会同意。

但是现在，不可能了！

她直接找到南怡苑的业主群，@了那个业主，紧接着，把律师函发在了群里面，并附带着一句：请查收一下，谢谢。【微笑】

一旁的江屿看她实在气得不行，安慰道："没事，到时候法院也会给他发传票的，不要生气了，我们先去吃饭吧。"

苏念意"嗯"了声，稍稍缓和了下心情。

两人去了家海鲜餐厅，餐厅是苏念意选的，价格偏贵。

虽然苏念意房子被烧，赔偿也还没要到，但是作为一个小有名气的网红博主，她还是有点存款的。

她把菜单递给江屿，大方说道："江屿哥，随便点。"

江屿笑了下："你点吧，我都可以。"

苏念意也没强求，拿着菜单看了起来。

"椒盐皮皮虾，清蒸大闸蟹，海鲜面和蒜蓉扇贝。"怕江屿有忌口，苏念意询问了下他的意见，"这些都能吃吗？"

"嗯，可以。"

点好菜，苏念意去了趟洗手间。

回来的路上，经过一个包厢，服务员正在上菜，包厢门是敞开着的，苏念意随意瞥了一眼。

然后，她的视线定在了包厢里的两个男人身上。

此时两人挨着坐在一起，忽然，其中一个凑过来搭上了旁边男人的肩膀，拿着手机像在自拍。

苏念意呆呆地看着。

这时,正好两个服务员上完菜出来把包厢门关上,其中一个服务员一脸失落:"我才知道我男神喜欢男的,唉,干活儿都没什么劲了。"

另一个服务员拍了拍她的肩膀,建议道:"要不你想办法掰直他?"

"可是他们都在一起了。"

两个服务员聊着聊着就走了。

想到之前大勇他们说的话,苏念意怔在原地。

苏念意觉得这事极其荒谬又诡异,沈知南真的喜欢男的?

所以她爱情的种子还没萌芽就被扼杀在摇篮里了吗?

包厢里。

沈知南推开一旁的男人,语气冰冷:"你有毛病?"

周北生早就习惯他这个样子,他把拍得有些模糊的视频发给备注为"宝宝"的人,一边解释:"女朋友查岗,谅解一下。"

沈知南不谅解他,他站起身,面无表情地坐到了他对面。

周北生瞅他一眼,语气极其不好:"唉,你这个母胎 solo[1] 是不会懂谈恋爱的快乐的。"

沈知南没理他。

周北生继续道:"听我女朋友说,她闺蜜长得很好看,要不让我女朋友给你牵个线?"

沈知南看他一眼,淡淡地回道:"不需要。"

"行吧,那你就等着家里给你介绍吧。"

回到自己的包厢,苏念意还一副怀疑人生的模样。

她怎么这么惨,房子被烧,又要打官司,心动对象还是个 gay[2]。

怎么什么倒霉事都让她给碰上了。

江屿看着她这个样子,关心地问道:"念念,你怎么了?"

苏念意回过神,道:"呵呵,没事。"

整顿饭,苏念意都吃得心不在焉。

---

1. 单身
2. 男同性恋

结账时，苏念意被收银员告知钱已经付过了。

她看向江屿："江屿哥，说好我请你的。"

"下次吧。"

苏念意只好应下："好吧。"

从饭馆出来，江屿开车把苏念意送到景和北苑。

"江屿哥，那我先回去了，你开车注意安全。"

"好。"

苏念意解开安全带，正准备下车，又被江屿叫住："念念。"

苏念意转头看他："怎么了？"

江屿看着她，眼眸微动："没事，下次见，晚安。"

苏念意笑了笑："晚安。"

跟江屿道别后，苏念意下了车。刚下车，就看到沈知南走进小区的背影。

想到刚刚在饭店看到的那一幕，虽然苏念意对他很心动，但是她是个有骨气且三观正的人，绝对不会插足别人的感情。

苏念意走进小区，快步走到沈知南旁边，跟他打了个招呼："沈队长，你也回家啊。"

沈知南瞥了她一眼，一脸"你在明知故问"的表情。

苏念意习惯了他的冷漠，她自顾自地继续道："沈队长，我都知道了，你没公开前我会为你保密的。"这会儿，苏念意也没觉得这件事有多难接受，她甚至觉得自己还能大方地祝福他："我之后不会再打扰你了，祝你幸福。"

沈知南一脸懵——她在说什么玩意儿？

苏念意以为他被自己感动得说不出话来，她安抚似的拍了拍他的肩膀："沈队长，以后感情上遇到什么困难可以来找我，我能帮的尽量帮，谁让我们是对门呢。"

"……"

"沈队长，那我先回去了，再见。"

"…………"

整个过程，沈知南都没说过一句话，全程都是苏念意一个人小嘴叭啦叭啦地讲个不停。

沈知南完全是一头雾水，根本不知道她在讲些什么东西。

回到家不久，苏念意听到对面传来开门声。

她叹了口气，还是有那么点伤心的，毕竟好不容易心动一次。

伤心了一会儿，苏念意拿出手机上了微博小号。

她这个小号她的粉丝都不知道，粉丝列表里也没有多少人，大概也就几百个。

这号本就是她用来发牢骚的，一个情绪垃圾桶。

她有时候遇到什么开心或者不开心的事都会在上面记录，反正没什么人知道这是她。

想到最近发生的事，苏念意对着手机屏幕一顿输出。

发完，她又把微博昵称改成：知难而退。

想了想，她又重新输入，最后改成了：知南而退。

苏念意放下手机，走进浴室洗澡。

她有一个习惯，洗澡的时候她喜欢先洗澡再洗头发，然而就在她洗完澡围着浴巾弯腰洗头发的时候——

突然停水了！

苏念意愣住，重新开了几次花洒的开关，还是没水。

她又走到厨房试了下，一样没水。

苏念意没辙，只能给叶语姝打电话问她要物业的电话。

但是叶语姝在这个关键时刻并没有接她的电话。

最后，苏念意实在没办法，随便穿了件T恤和短裤，顶着一个泡沫头敲响了对面的门。

沈知南开门倒是很快。

看到苏念意有些狼狈地站在门口，他疑惑道："有事吗？"

苏念意自知有些冒昧，但还是厚着脸皮问道："沈队长，我能借你的浴室用一下吗？我那边停水了。"

她本是想向他要一下物业的号码，但想着打完电话等物业处理也需要一段时间，所以干脆就先把头发洗了再问吧。

沈知南看着她满头的泡沫，白皙的小脸上也沾有一些。

他"嗯"了一声，稍稍侧身，示意她进门。

苏念意说了声谢谢，便进了门。

浴室里，苏念意弯着腰把头上的泡沫冲干净，冲完才发现自己忘拿毛巾了。

她轻轻把头发上的水拧干，用皮筋随意扎了个丸子头。

从浴室出来，苏念意看到客厅并没有沈知南的身影，她叫了他一声："沈队长？"

下一刻，她看到沈知南从浴室旁边的厨房里走出来。

她弯唇笑了笑："我洗好了，谢谢你啊，能把物业的电话号码给我一下吗？"

沈知南没说话，而是往书房走去。

很快，他从里面拿了张便利贴出来，但是上面却什么都没写。

"家里笔不见了，要不我发你手机上吧。"

苏念意也没觉得奇怪，点了点头，就回家拿手机去了。

等拿着手机再次回到沈知南家，她才意识到如果要发她手机上，就得加微信或者发短信。

要是换作之前，她可能会高兴得睡不着，但是现在，她心情非常平静。

她直接进微信点开一个二维码："沈队长，你扫我吧。"

沈知南平常其实很少用微信，准确来说，他很少玩手机，他的微信好友列表里也没几个人，平时消防队联系他都是直接打电话。

他找了一会儿才找到微信的扫一扫功能，随后对着苏念意给他的二维码扫了一下。

然后，空气静止了。

沈知南看着手机上显示的付款界面，神情一顿。

苏念意收回手机，准备同意他的好友申请，结果看到自己给他扫的二维码是收款码。

她尴尬地笑了笑："Sorry，搞错了。"

她又重新点开一个二维码："扫这个。"

沈知南又扫了下，最后两人才终于加上好友。

"沈队长，那你等会儿直接发我微信上吧，我先回去了，拜拜。"

"嗯。"

苏念意一回到家，就直接吹头发去了。

等吹完头发,才看到沈知南给她发的微信,苏念意习惯性回了个:3Q[1]。

沈知南看着她发过来的数字和字母,陷入了沉思。

由于发了律师函后需要两个月之后才能开庭,苏念意这段时间又开始重新录起了化妆视频。

为此,她还特意腾出一个房间专门用来录视频。

录完视频,苏念意收到了叶语姝的问候。

叶语姝:念念宝贝,最近怎么样?

苏念意:还行。

叶语姝:我看到你微博小号发的那条微博了,那个消防员哥哥性取向真的是男性?

苏念意非常肯定:亲眼所见,千真万确。

叶语姝:你真的实惨,好不容易碰到个心动的男人结果人家还喜欢男的。

苏念意回了个一朵荷花的表情包,下面还附带着几个字:我想开了。

叶语姝:没事,我对象说他有个哥们儿长得挺帅,听他说也是个消防员,要不我让他给你俩介绍介绍?

苏念意:算了吧,我现在不太想找消防员做对象,有点心理阴影了。

说到这,苏念意忽然想起来还没请叶语姝和她男朋友吃饭,于是又发了条信息过去:你和你男朋友什么时候有空,我请你们吃饭。

叶语姝过了几分钟才回:过几天吧,到时候联系你。

苏念意:行。

苏念意请吃饭那天,本来约的是晚上六点,结果苏念意睡午觉直接睡过了头,最后还是被叶语姝的电话给吵醒的。

她看了下时间,然后随便收拾一下便去了约好的饭店。

到了饭店,苏念意被服务员带到包厢。

因为是她请人吃饭,结果她还迟到了,苏念意有些不太好意思。

但是在看到叶语姝的男朋友的时候,她整个人都蒙了。

这不是沈知南"对象"吗!有谁能告诉她发生了什么吗?难道两人分手

---

1. 网络用语,表达"谢谢"(Thank you)的意思

了？还是说这男的劈腿了？劈腿的还是她的好姐妹！

苏念意想着想着，在心里暂且把这个男人认定为渣男。

而叶语姝丝毫没有察觉到苏念意的异常："念念，这是我男朋友周北生。"

"宝宝，这是我闺蜜苏念意。"

周北生对着苏念意笑了笑："你好。"

苏念意硬扯出一个微笑："你好。"

三人点了些菜，等上菜的间隙，苏念意拿出手机暗戳戳地给叶语姝发信息。

苏念意："这真是你对象？"

见叶语姝正和周北生卿卿我我，根本没有闲工夫看手机，苏念意在桌底下戳了下她的大腿。

叶语姝有些莫名："念念，怎么了？"

这时周北生也看了过来。

"……"苏念意只能摇了摇头，说道，"没事，我就想问一下洗手间在哪儿？"

周北生像对这个饭店很熟，脱口而出道："出了包厢门右拐，走廊的尽头就是。"

苏念意干巴巴地道了声谢谢。

出了包厢，苏念意走到洗手间，其实她根本不想上洗手间，但是她都那么说了，就只能来到洗手间的洗手台慢悠悠地洗了个手。

手刚洗到一半，就看到一个男人从旁边的男洗手间出来并在她旁边的洗手池洗起了手。

苏念意侧头看了一眼，身体僵住。

旁边男人的视线也看了过来，表情很平淡。

苏念意抽了张纸把手擦干，尽量让自己的表情和语气自然："沈队长，你也来这儿吃饭啊。"

"嗯。"

苏念意"哦"了一声。

沈知南把手擦干准备离开，苏念意跟在他后面。

就在快要走到她们包厢的时候，苏念意看到服务员端着菜把包厢门打开了。

她记得周北生和叶语姝就坐在门口很显眼的位置，只要沈知南转头，就能清楚地看到包厢里的两人。

苏念意脑中快速闪过无数种可能的画面，如果他们分手了，那周北生算是无缝衔接了，沈知南这个时候看到他和女人在一起，那画面就是沈知南大型捉奸现场。

如果没分手，那叶语姝不就成小三了？先不说叶语姝知不知道他男朋友有"对象"这件事，她怕的是沈知南看到会不会因为太生气了打叶语姝啊！

当然还有一种可能，就是沈知南没有转头直接走了过去。

但是每种可能发生的概率在现在看来都是一样的，苏念意当机立断，直接过去从背后抱住了沈知南。

果然，下一刻，沈知南停住了脚步，身体直接僵住了。

长长的走廊此时很安静，苏念意从沈知南身后探出个头，眼睛死死盯着前面包厢的动静，等着服务员出来把门关上。

没过几秒，苏念意看到服务员从里面出来。

但是，她并没有关门！

苏念意不禁在心里吐槽这家饭店服务员的职业素养。

被抱了大概快有十几秒的沈知南垂眼盯着腰上那小截白嫩柔软的手臂，身体僵硬，他的心跳莫名开始加快，但身体仍是紧绷着的。

他喉结滑动，声音喑哑地问："你……干吗？"

苏念意此时眼睛还盯着包厢门，听到沈知南的声音，她立刻松开手，建议道："沈队长，要不你再去上个洗手间吧？"

沈知南不懂她这莫名其妙的话，抬脚就想往前走。

刚走出没两步，衣服又被身后的人扯住。

苏念意铁了心要阻止"悲剧"发生，又随便扯了个理由："我觉得你刚刚手没洗干净，你等会儿又要吃饭，这样很不卫生的。"

沈知南的耐心被她耗尽，他转过身，语气中带着烦躁的意味："你到底想干吗？"

苏念意呵呵笑了一声："没想干什么。"

这时，苏念意她们隔壁包厢突然走出来一个男人，嗓音浑厚地叫了声："沈队。"

两人闻声看过去。

男人面带着微笑，步伐缓慢地朝他们走过来。

"在这儿干什么呢？菜都上齐了。"

沈知南语气淡淡地"嗯"了声，看了眼苏念意后直接往前面走去。

苏念意闭了闭眼，打算摆烂，她已经尽力了，现在就只能希望他眼睛不要到处乱看。

然而，就在沈知南还差几步就走到苏念意他们包厢门口时，周北生走了出来。

像听到了门外的动静，他有些惊讶地看着沈知南："刚刚就听到有人叫你，我还以为我听错了，你来怎么也不告诉我？"

在这里看到周北生，沈知南一点都不惊讶，他淡淡地扫了一眼包厢里的人，说道："我不知道你也在。"

周北生点点头。

沈知南没再说话，直接进了隔壁包厢。

看着这一派祥和的一幕，两个当事人都非常和睦且坦然，苏念意有些摸不着头脑了。

进了包厢，苏念意坐到叶语姝旁边。

叶语姝凑过来，小声问她："你给我发的那信息是什么意思？"

苏念意瞄了一眼周北生，说道："等会儿再说。"

这一顿饭，苏念意都没怎么吃。

刚刚沈知南的反应也太平静了吧，难道他们是和平分手？那天她看他们不还挺亲密的嘛，怎么突然就分手了？

"念念，你怎么一直吃青菜啊，不吃点其他的吗？"叶语姝看苏念意一直在吃她面前的青菜，好奇地问道。

苏念意回过神，笑了笑，随口道："哦，我最近在减肥。"

"你还要减肥啊，都这么瘦了。"叶语姝叹了口气，"我才要减肥了。"

周北生夹了块肉放到叶语姝碗里："你又不胖，不需要减肥，就算胖我也喜欢。"

叶语姝"哎呀"一声，一副娇羞的小女人模样："讨厌。"

一旁的苏念意：我能凭空消失吗？

吃完饭，三人从包厢出来，苏念意准备去结账，却被叶语姝拉住："干吗去？"

"结账啊。"

叶语姝笑了下,说:"不用,这饭店是我男朋友开的。"

苏念意"啊"了一声。

周北生则是一脸大方的模样:"苏小姐,你以后来吃饭都不用结账。"

听到这话,苏念意突然有一种抱了叶语姝大腿的感觉。

随后,三人路过沈知南吃饭的包厢,刚好碰上他们也吃完饭出来。

周北生钩住沈知南的肩膀,跟叶语姝介绍:"宝宝,这就是我跟你说的好兄弟沈知南。"

叶语姝盯着沈知南的脸,简直想飙"国粹",这哪是挺帅啊,周北生是不是对"挺帅"这两个字有误解?

她说了句:"你好。"然后下意识地把苏念意推到他面前:"这是我闺蜜苏念意,认识一下。"

沈知南:"……"

苏念意:"……"

饭店门口,跟沈知南吃饭的男人自己打了个车回去了。

沈知南也准备回队里。

这里离景和北苑比较远,叶语姝当然不可能让苏念意一个人打车回去,于是准备和周北生一起送她回去。

周北生一听苏念意住在景和北苑,看了看沈知南,决定给他创造一个可能脱单的机会,便说道:"你不是也住景和北苑吗?要不你们俩一起?"

沈知南脸上没什么表情:"我得回队里。"

因为平常消防员一般只能住在队里,除了轮休或者休年假才能回家。

所以沈知南其实是很少回景和北苑住的。

苏念意此时对于误会沈知南和周北生是 gay 这件事还有点愧疚,她摆了摆手:"没事,我自己打车行的。"

"那不行,晚上一个女生打车多危险啊,念念,我们送你。"叶语姝说道。

"好。"

苏念意最后还是叶语姝和周北生送回家的。

到了家,苏念意收到了叶语姝的消息。

叶语姝：哇哦！刚刚那个男的也太帅了吧！！刚听我男朋友说他也住景和北苑，近水楼台先得月啊！宝贝！

苏念意：说出来你可能不信，他就住我对门。

叶语姝：我信！好好把握！

叶语姝：对了，你还没和我说你刚在包厢里给我发的那条信息是什么意思呢。

苏念意：我以为你男朋友和沈知南是一对儿。

说到这儿，苏念意真的要被自己蠢哭了，她竟然以为沈知南喜欢男的，一想到那天晚上她跟他说的那些话，还什么会帮他保密、祝他幸福什么的，她就尬得满地找头。

现在换个星球生活还来得及吗？

叶语姝：？

苏念意：是我误会了。

叶语姝过了会儿才回复她：所以你微博小号上说的那个男的就是他？

苏念意：是的。

叶语姝不回她了。

苏念意放下手机，去浴室洗了个澡。

怕洗到一半又停水，苏念意洗之前还特意看了下水费的余额才放下心来。

上次停水就是因为水费用完了。

洗完澡出来，苏念意拿起手机，发现叶语姝给她发了好几条信息。

叶语姝：我刚跟我男朋友求证过了，我敢保证他是直的。

叶语姝：他也跟我打包票沈知南绝对也是直的。

叶语姝：不过我男朋友说他母胎 solo 二十多年，连小电影都没看过，我怀疑他可能是性冷淡，但我相信你的魅力。【狗头】

苏念意："……"——这么私密的事情真的是我可以知道的吗？

苏念意想了想，觉得有些不对，她立刻打了行字发过去：你跟你男朋友说了我以为他俩是一对儿的事了？

叶语姝：嗯，没事，我男朋友嘴巴很严的，不会说出去的，你放心。

苏念意："……"

苏念意突然有种不好的预感。

消防队宿舍里。

沈知南洗完澡出来,赤着上身,腹肌格外明显,下身穿着一条宽松的灰色长裤。

他拿着毛巾擦了擦头发。

忽然,放在床上的手机响了一下。

沈知南走过去拿起手机,看到锁屏上有一条微信消息通知。

他点进去。

周北生:听说你暗恋我?

沈知南顿住:什么玩意儿?

怕他生气,周北生连忙补充:听说而已,不要当真。

沈知南:听谁说?

周北生:我女朋友不让我说。

沈知南:……

第二章
攻陷沈知南计划

自从知道沈知南是直的后,苏念意重新燃起了斗志。

她觉得叶语姝说得没错,近水楼台先得月,像沈知南这样的男人,不能这么容易就放弃。

于是她制订了一个"攻陷沈知南计划",洋洋洒洒十几页的PPT,内容具体到每次见面化什么妆和穿什么衣服,甚至还整理出了宁城适合情侣约会的地方和情侣必做的一百件事。

虽然她刚开始,但是有备无患嘛。

苏念意满意地看着自己的成果,瞬间觉得不出一个月她就能得到这个男人。

但是计划刚进行第一步,她就惨遭滑铁卢。

计划第一步:多在沈知南面前晃荡,刷存在感。

然而一连好多天,苏念意都没见到沈知南的人,对面就像没住过人一样安静。

唯一一次听到动静,还是苏念意出门扔垃圾时看到有一个女生站在沈知南家门口敲门,嘴里喊着"哥"。

苏念意猜测这应该是他妹妹,但是看长相,两个人可以说是毫不相关。

苏念意也没多想,热心地告诉这个女生沈知南不在家,女生上下打量她,眼神十分警惕。

"你认识我哥?"

苏念意被她看得莫名其妙，她点点头："认识。"

女生语气不善："你们什么关系？"

苏念意虽然不明白她莫名的敌意，但还是实话实说："邻居关系。"

女生"哦"了一声，转身走了。

又过了两天，苏念意还是没看到沈知南回来。

她想沈知南这段时间应该住在消防队，但是就算知道他在哪儿，她总不能每天都去找他吧。

那不是别的地方，那可是消防大队啊！

给她一百个胆她都不敢去骚扰啊！

想到自己的计划，还不出一个月就能攻陷他？这都快一个星期了，连他人影都没见到。

计划被打乱，苏念意有些灰心丧气。

这还没开始呢就结束了。

郁闷的她又开始登上微博小号发牢骚。

发完牢骚，苏念意觉得这样下去不行，她得振作起来。

她突然想到自己有他的微信啊，她完全可以从这旦入手，每天给他发信息问候一下啥的，总比现在坐在这里干着急强。

苏念意是个行动派，想到什么就做什么。

她快速找到沈知南的微信，聊天记录还停留在上次她给他发的"3Q"。

苏念意思考了会儿，想着该发什么才不会显得突兀，但是又不能太随意，因为她觉得沈知南一看就是个很正经又很严肃的人，就像她家里的长辈一样。

这不禁让她怀疑上次她给他发的那个"3Q"他是不是没搞懂是什么意思。

想了会儿，苏念意给沈知南发了：沈队长晚上好。你在干吗呀？【微笑】

苏念意特意加了个微笑的表情，她觉得沈知南对微笑这个表情的概念应该不是像她理解的那样，一般年轻人理解的这个表情是无语、呵呵一笑，但是长辈一般理解的是友好的意思。

而沈知南不是一般的年轻人，他是比较老成的年轻人。

随后，苏念意又打开"相亲相爱一家人"的苏家大群，保存了几个长辈发的表情包，以备不时之需。

等了会儿,沈知南那头没回音。

苏念意放下手机去洗了个澡,洗完澡出来,还是没收到沈知南的回复,倒是收到了叶语姝的信息。

叶语姝:宝贝,看你小号上发的,追人不太顺利?

苏念意:别提了,人都没见着,信息也没回,消防员都这么忙的吗?

叶语姝:听我男朋友说,沈知南平常确实很忙,他都很少能见到他。

看到这条信息,苏念意突然又没那么郁闷了,同时也觉得消防员这份工作应该是很辛苦的。

苏念意正想回她,叶语姝又发了条十几秒的语音过来。

她点开来外放,把声音开到最大。

叶语姝语气很激动:我想起个事,我之前跟你提过的我的下一部戏,剧组组织我们过几天去消防队学习消防知识和基础技能,要不你也一起来?

苏念意觉得这个主意非常不靠谱:我又不是你们剧组的人,怎么一起?

叶语姝:你假装是我助理不就好了。

苏念意一听,似乎可以。

她瞬间觉得叶语姝简直就是她的爱神丘比特,是她爱情道路上的最强助攻。

苏念意连忙应下:不愧是我的好姐妹!【亲亲】

刚回完叶语姝的信息,苏念意看到沈知南给她回了信息:准备睡觉。

苏念意差点叫出声,沈知南竟然回她了!

她看了下时间,现在刚好十点,他每天都睡这么早的吗?

苏念意也不敢打扰他睡觉,于是给他回了:晚安。

到了进组那天,苏念意化了个素颜妆,特意穿得比较休闲,尽量让自己看起来像个助理。

到了消防队,苏念意跟着叶语姝顺利进了大门。

从大门进来后,苏念意看到不远处训练场上一群穿着深蓝色体能训练服的消防员正在训练。

苏念意一眼就看到了站在一旁左手叉着腰的沈知南。

他同样穿着深蓝色的训练服,但他是背对着的,苏念意没看到他的脸。

她盯着他的背影看了一会儿。很快,她们被带到培训室。

叶语姝特地拉着苏念意坐到了最前排，和她们一样坐在前面的还有另外一个女演员。

苏念意侧头看过去，这个女演员她认识，是娱乐圈比较有影响力的女明星，叫林岚，本人比电视上还要好看一些，身材很苗条，皮肤白。

苏念意正想收回视线，正好林岚也侧过头，两人视线对上。

林岚非常有礼貌地朝她笑了一下，苏念意也立刻弯起唇角。

很快，两人各自收回视线。

叶语姝也看了眼林岚，然后小声说道："她就是电影的女主角，你应该认识吧，林岚。"

苏念意"嗯"了声："我觉得她本人比电视上还要好看。"

"一般女明星都是这样，当然也包括我。"

苏念意看了看叶语姝，点头肯定她的说法。

等了会儿，讲台上还没有人来。

苏念意往门口的方向看了看，正好看到窗户外的走廊上走过来两个深蓝色的高大身影。

很快，这两个身影从门口走了进来。

讲台上，沈知南把多媒体打开，余和把手里的红色手册挨个发给大家。

发到苏念意时，余和愣了一下，认出她来，笑了笑："苏小姐，好久不见。"

苏念意弯唇："好久不见。"

"你是演员吗？"

苏念意有些尴尬："呃……不是，我陪我朋友来的。"她看了眼和她隔着一个桌子的导演，补充道："我朋友是演员，我是她助理。"

余和点了点头，继续发着手里的手册。

苏念意看了看手里有些熟悉的手册，忽然想起来她和沈知南第一次见面时，他就给了她一本这个手册，后来不知道被她扔到哪里去了。

苏念意抬头看向讲台，只见沈知南穿着深蓝色的衣服，衣服左胸口上还有一个红色的消防标志，一头短黑发，轮廓硬朗，眼睫低垂，脸上没什么表情。

好像每看到他一次，苏念意都能被他帅到。

沈知南此时已经打开了多媒体，用手调整了一下桌面上的话筒。

"大家好，我是消防大队队长沈知南……"他低沉的声音从话筒传出，而后，在和苏念意目光对上的那一刹那停了下来。

像没想到她会出现在这里，他的眼神中闪过一丝惊讶，不过很快又移开视线继续接下来的话："今天由我给大家讲解消防基本知识……"

7月的宁城，正值盛夏，清透的阳光从明亮的玻璃窗上洒落进来。培训室里开着空调，26度的适宜温度，苏念意感觉自己快要被催眠了。

苏念意强忍着睡意，盯着沈知南的脸。

好像整节课，沈知南的表情都没有任何变化，像个无情的科普机器，讲着枯燥乏味的天书。

苏念意不由得怀疑他是面瘫。当然，就算是面瘫，他也是个帅气的面瘫。

"火灾类型一般分为A、B、C、D、E、F六类，每一种火灾都对应有不同的灭火器……"沈知南侧站讲台一旁，左手插在裤兜里，右手拿着多媒体遥控器，用红色激光笔指着屏幕上的某处。

"像带电火灾，一般使用1211或者干粉灭火器和二氧化碳灭火器。"沈知南停顿了几秒，目光看向苏念意。

此时苏念意正在"钓鱼"，因为昨晚太兴奋，很晚才睡，撑了这么久，她实在有些忍不住了。

就在苏念意快要睡着的时候，讲台上突然发出一阵刺啦刺啦的声音。

她立刻清醒过来，身体坐直。

她抬眼，看到沈知南正用手捏着话筒，而那刺啦刺啦的声音，正是从话筒里发出来的。

苏念意也不知道是话筒出了问题还是他故意这样的。

剩下的时间，苏念意都老老实实地听着课。

下课之后，沈知南没过多停留，直接离开了培训室。苏念意本想和沈知南打个招呼，刚起身，就看到林岚起身走了出去。

走廊上，林岚叫住沈知南："知南。"

沈知南回头，眉眼平淡，看不出情绪。

林岚走到他跟前："好久不见。"

沈知南"嗯"了声："有什么事吗？"

林岚神情温柔，笑了笑："有时间一起吃个饭吗？"

"没有，我很忙。"

沈知南拒绝得太过直接，林岚一时间有些发愣。

等她反应过来,沈知南已经转身往前走了。

苏念意看着窗外,不知道两人说了些什么,她有些疑惑:林岚和沈知南认识吗?

很快,她看到林岚从走廊上进来,路过她的座位时,晦涩不明地看了她一眼。

苏念意蔫了吧唧地回到景和北苑,本来以为可以和沈知南说上话的,结果上课睡觉还被他抓个正着。

走出电梯,苏念意又看到了沈知南的妹妹来找他。

她还是跟上次一样敲着他的门,苏念意知道里面依然无人应答。

因为沈知南在消防队,根本没在家。

她走过去,好心提醒道:"妹妹,你哥哥没在家,在消防队,你要不去那里找他吧,或者你给他打电话问他什么时候回来。"

这个女孩叫沈欣琳,她眼神不善地盯着苏念意:"你怎么知道他在消防队?"

"我刚从那儿回来的。"

沈欣琳沉默几秒:"你喜欢我哥?"

苏念意被她突如其来的话给整蒙了:有这么明显吗?

"阿姨,我劝你还是省省心吧,我哥不会喜欢你的。"

苏念意没想到自己竟然会被一个看上去已经二十出头的女生叫"阿姨",她有些被气到了,但一想到这是沈知南的妹妹,她收敛了下脾气,尽量温和地道:"妹妹,我也才24岁,你叫我'阿姨'是不是不太合适?"

沈欣琳完全不觉得自己的行为有任何问题,甚至还故意拖着嗓子"啊"了一声,语气充满不屑:"看你长相我以为你比我大很多呢,姐姐,你这长得也太着急了吧。"

"……"

苏念意彻底被惹怒,此刻也没心思顾及沈知南的情面,直接怼了回去:"小妹妹,我不管你是谁的妹妹,希望你说话客气、礼貌一点,不要让别人觉得你没有家教。"

她真的不懂正经严肃的沈知南为什么会有这么一个没有素质的妹妹。

沈欣琳还是一脸嚣张:"我有没有家教关你什么事?我哥就惯着我,你管得着吗？"

苏念意根本不想理她这种大小姐，丝毫不惯着她："沈知南惯着你他自己知道吗？"

反正她是绝对不信的，以她目前对沈知南的了解，他根本不会惯着任何人，更不会容忍自己的妹妹这么没有礼貌和素质。

像被她的话激怒，沈欣琳提高嗓音，语气里带着怒气："关你屁事！我们家的事轮不到你来管。"

苏念意从来不是好惹的主，更不会被人欺负，她嗤笑了一声，语气冰冷："我还不屑管呢，要不是因为你是沈知南的妹妹，我都懒得搭理你。"

说完，苏念意直接转身打开门走了进去，然后"嘭"的一声把门关上。

完全不可理喻，怎么什么人都有。

苏念意站在玄关处平息了一下怒气，随后拿出手机，给沈知南发了条信息，但是她并没有说她刚刚跟他妹妹吵了一架。

苏念意：沈队长，我刚回家碰到你妹妹来找你了。

那头没回。

苏念意也没在意，她知道沈知南很忙。

她来到她的化妆室，准备等会儿在微博上直播，因为她答应了粉丝一个星期会直播一次。

苏念意的直播有时候会教大家化妆，有时候就只和粉丝聊聊天。

因为刚刚的事，苏念意非常郁闷，完全没心情化妆，于是这场直播就成了和粉丝唠嗑。

而另一边，沈知南刚开完会。

他走出会议室，身后还跟着大勇他们三人。

"沈队，一块儿去食堂吃饭啊。"

沈知南"嗯"了声，往食堂的方向走。

排队时，沈知南拿出手机，看到了苏念意在十分钟前发过来的信息。

沈知南蹙眉，沈欣琳还真是不死心，他都跟她说得那么明白了。

他的指尖在手机键盘上打字：跟她说我不在家。想了想，沈知南又删掉，重新输入。

沈知南：我知道了。

排在另一队的大勇不经意间瞥到沈知南的手机屏幕，一脸惊讶："沈队，你和苏小姐在一起了吗？"

沈知南抬头："什么？"

大勇怕被他发现自己看到了他和苏念意的聊天内容，连忙掩饰道："没什么，我瞎问的。"

直播间里，苏念意正和粉丝唠着嗑。

"我最近在追人，有经验的姐妹可以给我支支招吗？"

很快，屏幕上被问号刷屏。

苏念意认真强调："我说认真的呢。"

粉丝回复她：

直接告白啊！！！有你这脸还怕追不到吗？

我就想知道什么男人还需要你亲自追。

请你认清现实！美女根本不需要爱情，它只会耽误你搞钱的速度。

还追什么，直接强吻啊！拜托，哪个男人会拒绝主动的美女，就算最后被拒绝了，反正都吻到了也不亏啊！

…………

苏念意看了半天，也没看到一个靠谱的办法。

沈知南要是看脸就好了。

还强吻，要是真这么做了，她觉得沈知南可能会给她来两拳，或者告她非礼，然后她直接从他的追求者变成了他的被告人。

苏念意扯出一个微笑，不动声色地转移了话题。

下了播，苏念意拿起一旁正在充电的手机。

她点开屏幕，发现沈知南给她回信息了。

看到他发过来的信息，苏念意觉得应该找个他感兴趣的话题多聊聊，这样才能增进感情。

她绞尽脑汁想了会儿，最后非常谨慎地给他发了个信息：沈队长，如果我家着火而我刚好在家，我该如何逃生呢？

这次沈知南倒是回得很快：消防宣传手册上有关于这个问题的详细讲解。

"……"苏念意顿时被噎住了，这还让她怎么发挥。

她思考了会儿，回复上次和他说过的话：我觉得还是沈队长亲自给我普及比较好。

沈知南不回她了。

隔日。

苏念意准时来到消防队，今天学的是消防器具的使用和一些基本技能。

由于苏念意不是电影参演人员，所以她不用学，只要在一旁看着就行。

而且今天换了个人教，她连沈知南人都没看到。

苏念意有些泄气地坐在训练场旁的长椅上，一旁林岚的助理小晚戳了戳她，问道："你真是语姝姐的助理？"

她愣了下，点点头："是啊。"

"我第一眼看到你还以为你是新出道的演员呢，长得真好看。"

苏念意并不是第一次被人夸长得漂亮，但每次被夸，还是会很开心。

她笑了笑："谢谢。"

"唉，我真的很羡慕像你和岚姐这样长得这么漂亮的人，但是我不懂你为什么要去当小助理。"

苏念意干笑了一声。

小晚看着她的脸，忽然顿住："等等，你长得好像一个叫苏念念的网红。"

苏念意也不打算隐瞒了："呃……我就是。"

小晚有些激动起来："我经常看你的视频，昨天晚上我还看了你的直播呢。"

苏念意有些意外："是吗？"

"是啊，我觉得你本人比视频中还要好看。"小晚停顿几秒，"对了，你追人追得怎么样啦？"

"……"

"我还在直播间给你支招了呢，虽然我不知道你追谁，但是我敢保证，一定有用。"

"啊？"

小晚凑到苏念意耳边，小声说："就强吻啊！"

"……"

苏念意笑了笑，没再说话，她抬头，看到沈知南从她面前走了过去。

这路线怎么感觉是从她后面绕过来的？

她转过头，看到大勇和余和坐在后面，笑嘻嘻地跟她打招呼："苏小姐。"

她木讷地张了张嘴："你们好。"

而后，她回过头，看向沈知南所在的方向。

他刚刚，不会都听到了吧？！

强吻什么的应该没听到吧，小晚刚刚说得挺小声的。

苏念意纠结了一会儿，很快又破罐子破摔，听到了又怎么样，反正她又不会真的强吻他，他总不至于这么小气，就因为这种还没得到证实的话而告她非礼吧。

想了会儿，苏念意起身，往训练场上走。

此时沈知南正在指导空气呼吸器的穿戴方法，苏念意走到叶语姝旁，一副很感兴趣的模样。

讲解完，沈知南又示范了一遍呼吸器的戴法。

而后，他把空气呼吸器卸下，问道："男生有谁想试一下吗？"

话落，几个男演员走上前，在沈知南的指导下，操作顺利完成。

苏念意觉得还挺好玩，于是举起手："沈队长，我也想试试。"

沈知南看向她，目光中带着怀疑。

看到沈知南一脸不相信她的模样，她的胜负欲被激起。

虽然她是半路才来听课的，但是她记忆力好，看沈知南示范了一遍后她基本就知道怎么穿戴了。

她走上前，弯腰把呼吸器的包装箱打开，随后照着刚刚沈知南的操作顺序一边操作一边讲解。

当步骤进行到要背上气瓶时，苏念意提了下瓶箍带，结果没提起来。

由于瓶箍带上的气瓶有些重，苏念意使了下劲，下一秒，她的身体歪歪斜斜地撞进一个坚硬的胸膛。

随后苏念意手上一松，紧接着就是一声尖叫。

医院里，苏念意脚上缠着绷带，被叶语姝扶着，一瘸一拐走出病房。

苏念意看了下四周，问道："沈知南呢？"

"回队里了吧。"

苏念意有些失落地"哦"了一声。

叶语姝看着她的脚,有些心疼:"你说你,逞什么能,现在好了,又得在床上躺一段时间了。"

"我也没想到那个气瓶这么重。"

苏念意回想起当时气瓶落到她脚上的感受,痛得她差点当场去世。

还好沈知南动作够快,立马把气瓶从她脚上挪开,不然她的脚真的会废。

"好了,我先送你回家。"叶语姝无奈地说。

"好。"

叶语姝搀扶着苏念意走出医院,打了辆车回景和北苑。

把苏念意送到家后,叶语姝又赶回了消防队。

晚上,苏念意单脚蹦着去厨房倒水喝,路过客厅时,忽然听到门外有开门的声音。

她蹦着到玄关处,从猫眼里看了一眼。

沈知南竟然回来了。

苏念意当下就打开门,叫了他一声:"沈队长。"

沈知南回过头。

"你怎么回来了?"

"有点事。"

"哦。"

沈知南垂眼看了看她缠着绷带的脚,心里莫名地有一丝愧疚。

他知道那个气瓶的重量,以苏念意这细胳膊细腿拿起来肯定很费劲,但是又看她那一脸很感兴趣的模样,他也就随着她了,谁承想会这样。

安静了几秒,沈知南抬眼看着她,说道:"有什么要帮忙的可以叫我。"

苏念意顿了下,很快眉眼弯起:"好啊。"

既然沈知南都那么说了,苏念意肯定不会错过这次机会。

她打开电脑看了看"攻陷沈知南计划",计划第二步:多在一起吃饭,增进感情。

九点,苏念意点了个外卖,并诚挚地在微信上向沈知南发出了一起吃夜宵的邀请。

苏念意:沈队长,帮个小忙。

沈知南:什么忙?

苏念意:帮忙吃点东西。

沈知南是个极其自律的人，晚上八点后，除了特别饿，一般他都不会再进食，所以就拒绝了她的邀请：我不饿。

苏念意猜到他会拒绝，于是给他发了个可怜兮兮的表情过去。

苏念意：你刚刚不是还说有什么要帮忙的可以叫你吗？

像怕他还拒绝，苏念意又补充了句：你不吃也没关系，你看着我吃就行，吃完再帮忙扔个垃圾。

沈知南："……"

餐桌上，沈知南坐在苏念意的对面，还真的是看着她吃。

苏念意虽然脸皮比较厚，但是一直这么被人盯着吃东西，她也有些不太好意思。

毕竟她觉得自己吃东西的样子也并不是那么优雅。

她缓慢地把嘴里的食物吞下去，问道："沈队长，你真的不吃点吗？我点了两人份，我一个人吃不完，多浪费啊。"

沈知南看了看旁边还没动的饭菜："剩下的你留着明天吃。"

"啊？我妈说隔夜菜不能吃。"

沈知南瞥她一眼，没接话。

场面冷了下来，苏念意又快速想了几个话题，忽然想到沈知南的妹妹叫她阿姨这件事，苏念意看着他，问道："沈队长，你妹妹多大了啊？"

沈知南表情很淡漠，眸色暗了下来："不知道。"

苏念意有些诧异："啊？"

"跟她不熟。"

"她不是你妹妹吗？"

沈知南沉默了下来，像不想再说这件事。

苏念意是个有分寸的人，既然是别人的家事，她也不好再追问。

接下来的时间，苏念意能明确感觉到沈知南心情不佳，也不知道是因为她提了他妹妹的原因还是因为别的。

过了会儿，沈知南看苏念意吃得差不多了，淡声问道："吃完了？"

苏念意观察着他的表情，"嗯"了一声。

"自己收拾一下，垃圾我帮你带出去。"

苏念意下意识拒绝："没事，垃圾我自己可以扔的。"

"你脚不是不方便？"

苏念意"啊"了一声。他不会以为她是想让他帮忙扔垃圾才费尽心思让他陪她吃夜宵吧？

哦，她忘了自己刚刚确实这么说了，但那不过只是她随便扯的借口而已。

沈知南看她没动，催促道："快点。"

苏念意"哦"了一声，默默收拾好垃圾递给了沈知南："那麻烦你了沈队长。"

"嗯。"

养伤这些天，苏念意闲得无聊，在家开始了网购。

苏念意是个经常会冲动消费的人，又是个好奇宝宝，看到什么奇怪的东西就想买回来一探究竟。

最后，苏念意激情下单，待收货两百多件。

于是在接下来的两三天里，苏念意快递不断。

本来一开始快递员都是把快递送到家的，但是因为昨天小区物业经理在物业群里发了通知，禁止外卖和快递送进来。

原因是前些天小区里有个女住户被送货上门的快递员骚扰了。

经常收快递的苏念意想想就觉得很可怕，所以对自己的快递被放在离她快有一公里的快递驿站也没有任何意见。

只是她现在脚不太方便走路，驿站小哥又催她赶紧去拿快递，因为她快递实在太多，驿站都快要放不下了。

没辙，苏念意只能让沈知南帮忙，她想着两人的关系虽然还说不上是很好的朋友，但是至少也算是普通朋友吧，而且他俩还是对门，这个小忙他应该会帮吧？

想到沈知南这些天白天都待在队里，只是晚上偶尔会回来一下，于是她给沈知南发了条信息，问他今天晚上回不回来。

苏念意等了一会儿，沈知南给她回了个问号。

苏念意立刻回复：帮个小忙。

然后沈知南不回她了。

苏念意又发了条信息过去：就几个快递，拜托拜托啦！

紧接着，苏念意又把自己的手机号码发了过去：报我尾号就行，麻烦你啦沈队长。

另一边，沈知南正在训练场带着前几天刚来消防队的消防员训练。

此时一个满头大汗的新兵蛋子气喘吁吁地从他面前跑过去，沈知南吹了下口哨，提高嗓音："还有最后两圈。"

很快，两圈跑完，沈知南口哨一响，陈林直接瘫倒在地，大口喘着气。

沈知南走过去，垂头看着他，正色道："体能太差，明天加训。"

陈林"啊"了一声，很快又视死如归地应下："好的沈队！"

沈知南没再说什么，直接离开了训练场。

晚上，沈知南回了趟景和北苑。

到了小区大门时，沈知南忽然想起苏念意让他帮忙拿下快递。

想到苏念意的脚，沈知南又折返去了快递驿站。

此时驿站人比较多，排着很长的队。

排了大概十分钟，身后有几个女生窃窃私语起来，两个女生还推着站在沈知南后面的女生往前。

女生红着脸，轻轻扯了下沈知南的衣服。

沈知南回过头，女生看了他一眼，随后又害羞地低下去，把手机递到他面前，磕磕巴巴地说："那个……能加个微信吗？"

沈知南很直接："我没有微信。"

说完，沈知南转过头，往前走了几步。

"……"

又排了大概几分钟，终于轮到沈知南。

驿站小哥忙得不行，看了眼他，问道："什么名字？"

沈知南回答："苏念意。"

驿站小哥找了一会儿，都没找到有叫苏念意的快递，他没了耐心："手机尾号多少？"

沈知南又报了下手机尾号。

很快，驿站小哥就找到了，他拿起一个快递看了眼，然后扯着嗓子，叫了声："叫'惊天绝世大美女'是吧？"

沈知南一顿："？"

他身后的人更是忍不住笑出声来。

驿站小哥指了指放在角落里的一堆快递:"这些都是。"

沈知南:"……"

"你这快递再不来拿我这都快放不下了。"驿站小哥停顿了一下,似乎察觉到了不对劲,"哎,你这是给女朋友拿快递是吧?"

沈知南没回答。

驿站小哥自顾自地继续道:"等会儿我借你个大点的推车,明天给我送回来。"

沈知南"嗯"了声,然后拖着一大车的快递进了小区。

一路上,沈知南都在想一个问题:女人到底是个什么样的生物?

又或者说,苏念意到底是个什么样的生物?

还没等他思考出答案,电梯就到了25楼。

他拖着推车走到苏念意家的门口,敲了敲门。

没过多久,门被打开,看到沈知南和她的快递,苏念意立马扬起笑容,手扶着门,单脚跳着把门开到最大:"谢谢你啊,沈队长,你直接拖进来吧。"

沈知南把快递拖进门,又顺手帮忙把快递卸下来。

很快,客厅里就堆满了快递,大件小件都有。

苏念意看沈知南额头上出了点汗,于是在茶几上抽了张纸巾,手不自觉地想要去帮他擦汗。

此时沈知南正弯着腰放好快递想要站直,忽然眼前出现一个纤瘦的身影,下一秒,他感觉到自己的额头被柔软的纸巾轻轻擦拭。

沈知南身体有些僵硬,苏念意的动作还在继续,两人此刻靠得很近。

他抬眼,是苏念意。

一股淡淡的茉莉香萦绕在沈知南的鼻尖,他下意识地屏住了呼吸。

而苏念意丝毫没察觉有任何不妥,擦完汗,她收回手,目光不经意间瞥到了沈知南红红的耳朵。

目光一滞,苏念意顿时反应过来,她眉眼弯起,不自禁地抬手碰了下他的耳朵。

苏念意的指尖冰凉,此时碰上他有些滚烫的耳朵,沈知南不由得一颤,身体立刻站直。

察觉到他的反应，苏念意笑得更放肆了，看到沈知南警告的眼神后收敛了起来，忍着笑辩解道："沈队长，我看你耳朵红了。我刚刚只是想给你降降温来着。"

沈知南当然不信，他瞥了她一眼，随后拖着推车离开了她家。

苏念意看着他的背影，唇角弯起。

原来沈知南还是个纯情大男孩啊，她就给他擦了个汗而已，他耳朵竟然就红了。

回到自己家的沈知南一进门就进厨房倒了杯水，一饮而尽。

嘴角的水顺着他的下巴往下，经过喉结流进了他的衣服里。

耳朵还是红红的。

以前，沈知南对恋爱之事从没有过幻想，觉得自己并不需要，但是刚刚……

他竟毫无缘由地耳朵红了。

沈知南觉得自己肯定是疯了，他放下水杯，走出厨房进了浴室。

洗完澡出来，沈知南又收到了苏念意的信息：沈队长，今天真的谢谢你了，看你哪天有时间，我请你吃个饭呗。

沈知南此刻不太想回她的信息，他揉了揉眉心，决定减少回景和北苑的次数。

另一边，苏念意对于沈知南这个反应，还是觉得有些震惊，一个大男人竟然这么容易害羞。

换作别的男人她可能还会觉得合理，但那个人是沈知南啊！

表面是个严肃正经的硬汉形象，背地里却是个纯情大男孩。

这反差有点太大了吧。

意识到这一点，苏念意连夜修改了"攻陷沈知南计划"，她觉得之前的那个计划太垃圾了，她应该先摸清他的喜好性格，再对症下药。

又在家休息了几天，苏念意的脚也好得差不多，基本上可以正常走路了。

但是这几天她却没有看到沈知南回来，给他发信息他也没回，剧组里的消防知识培训也早就结束，苏念意没有理由再去消防队找他了。

为此，她有些苦恼，但是又没办法。

随着她的快递陆续送到，苏念意又收到了驿站小哥的电话，她的快递又堆了很多了。

苏念意来到驿站，此时人不是很多，苏念意报了下自己的手机尾号，驿站小哥走到一堆快递面前，问道："叫'惊天绝世大美女'是吧？"

"是的。"

驿站小哥像想到什么，看着苏念意，说道："上次你男朋友来帮你拿快递，借走了我这儿的推车还没还，你让他早点还回来，我们还要用呢。"

苏念意一脸蒙："啊？"

很快，她又想到沈知南前几天给他拿了次快递，那个推车，她记得沈知南好像走的时候一块儿带走了啊。难道他没还？不记得了？

还有为什么这个小哥要说那是她男朋友啊？沈知南自己说的吗？

正当她想着，苏念意看到驿站小哥又推了个推车出来："这个推车借你，记得还啊。"

苏念意点点头："好的，谢谢啊。"

驿站小哥看了看她："你快递太多了，下次还是叫你男朋友给你拿吧。"

苏念意没解释沈知南不是她男朋友这件事，她"嗯"了声，拖着快递回了小区。

到家后，苏念意已经出了一身汗，她把快递卸下来后去洗了澡。

洗完澡后，苏念意想起来推车的事，于是给沈知南发了条微信。

苏念意：沈队长，我今天去拿快递，驿站的小哥说你借的推车还没还。

这次，沈知南倒是回得很快：知道了。

苏念意：你要是没空，你告诉我你把推车放在哪里，我帮你还回去。

沈知南：不用。

苏念意摸了摸鼻子，回复：好吧。

想起驿站小哥的话，沈知南当时竟然没有否认，这是不是代表沈知南对她还是有好感的。

想了想，苏念意又发了条信息过去：沈队长，驿站小哥说那天给我拿快递的是我男朋友。

沈知南又不回她了。

苏念意放下手机，准备收拾一下给粉丝录个开箱视频。

录到一半，苏念意听到对面传来推车的动静，她猜到是沈知南回来了。

她点了暂停，立马起身跑到门口把门打开。

"沈队长，你回来啦。"

沈知南抬眸，看到苏念意头上有条体型较大的黄色的鱼，看上去像个发箍，鼻梁上戴着一副大大的黑框眼镜，身上还穿着一件印有搞怪图案的宽松T恤和格子睡裤，整个人看上去就像个搞怪少女。

沈知南脑子里冒出来的第一个想法就是：邋里邋遢。

苏念意丝毫没注意到自己此刻的形象，还笑嘻嘻地让沈知南等她一下。

苏念意走到客厅，把推车推出来："我也借了一个，我们一起去还吧。"

沈知南看她这一身打扮，觉得这样出门有些不妥，而她也丝毫没有想要去换衣服的想法，于是他拉过她的推车，说道："我顺路一起还了。"

苏念意觉得老是麻烦他不太好意思，便又把推车拉回来："又麻烦你，多不好意思啊。"

沈知南倒也没觉得她有多不好意思，反正之前都麻烦他那么多次了，多一次也没什么关系。他看着她头上的黄色大鱼，直接实话实说："你这一身装扮不适合出门。"

听到这话，苏念意才后知后觉地反应过来，她抬手摸了下脑袋上的鱼，笑了笑："哦，我刚刚在给粉丝录开箱视频，这是我买的发箍，可爱吧？"

沈知南当然不会回答她这个问题，他也不懂什么是开箱视频。

他看了她一眼，没再说话，直接从她手里把推车拉过来，然后朝电梯口走去。

苏念意跟着走过去，站在他旁边，脸上带着探究："沈队长，你还挺霸道啊。"

沈知南没理她。

苏念意把头上的发箍取下来："沈队长，我觉得我还是和你一块儿去吧，几天没见到你了，想和你多待一会儿。"

沈知南眉眼微动了一下，看着她的侧脸，一时间不知道说什么。

苏念意也侧头看过来，两人视线对上。

空气安静下来，沈知南盯着她镜片下漂亮的眸子，想到最近她每天雷打不动地给他发早安、午安、晚安，还向他询问他的喜好，他忽地问道："你在追我?"

对于他突如其来的问题,苏念意愣了下,然后大方承认:"对啊,难道不明显吗?"

"……"

没想到她会承认得这么快,沈知南"哦"了一声,从她脸上移开视线,看向电梯的楼层显示屏。

只有"哦"吗?

虽然苏念意对他这个态度有些不满,但是作为一个追求者,她也不敢有什么意见。

她笑嘻嘻地问他:"那你觉得我胜算大吗?"

沈知南瞥她:"你觉得呢?"

"我觉得还挺大。"

话落,电梯"叮"的一声,到达25楼。

沈知南没再接话,直接拉着推车走了进去。

由于有两个推车,电梯空间又不是太大,等沈知南把推车全部推进去后,里面根本就站不下其他人。

苏念意站在电梯外,眼睁睁地看着电梯门关上。

电梯里,沈知南看着电梯门,莫名地笑了一下。

好像挺可爱的。

回到家,苏念意接着把视频录完,但是却没有听到沈知南回来的声音,估计是又回消防队了。

等到苏念意把视频剪完发布,已经是晚上九点。

她伸了个懒腰,把客厅收拾了一下。

收拾完,苏念意收到了陈女士久违的问候。

陈女士最近和老公也就是苏念意的爸爸苏志群在环球旅行,这件事她是他们苏家最后一个知道的。

还是因为苏志群在发朋友圈时忘记屏蔽她她才知道的。

苏念意对这对几十年如一日腻得要死的中年夫妻非常无语,出去玩不带她就算了还不告诉她。

她接通视频电话,面无表情地看着视频中笑意盈盈的陈女士和苏总。

"宝贝呀，你在干吗呢？"

"在打扫卫生。"

"哦，爸爸妈妈明天准备回国了，给你带了礼物，到时候给你送过去。"

苏念意想到自己房子被烧的事还没告诉他们，于是拒绝道："不用了，我到时候回家自己来拿。"

"也行，那先挂了，我们准备去吃烛光晚餐了，拜拜。"

"……"

挂完电话，苏念意躺到沙发上，看了会儿粉丝的评论和私信，随后，她注意到有个粉丝给她发了很多条信息，基本上每天都会给她发。

她点进去，看头像是个男粉丝，他发的每条信息都很长，跟小作文一样，全是在夸她多漂亮他有多喜欢她。

苏念意没多想，给他回了个：谢谢你的喜欢和支持。

很快，那个粉丝立马回了过来：啊啊啊！念念回我了。

苏念意没再回他，直接进了浴室洗澡。

隔日下午，苏念意在机场接到了陈女士和苏志群。

回去的路上，陈女士拉着苏念意跟她说国外哪里哪里好玩，还给她看他们拍的照片。

苏念意看了一眼，这照片大概也就有几百张吧。

到了家，拿到礼物，苏念意又被留下吃饭。

苏念意想着好久没吃到苏志群做的饭菜，于是欣然留下了。

饭桌上，三人一边吃饭一边唠着家常。

陈女士夹了块肉放到苏念意的碗里，问道："你表弟最近有没有和你联系？"

苏念意想了想："没有，怎么了？"

陈女士叹了口气："那小子和你舅舅吵架，离家出走了。"

苏念意一点都不惊讶："他离家出走的次数还少吗？舅舅还没习惯？"

"听说是由于找工作的原因，我们在国外，也没弄清楚到底是怎么回事。"

苏志群拍了拍陈女士的肩膀，安慰道："放心吧，他这么大个人，不会丢的。"

吃完饭回到家，苏念意立刻给这位经常离家出走的表弟发去了慰问。

苏念意：听说你又离家出走了？来跟姐说说是怎么回事。

那头没回。

苏念意也没在意，点开和沈知南的聊天框，给他发了条信息。

苏念意：沈队长，在干吗呀？

沈知南秒回：没干吗。

对于他突然的秒回，苏念意有些意外，平常不是都不会回她这种消息吗？

苏念意：哦，那好吧。

苏念意：那你什么时候有时间让我请你吃个饭呀，之前老是麻烦你，我总得好好谢谢你。

沈知南：没空。

苏念意：……

刚和沈知南约饭失败，苏念意又收到了江屿的约饭邀请。

苏念意想起来自己还欠他一顿饭，于是就和他约了明天晚上六点。

消防队里，沈知南下训后来到食堂吃饭。

食堂里，长长的饭桌上，坐了大概七八个人。

余和像没有胃口，盘子里的饭菜也没怎么动，他看着对面狼吞虎咽的人，心事重重地问道："哎，你们给我分析分析，最近有个女孩总是喜欢麻烦我，一点小事就找我帮忙，你们说她是不是因为喜欢我才这样的？"

坐在余和对面的人毫不留情地打击他："你别自作多情，我之前也碰到过这种情况，各种体力活儿都找我帮忙，我当时也以为她喜欢我，结果人家只把我当免费劳动力。女孩子的心思，我们是猜不透的。"

余和"啊"了一声，语气有些遗憾："我还想着要不要跟她告白呢。"

"你要是喜欢她，也可以试试，万一她是真的喜欢你呢。"

"别了，我还是想确认她是真的喜欢我才告白。"

"喊，胆小鬼。"

坐在一旁的沈知南吃完盘子里最后一口饭，起身把盘子放到回收处，然后离开了食堂。

宿舍里，沈知南想到食堂里他们的对话，不禁想到苏念意。

她好像也很喜欢麻烦他。

所以她是把他当免费劳动力？

可是她不是在追他吗？

想了会儿，沈知南点开微信，给苏念意发了条信息。

沈知南：明天晚上六点有空。

等了几分钟，苏念意才回：啊？明天六点我约了别人，要不我们约后天吧。

约了别人？沈知南蹙眉，莫名有些烦躁，拒绝她还不到一小时，她转头就约了别人，也不知道是男的还是女的。

沈知南回复她：算了。

苏念意回了个问号过来，很快又撤回。

苏念意：要不我们约明天晚上的夜宵？

沈知南：我没有吃夜宵的习惯。

苏念意：那好吧。

那好吧？

就这三个字？沈知南把手机扔到一边，平复自己这平白无故烦躁的心情。

过了几秒，手机屏幕再次跳出来一条信息。

沈知南拿起手机，看了眼，是一条陌生号码发过来的短信。

哥，我知道错了，我妈已经骂过我了，我以后不会再来骚扰你了，真的，你就把我从黑名单里拉出来吧。

沈知南嗤笑了一声，眼神冰冷，下一秒，手机响起，沈知南立刻点了拒接，然后把它拉进了黑名单。

连同这个号码发过来的信息也一并删除。

隔日，苏念意睡到中午才醒来，还是被叶语姝的电话吵醒的。

苏念意把手机开免提放到一边，眼睛仍闭着，听着电话里叶语姝的哭诉。

"男人就没一个靠谱的，热恋期一过就冷淡了，呜呜呜，周北生那个混蛋，我要跟他分手！"

苏念意睁开眼，附和道："狗男人，怎么能这么对你呢，分手！立刻分！"

"念念，晚上有时间吗？我们去酒吧喝酒去。"

"你戏拍完了？而且去酒吧你不怕被认出来吗？"

"我戏份不多,早拍完了,放心,我这个十八线没什么人认识。"

"但是我晚上和江屿哥约了一起吃晚饭,要不你一起来?吃完饭我们再去。"

"好啊,我都好久没和我表哥一起吃饭了。"

挂断电话,苏念意再没了睡意,跟江屿说了声叶语姝也一起和他们吃饭后,便直接起了床。

洗漱完,苏念意准备去厨房找点吃的,走到客厅时,听到门外传来一阵敲门声,她走到玄关处往猫眼里看了一眼。

又是沈知南的那个妹妹,她是真不懂为什么她总是挑沈知南不在家的时候过来,难道就不能先打个电话问一下他在不在家再过来?

苏念意想了会儿,决定不理这个没礼貌的小姑娘。

下午四点,苏念意才开始收拾自己。因为吃完饭还要去酒吧,苏念意特地化了个猫系浓颜蹦迪妆,里面穿着黑色的吊带,下身是高腰A字短裙和细高跟。

但是想到等会儿还要和江屿吃饭,这样穿貌似有点张扬,于是她拿了件薄外套套在身上才出门。

到了约定好的饭店,这会儿叶语姝和江屿也到了。

饭桌上,从点完菜开始,叶语姝就在那疯狂吐槽周北生有多混蛋,把他从头骂到脚。

作为她的好姐妹,苏念意当然是帮着她一起骂。

一旁的江屿全程都没有吭声,像不知道该如何插话,感觉好像也不该插话。

等到菜上齐,江屿才适时出声:"先吃饭吧。"

到快要吃完的时候,为了不让江屿抢单,苏念意特意起身先去收银台把单给买了。

她重新回到座位,此时叶语姝和江屿已经吃好在等她了。

三人走出饭店,苏念意看向叶语姝:"现在去吗?"

叶语姝:"嗯。"

江屿好奇地看着两人:"这么晚了你们要去哪里?"

叶语姝下意识回答:"去酒吧。"

江屿看了看两人穿的衣服,都穿的短裙,但是上身却穿着外套。

他有些不放心:"这么晚了就别去了吧,我送你们回家。"

叶语姝哪会听他的,想了想,建议道:"表哥,要不你和我们一块儿去吧,每天工作那么辛苦,就当放松一下。"

苏念意也觉得这个建议很好,有个男的在旁边也比较安全,于是附和道:"对呀,江屿哥,一块儿去吧。"

江屿实在放心不下她们,于是就应下了。

没多久,三人就来到了酒吧。

宁城的夜生活向来丰富,此时酒吧里灯红酒绿,全是潮男潮女。

一进酒吧,苏念意和叶语姝就把外套给脱了。

三人坐在卡座上,点了酒。

叶语姝拿着酒杯,兴奋地说道:"干杯!"

苏念意端着酒杯和她碰了一下,一饮而尽。

江屿因为要开车,所以没喝酒。

他无奈地看着两人,时不时还要叮嘱她们少喝一点。

喝到一半,叶语姝的手机响起,她看了眼,直接点了拒接,很快,电话又打了过来,重复好几次后,叶语姝点了接听。

"干吗!"

那头愣了几秒:"你在哪儿?"

"不关你的事。"

说完,叶语姝直接挂了电话。

挂断电话后,叶语姝又接着喝了起来。

其间,苏念意去了趟洗手间,回来时,碰到了沈知南的那个妹妹和一个男人正勾肩搭背,非常暧昧。

一开始她还没认出来,因为她的妆化得实在是太浓了,衣服也穿得很辣,完全不同于白天在沈知南家门口看到的那样。

沈欣琳倒是一眼就认出了她,她勾唇,轻蔑地笑了声,然后极其嚣张地从她旁边走了过去。

苏念意真的想上去给她来一巴掌,她就没见过这么没有素质的人,但是碍于沈知南的情面,她还是忍了下来。

她平复了下心情,回到卡座,这时叶语姝已经彻底喝醉了。

最后,喝得醉醺醺的叶语姝被江屿背出了酒吧。

因为怕叶语姝喝醉后没人照顾,苏念意直接让江屿把她们送回了景和北苑。

到了景和北苑,江屿又把叶语姝送上了楼。

安顿好后,苏念意把江屿送到门口:"江屿哥,今天谢谢你了。"

"嗯,没事,你也喝了不少,等会儿泡杯蜂蜜水喝了再睡吧。"

苏念意笑了笑,点头:"好。"

江屿神情温柔地看着她:"念念,晚安。"

苏念意随口道:"嗯,晚安,你开车注意安全。"

江屿笑了笑,转身离开,刚走出没几步,就看到一个男人走了过来,眼神冰冷地扫了他一眼。

而这边,苏念意正准备关门,忽然看到沈知南走了过来,他冷冷地看了她一眼,然后转身背对着她准备开门。

在这个时候看到他回来苏念意有些惊喜,她叫了他一声:"沈队长,这么晚你怎么回来啦?"

回应她的是"嘭"的一声门被用力关上的声音。

苏念意:"……"——他又怎么了?吃炸药了?

苏念意实在猜不透他的心思,她把门关上,准备洗个澡睡觉。

叶语姝住了好几天,本来苏念意还以为叶语姝和周北生已经分手了,结果在第三天,叶语姝竟被周北生接走了。

和好如初了。叶语姝还跟苏念意解释说两人只是吵架,并没有分手,还跟她说了好多周北生的好话。

想到自己这些天一直给叶语姝灌输"拜拜就拜拜,下一个更乖"的思想,苏念意瞬间觉得自己就是那个大怨种。

纯纯的大怨种。

她直接回了叶语姝四个字:*祝你幸福。*

叶语姝:*谢谢姐妹!也祝你早日追到沈队长!*

苏念意:"……"

第三章
被攻陷

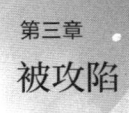

自从那天晚上后，苏念意一连好多天都没看到沈知南。

给他发信息，他一条都没回过，她完全不知道发生了什么，沈知南忽然就对她这么冷淡。

郁闷的她只能在微博小号上发发牢骚。

发完牢骚，苏念意切回大号，照例看粉丝给她发的私信，里面照常有那个男粉丝每天给她发的信息。

她点进去，发现他最近的言语越来越轻浮，甚至可以说很猥琐，苏念意看完，忍不住有点想吐。

这完全构成性骚扰了，苏念意越想越恶心，直接把这个男粉丝拉黑了。

再往下翻，她留意到一个深蓝色的纯色头像发过来的信息：如果有个女孩在追我，但是我却看到别的男人从她家里出来，请问她是真心在追我吗？或者她已经换目标了？

信息是前几天晚上12点半发过来的。

这是把她当树洞了吗？

苏念意眼皮一跳，不自觉地戳开他的头像进到他的主页，发现什么都没有，关注列表也只有她一个人。

想了会儿，苏念意返回聊天框，回复他：稍等，我让我的女粉丝们给你分析一下。

于是，苏念意把他的信息截下来，发了条微博。

苏念念V：姐妹们！快来帮帮这个帅哥。【图片】

发完，苏念意便去化妆间录化妆视频去了。

苏念意五官美艳，有一双勾人的狐狸眼，鼻梁小巧精致，双唇红艳性感，天生的浓颜型美女。

给人的感觉就是难以接近。

而今天她化的是一个氛围感玫瑰少女妆容，用的眼影腮红和口红全是温柔的玫瑰色系。

这反倒让她有一种清冷的气质，整个人有一种易碎感。

录完视频，苏念意又臭美地拍了几张自拍发到了朋友圈。

消防队里，沈知南正盯着陈林训练，这个没当过兵、大学刚毕业的小伙子最近被沈知南训惨了，天天动不动就三千米加俯卧撑，整得这个新兵蛋子累得半死。

训练场上，太阳正烈，余和他们三人坐在长椅上看着正在做俯卧撑的陈林累得气喘吁吁，忍不住为他求情。

"沈队，要不你让他休息会儿吧？"

"是啊，我看他快撑不下去了。"

沈知南抬手看了下时间，拿起胸前的口哨吹了一下。

听到口哨声，陈林手臂立刻放松，趴在地上，大口喘着气。

回到休息室，沈知南拿出手机，看到界面突然有一条微博推送。

他眉眼一跳，点进去。

指尖缓缓在屏幕上滑动。

一旁的大勇凑过来，一脸惊讶："沈队，你竟然还玩微博啊。"

沈知南摁灭屏幕，"嗯"了声。

这时刘平忽然发出一声感叹："哎呀，这苏小姐长得是真的好看。"

三人一同看向他，刘平把手机递到他们面前："你们看，苏小姐发的朋友圈。"

大勇："唉，我要是有个这么漂亮的女朋友就好了。"

余和："你就想想吧。"

沈知南瞟了一眼照片，便收回了视线。

他站起身，离开了休息室。

晚上，苏念意正在看朋友圈的评论，手机忽然冒出来一个陌生号码打来的电话。

她犹豫了一下，点了接听。

"喂，你好。"

那头沉默了几秒，而后传过来一声低沉的男声："你好，是苏小姐吗？"

"嗯，是的。"

"你有个快递在景和北苑的正门，麻烦你过来签收一下。"

苏念意一愣，快递一般不是都放在驿站吗？而且她现在也不太想出门。

"你帮我放在附近的快递驿站吧。"

"是重要快递，需要你本人签收。"

还未等苏念意回答，那头就挂断了电话。

苏念意也没多想，直接穿着拖鞋出了门。

到了正门，苏念意并没有看到快递员的身影，只有一个戴着帽子和口罩，身上穿着全身黑，手上拿着一个快递盒的男人。

苏念意猜测这个应该就是给她打电话的快递员，于是走出大门，来到他跟前，说道："你好，我来签收下我的快递。"

男人抬头，笑了声，眼睛不怀好意地盯着她。

苏念意立刻意识到不对劲，转身就想跑，下一秒，她的手腕被身后的人拽住往他的方向扯。

力道极大，苏念意的身体不受控制地往后倒，瞬间被身后人抱住，耳边传来让她极其恶心的声音："念念，我好喜欢你。"

苏念意尖叫出声，一边挣扎一边呼救。

还未等小区的保安跑过来，苏念意感觉背后闷哼一声，她腰上的手臂突然一松。

手腕被人拉住往一旁扯，她的身体也顺势撞进了另一个人的怀里。

苏念意猛地抬头，看到沈知南目光沉沉地看着她。

而后，他扶着她站直，松开她，抬脚走到正捂着脸的男人面前，抡起拳头打在了男人的另一边脸上。

紧接着就是一个过肩摔，男人倒在地上，毫无还手之力，脸上的表情极其痛苦。

沈知南把他扣在地上，抬头看着苏念意，声音极冷："报警。"

苏念意这会儿还有些后怕，她颤颤巍巍地从兜里拿出手机："你好，110吗？我要报警。"

和警察说了报警原因和具体地址，苏念意挂断电话走到沈知南旁边，颤着声音问他："你没受伤吧？"

沈知南看着她发抖的手，扣着变态男的手忽然一紧，下一秒，变态男发出一声痛苦的尖叫声。

这时，小区的保安赶了过来，看着眼前的情况，有些蒙："发生什么事了？"

沈知南看了眼迟来的保安，不满道："你们刚刚没听到呼救声吗？"

保安满脸歉意："不好意思，我们刚刚在交班，是我们的失职。"

说完，几个保安立刻走过来把变态男扣着。

沈知南走到苏念意的旁边，察觉到她的身体还在发抖，表情也像受到了极大的惊吓。

他的心忽然一紧，然后抬手，不受控制地揽住她的肩头让她靠在他怀里。

下一刻，他感受到胸前的衣服渐渐变得湿润。

让人心碎的抽泣声一点点地，砸在了他的心上。

没过多久，警察赶到把人带回了派出所。

作为当事人，苏念意和沈知南也跟着去了派出所做笔录。

派出所里，做完笔录后，苏念意坐在椅子上等沈知南，目光呆滞，脸色苍白。

很快，沈知南和警察从审讯室里出来。

两人看着苏念意。警察叹了口气："你女朋友好像受了很大的惊吓，你好好安慰一下吧。"

沈知南"嗯"了声，走到她旁边坐下。

安静了几秒，沈知南才生涩地开口："没事了。"

语气极轻。

他向来是不怎么会说话的人，也没有安慰过人，只能这样笨拙地说着最平常的用来安慰人的话。

苏念意转头看着他，认真地道了声谢。

又过了几分钟，警察从另一个审讯室出来，走到两人跟前。

"苏小姐,你是不是网红?"

"嗯。"

"这个变态男说他是你的粉丝,就是太喜欢你了才来骚扰你的。"

苏念意立刻想到今天在微博上拉黑了一个男粉丝。所以,他是怎么知道她的住址的?

细思恐极,苏念意感觉全身都在起鸡皮疙瘩,她拿出手机点进微博,把那个变态男给她发的私信给警察看。

"他之前就一直发私信骚扰我,一开始还比较正常,后来发的信息越来越恶心,我就把他拉黑了。"

警察拿过手机,大致看了一下:"嗯,他在网上给你发这种信息已经构成性骚扰了,下次再看到这种信息你可以直接报警。还有,以后接到陌生电话要提高警惕性。"

苏念意点点头:"好的,麻烦你们了。"

"没事。"

回去的路上,两人坐在出租车的后排。

苏念意侧着头,看着窗外默不作声,沈知南时不时地看她一眼。

到了景和北苑,电梯里,两人安静地站着。

沈知南还是头一回觉得苏念意原来也可以这么安静,但是他总觉得不是很习惯,觉得这根本不是她。

正当他想着要不要再说点什么安慰一下他时,苏念意忽然侧头看着他,冷不丁地问道:"沈队长,我刚刚是不是哭得特别丑啊?"

沈知南:"……"

苏念意拿起手机打开前置摄像头,表情有些苦恼:"妆都花了。"

沈知南:"……"

沈知南完全不知道怎么接话。

这时,正好电梯到达25楼。

苏念意走在沈知南旁边,再次跟他道谢:"今天真的谢谢你了,你看你什么时候有时间我请你吃饭啊。"

看她情绪稳定下来,沈知南又恢复以前冷冰冰的样子:"你感谢人的方式就只有请吃饭?"

苏念意"啊"了一声，思考了会儿，不可思议地说道："难道你要我以身相许？"

沈知南看着她没说话。

苏念意用手支着下巴，认真地点点头："也不是不可以。"

沈知南："……"

正当他想说点什么时，忽然，不知道谁的肚子咕噜噜响了。

话到嘴边，沈知南又改了口："晚上没吃饭？"

苏念意摸着干瘪的肚子，小声说道："吃了，但是我又饿了。"

沈知南有些无奈："吃面吗？"

苏念意立刻回答："吃！"

苏念意家的厨房里，沈知南在下面条，苏念意站在一旁，用极其夸张的语气夸他："哇，没想到你还会煮面呢，沈队长真厉害。"

沈知南："……"

他真的搞不懂苏念意的情绪跳跃为什么能这么快。

刚刚还一副被吓坏了的样子，没几个小时，又变回了以前那副活泼的模样。

很多女生不都要缓个好几天吗？

也对，他根本没接触过别的女生，只接触过苏念意。或许所有女生都是这样。

煮好面，沈知南把面盛出来，帮她放到餐桌上："你吃完早点休息，我先回去了。"

苏念意连忙扯住他的衣服："沈队长，你不吃吗？我看你煮了挺多的。"

"我不饿。"

"那你能陪我吃完再走吗？"

沈知南看着她脸上还未清理的泪痕，心忽然软了下来："好。"

苏念意笑了笑，松开扯他衣服的手，坐下开始吃面。

吃面时，苏念意又安静了下来，慢吞吞地吃着。

沈知南看着她，忽然觉得，她的情绪好像又变回了之前受到惊吓时候的样子。

但是下一秒，苏念意又抬头笑嘻嘻地看着他："沈队长，你煮的面真好吃。"

这一刻,沈知南觉得他好像永远都猜不透她。

之前也是,明明在追他,又邀请别的男人来她家。

而她表现出来的对他的喜欢,貌似也太过表面,让他觉得她只是追着玩,并没有多少真心。

但是想到微博上她粉丝的评论,他又觉得她们说得挺对。

他盯着她低垂的眼睫,问道:"前几天从你家出来的那个男人是谁?"

苏念意抬头,有些蒙:"什么男人?"

沈知南没吭声。

苏念意想了想,想起前些天就只有江屿这一个男人来她家了:"我想起来了,你是说姝姝的表哥吗?"

沈知南一顿。叔叔的表哥?

他有些不可置信地看着她:"你叔叔的表哥看起来这么年轻?"

苏念意愣住,过了好一会儿才反应过来沈知南是误会她的意思了。

她耐心解释道:"不是我叔叔的表哥,是我好朋友叶语姝的表哥。"

沈知南:"……"

"那天我们去酒吧喝酒,姝姝喝醉了,我怕她没人照顾就让江屿哥送到我这里了。"

沈知南清了清嗓子,站起身,表情有些不自然:"知道了,看你吃得差不多了,我先回去了。"

"啊?好吧。"苏念意也站起身,把他送出门,"那晚安了,沈队长。"

"嗯。"

沈知南走后,苏念意把碗筷收拾好,随后好好洗了个澡,疲惫地躺在床上。回想起今天晚上发生的一切,她完全没有睡意。

她点开微博,准备看看私信里还有没有什么奇怪的信息。

看了一圈,都是很正常的信息。

她松了口气,看了眼评论,发现今天发的那条求助微博已经有几千条评论了。

她看了下前面的热评:

很有可能是你误会了,建议当面找她问清楚,但是如果你觉得自己很在意这件事的话，有没有可能，你在吃醋。

　　我觉得可能是她在试探你，想让你吃醋吧，我就干过这事。

　　能问出这种问题的应该是个大直男吧。

　　如果确认自己是误会了，建议直接告白！

　　苏念意感叹，不愧是她的粉丝，分析得头头是道。

　　刷了会儿微博，苏念意有了点睡意，于是放下手机睡了过去。

　　或许是因为受到了惊吓，她一整晚都没睡好，甚至还做了噩梦。

　　第二天早上六点，她就被噩梦惊醒。

　　她梦到了那个变态男后来找她复仇，反抗中，她失手杀了他。

　　她睁大了眼看着天花板，大口喘着气，心跳得极快，像要从她胸腔跳出来一般。

　　这个梦太过真实，以至于她缓了好久都没缓过来。

　　半小时后，苏念意才彻底平复心跳。

　　没了睡意，苏念意干脆起了床。

　　洗漱完，她来到厨房，看了眼冰箱，发现里面已经没什么吃的了。

　　于是，她换掉睡衣，准备出门买个早餐，顺便去超市囤点吃的。

　　刚打开门，就看到沈知南穿着一身深色的运动装，像要去晨跑。

　　苏念意看着他，笑着跟他打了声招呼："沈队长，早啊。"

　　沈知南看了她一眼，关上门，淡淡道："早。"

　　"你这是去晨跑吗？"

　　"嗯。"像不太相信苏念意能起这么早，他问道，"你干吗去？"

　　"吃早餐呀，顺便去趟超市。"

　　沈知南"嗯"了声，往电梯口走。

　　电梯里，苏念意又提起了要怎么感谢他这件事，她给出了很多种想法，例如给他买个礼物或者还是请吃饭，甚至还要给他举办一个感谢仪式。

　　沈知南有些不耐烦，觉得没有必要搞这些，口头谢谢一下就行了。

　　他瞥了她一眼，回答："再看吧。"

　　苏念意"哦"了一声："那等你想好了再告诉我。"

　　吃完早餐来到超市，苏念意觉得自己像来到了某个大卖场，一群大妈大爷围在鸡蛋摆放区，一个劲地疯抢。

苏念意看了上面挂的黄色牌子，上面写着"买一送一"。

怪不得。

苏念意不是个贪小便宜的人，但是她现在确实是需要鸡蛋，家里的鸡蛋都吃完了。

于是她加入了抢鸡蛋大军。最终，她拿着两盘鸡蛋，头发凌乱地从大爷大妈中挤了出来。

回家的路上，苏念意正好又碰上晨跑回来的沈知南。

沈知南扫了眼她手里的大购物袋，另一只手还提着两盘鸡蛋，不禁怀疑上次背呼吸器时她是不是故意提不起来的。

但是看苏念意皱着眉，像快要提不动的模样，沈知南还是心软了。

他弯下腰，提过她手上的东西，嘴硬道："提不动买那么多做什么？"

苏念意"啊"了一声，解释道："家里没有吃的了，就想多囤点，懒得老是跑超市。"

沈知南没接话，直接一路帮她提回了家。

到家后，沈知南把东西放到她家厨房，苏念意说了声"谢谢"，然后打开橱柜准备把零食放进去。

下一秒，一声巨大的尖叫声响彻25楼。

而后，苏念意就挂在了沈知南的身上。

她双腿盘在沈知南的腰上，手臂紧紧抱着他的脖子，脑袋埋在他的肩膀上，声音发着颤："沈队长，有蟑螂。"

"……"

沈知南下意识地想搂住她的腰，想了想，抬在半空中的手又放下。

他微微抬起头，看了眼开着的橱柜，看到里面有一只体型很大的蟑螂爬出来。

沈知南也稍愣了一下，他还是第一次看到这么大的蟑螂。

他往后退了几步，说道："你先下来，不然我怎么帮你抓蟑螂？"

苏念意"哦"了声，慢腾腾地从他身上下来。

她害怕地走到厨房门口，沈知南转过头："拿几张纸巾过来。"

苏念意立刻跑到客厅茶几上抽了几张纸巾递给他。

此时蟑螂已经爬到了流理台上，沈知南拿着纸巾，直接一掌压住了蟑螂。

然后他用纸巾隔着把它抓了起来。想到刚刚苏念意的反应，沈知南忽然涌上了久违的恶趣味。

他故意伸手,把蟑螂递到她面前。

果然,下一刻,他又听到了苏念意的尖叫声:"啊——快拿开。"

沈知南表情很正经:"它不咬人。"

"但是我害怕,你快点扔了。"苏念意从小就怕各种虫子,尤其是蟑螂。

看她一副畏畏缩缩的模样,沈知南忍不住笑了一声,收回手,决定不再逗她:"行了,等会儿给你扔外面去。"

听到这话,苏念意这才松了口气。

沈知南走后,苏念意在短时间内都不太敢进厨房,生怕又不知道从哪冒出来几只蟑螂。

但是想到家里有蟑螂可能是因为卫生问题,于是苏念意撸起袖子,准备把家里里里外外都打扫个遍。

苏念意有个习惯,打扫卫生时,喜欢一边放音乐一边打扫,这样仿佛会有干劲一些。

而她比较喜欢听摇滚乐。

她放了首澳大利亚乐队 Hillsong Young & Free 乐队的 *Wake*,房子内瞬间充斥着躁动的音乐声。

怕影响到别人,苏念意特意把声音调小了一些。

苏念意一边拖着地,一边跟着音乐哼唱,唱到高潮部分时,甚至不受控制地直接大声唱了出来。

正从浴室洗完澡出来的沈知南听到对面传来的音乐声,其中还夹杂着苏念意唱破音的歌声,擦头发的手一顿。几秒后,他莫名地笑出了声。

打扫完,苏念意有些疲惫地躺在沙发上,拿起手机刚准备把音乐关掉,却立刻注意到屏幕上沈知南给她发了条微信。

沈知南:英语不错。

苏念意愣了几秒,什么意思?

她直接甩了个问号过去。

很快,她又想起刚刚自己美妙的歌声。

她刚刚唱得也不大声吧,这都能被他听到?

在这一瞬间,苏念意尴尬得脚趾抠地,恨不得立刻找个地洞钻进去。

因为这件事,苏念意尴尬了一天,直到晚上才感觉好一点。

结果却又收到了叶语姝的宁城周边游邀请,并且还让周北生邀请了沈知南,说是要给她创造机会。

苏念意以为沈知南会拒绝,他一看就是个对这种活动不感兴趣的人。

但是她没想到,沈知南竟然答应了。

于是第二天一早,苏念意就敲响了沈知南家的门。

虽然因为唱歌很难听还被他听见这件事有些尴尬,但是她作为一个大女子能屈能伸,这点尴尬又算什么。

沈知南把门打开,看到苏念意妆容精致,穿着黑色碎花裙,衬得她肤色极白,头发微鬈,像精心打理过,仿佛每一根发丝都恰到好处。

沈知南有一瞬间的愣神。

"你好了吗,沈队长?"

沈知南回过神来:"嗯。"

"那走吧。"

两人走进电梯,苏念意正准备按楼层,就看到沈知南按了个负2楼。

苏念意不解:"我们去停车场干吗?"

沈知南言简意赅道:"开车。"

苏念意"啊"了声:"你开车吗?"

"嗯。"

苏念意倒是没想到沈知南还有车,之前从来没见他开过。

不过转念一想,有车也正常。

想着想着,电梯到达停车场。

四人约的地方是宁城周边新开发的一个景点,据说很适合拍照,开车大概要两小时才能到。

苏念意坐在副驾驶位上昏昏欲睡,上了高速后,直接睡着了。

沈知南侧头看了她一眼,然后默默把她前面的挡光板拉下来,刚好能帮她挡住脸上的阳光。

到达地点后,苏念意被沈知南推醒,她哼唧了一声,睡眼惺忪,声音带着缱绻的细软:"到了吗?"

沈知南愣了一瞬，从她脸上移开视线："嗯，到了。"

苏念意打了个哈欠，然后解开安全带下了车。

这时周北生和叶语姝正好刚到，四人碰上面，随后买了票进了景区。

这是一个人工打造的异域风情小镇，里面有很多租民族服饰的店铺。

叶语姝拉着苏念意租了两套衣服，配备有头饰，店里还可以帮忙做造型。

由于是周六，人比较多，两人排了很久的队才进到试衣间。

周北生和沈知南坐在店里的凳子上，旁边全是背着女士包的男生，连周北生的手上也有一个，只有沈知南一个人没有。

沈知南看着周北生手上的包，莫名地想到苏念意今天好像也背包了。

等了一会儿，苏念意和叶语姝换好衣服从试衣间出来后又直接找店员帮忙弄造型。

很快，做好造型的两人走到店里的休息区。

一瞬间，所有男生都抬头看向两人。

周北生更是毫不吝啬地夸赞叶语姝："宝贝，你真好看。"

叶语姝笑得一脸娇羞。

苏念意站在一旁，低头理着裙子，沈知南的视线定在她身上。

在苏念意抬头的那一刹那，两人目光对上，一瞬间，漆黑的眸像被点亮，他蓦地站起身，声音有些不自然："走吧。"

苏念意"哦"了声，跟着他走出了店铺。

外面人少一些，两人并排走着，苏念意偏头问道："沈队长，你觉得我这样好看吗？"

沈知南垂眸，只匆匆看了一眼赶紧收回了视线，他清了清嗓子，回道："还行。"

能得到沈知南"还行"的赞美，苏念意觉得已经很不错了，毕竟沈知南看起来就不像会夸人的人。

她笑了笑，从包里拿出手机："那你能给我拍几张照吗？"

对于她这个要求，沈知南下意识地想拒绝，但是看到她笑意盈盈的脸后，他伸出了手，接过她的手机。

苏念意走到景区标志性的建筑面前，正在想摆个什么Pose。

还没等她想好，她就听到"咔嚓"一声。

苏念意下意识地看向沈知南,然后又听到按快门的声音。

"……"

苏念意有点儿绝望,这两张绝对巨丑。

她"哎呀"一声:"沈队长,我还没摆好 Pose 呢,你怎么就开始拍了?"

沈知南收回手机:"那你喊开始我再拍。"

很快,苏念意就摆好了姿势,喊了声:"可以开始了。"

沈知南再次举起手机。镜头中,苏念意穿着蓝色的带有民族刺绣的异域服装,头上戴着同色系的头饰,在太阳的照射下,整个人都发着璀璨的光。

但是作为一个很少拍照的钢铁直男,沈知南完全不会找角度,直接站在离她几米远的地方对着她按快门。

与此同时,他注意到手机屏幕上方跳出来几条备注为"姝姝宝贝"的人发过来的微信。

不过几秒的时间,沈知南就放下手机,朝苏念意说了声:"拍好了。"

苏念意完全没反应过来,她这才刚摆好姿势呢,但是又不敢过多要求沈知南,她走到他面前,把手机拿过来看了眼。

果然,一张过度曝光且有些模糊的照片映入眼帘。

而且,她一米六五的身高被拍成了一米五。

这难道就是传说中的男友视角吗?

但碍于沈知南还不是她的男朋友,于是苏念意称它为"沈知南视角"。

原来在他眼里,她只有一米五。

苏念意秉承着穿了好看衣服就要拍照的原则,准备让叶语姝给她拍。

她看了看四周,结果并没有看到叶语姝和周北生,就再看向沈知南:"沈队长,他们人呢?"

沈知南想起刚刚叶语姝发给苏念意的微信,他唇角弯起一个小小的弧度:"不知道。"

苏念意"哦"了声:"那我问下她在哪儿吧。"

她给叶语姝打了个电话:"喂,姝姝,你们在哪儿呢?"

"我们在别的地方,不是给你发微信了让你好好把握这次机会吗?"

苏念意一脸蒙:"啊?"

"你没看到吗?"

苏念意看了眼沈知南,刚刚手机在沈知南手上:"我知道,先不跟你说了。"

挂断电话，苏念意立刻点进微信。

果然，微信聊天那儿有个小红点，就是叶语姝几分钟前发过来的信息：

我们去别的地方玩了。

好好把握。

最好今天就拿下沈队长。

苏念意："……"

这一段话还分三句发，她用脚想也知道沈知南肯定看到了。

不过这对她来说都是小问题，看到了就看到了，反正沈知南自己也知道她在追他。

她抬起头，直接问他："沈队长，你刚刚是不是看到了？"

"什么？"

"就姝姝给我发的信息啊。"

沈知南眼皮一跳，似乎想给她留点面子，一本正经地说："没注意。"

苏念意有些怀疑，但也没多说什么。

反正她今天也没打算拿下他，因为从目前的情况来看，她觉得自己可能还拿不下。

想了会儿，苏念意想到自己还没拍到好看的照片，她有些不甘心。

她看着沈知南，提议道："我们去找姝姝他们吧。"

沈知南瞥她："你想去当电灯泡？"

"可是我还没拍到好看的照片。"

沈知南伸出手："手机给我，我给你拍。"

想到刚刚他拍出来的照片，苏念意已经完全不相信他的拍照技术，质疑道："你真的能行吗？"

沈知南哪能容忍苏念意质疑他到底行不行，他直接拿出自己的手机："你站刚刚那个位置去，我拿我手机给你拍。"

见他很有信心，苏念意决定再相信他一次："那你记得找找角度。"

她转身走到刚刚拍照的位置，对着镜头比了个耶的手势。

沈知南依然站在离她几米远的位置，身体站得很挺拔，苏念意忍不住出声提醒了一下："沈队长，你站远一点，然后稍微蹲一下。"

她又指了指旁边给女朋友拍照的男生："像他这样，这样拍出来显高。"

沈知南顺着她指的方向看了一眼，身体微微蹲下来。

然后"咔嚓"一声。

苏念意又换了个姿势，沈知南又按了几下快门。

拍好后，苏念意走到他面前，准备看看照片。

沈知南把手机递给她，苏念意满怀期待地看向手机屏幕。

下一秒，她的笑容僵住。

她刚刚闭眼了吗？

她又看了其他几张照片，没一张好看的，只有那张比耶的还算看得过去。

果然她就不应该对他抱有什么期待。

她把照片删了，然后把手机还给他："沈队长，真是难为你了。"

"？"

"走吧，我们还是去当电灯泡吧。"

"……"

找到叶语姝他们后，苏念意和叶语姝在拍照，沈知南和周北生在一旁看着。

周北生叹了口气："唉，刚刚因为不会拍照被凶了好久，还好你们来了。"

"……"

周北生八卦地看着沈知南："怎么样？有没有被拿下？"

沈知南视线看着前方，此时苏念意正蹲着，身体快要趴到地上，一条腿伸直，以一种很奇怪的姿势在给叶语姝拍照。

他唇角微微上扬，眉眼像染上一些缱绻的情愫，忽地说道："我可能栽了。"

周北生还未察觉："什么？"

沈知南收回视线："没什么，我再想想。"

那头的两人已经拍完了各自的单人照，紧接着她们找了个女生给她们拍了几张合照。

拍完，叶语姝看向周北生："你们两个要过来和我们一起拍张合照吗？"

周北生知道沈知南不喜欢拍照，于是说道："我过来和你们拍。"

沈知南没说话，抬脚往她们的方向走。

周北生奇怪地看了他一眼，跟在他后面。

于是，苏念意和叶语姝站在中间，沈知南和周北生站在两边。

一边手挽着手亲昵无比，另一边只是挨着站在一起，两人中间还隔了一个拳头的距离。

苏念意也没在意，只是在快门按下的那一刻，她感觉到旁边的人忽然往她靠近了一点，两人的手臂隔着衣服贴在了一起。

从景点回来后，四人又去了周北生的饭店吃饭。

吃完饭回到景和北苑已经是晚上九点。

两人下了车，一同坐电梯上楼。

电梯里，苏念意想起来四人的合照，于是问道："沈队长，那张合照你要吗？"

沈知南垂眸看她："嗯。"

"那我微信上发你。"

苏念意点开微信，把照片发了过去。

沈知南没有拿手机出来看照片，而是盯着苏念意。

苏念意被他看得有些发怵。今天貌似没有对他做什么过分的事吧？

他拍照把她拍得那么难看她都没有骂他，当然她也不敢骂他。

所以他为什么要这么盯着她看？

苏念意咽了咽口水，试探地问道："沈队长，我脸上有什么东西吗？"

沈知南沉默几秒："今天都快要过完了，你不好好把握一下吗？"

正好这时，"叮"的一声，电梯到了25楼。

苏念意没太听清他后面的话："什么？"

沈知南正想开口，苏念意的手机铃声响起，她看了眼来电，是陈女士。

"等下，我接个电话。"

沈知南走出去，苏念意跟在他后面接着电话。

"我刚到家。"苏念意走到门口开始输密码，"什么时候？"

苏念意转头看了眼沈知南，看他已经进了家门，她回过头，打开门，又接着跟电话里的人说："嗯，我知道了，到时候我跟你们一起去。"

进了门，苏念意挂断电话，直接去了浴室准备泡澡。

玩了一天实在是有些累了。

她站在洗漱台前，拿卸妆棉沾了点卸妆水准备卸妆，却发现自己的眼线好像有些晕开了,下眼睑那里黑乎乎的。

她愣了几秒,立即想起电梯里沈知南一直盯着她看。

难道是在看她晕染开的眼线?

怎么她不是在社死就是在社死的路上啊!

苏念意把眼妆卸掉,随后气冲冲地走出浴室来到化妆间,找出今天用的那个牌子的眼线笔,把它扔进了垃圾桶里。

第四章
误会

昨天接到陈女士的电话,让苏念意过几天和他们一起去参加一个寿宴。

接下来的几天,苏念意都待在家里没出门,偶尔给沈知南发信息他也会回,只是回得比较慢。

苏念意觉得有些意外,之前他是很少回她信息的。

她猜测沈知南可能已经把她当成好朋友了,不禁感到很欣慰,两人的关系又近了一步。

计划进度条也终于有了突破。

不过只要沈知南回了消防队后,苏念意就很少能见到他。

所以进度条突破后再也没了进展。

参加寿宴的那天,苏念意穿着陈女士给她准备的小礼服和他们一起来到寿宴现场。

他们到达时,大厅里已经有了很多人。

给完礼金和礼品,苏念意挽着陈女士的手臂走在苏志群的旁边,很快,三人来到一位老人面前。

苏志群握了握老人的手:"沈叔,好久不见。"

陈女士也笑了笑:"沈叔,祝您生日快乐。"

老人两鬓斑白,脸上布满皱纹,笑起来很慈祥。

"意云,志群啊,好久不见。"他的视线注意到旁边的苏念意,问道,"这姑娘就是你们的女儿吧?"

"是的。"陈女士看向苏念意,示意她打招呼。

苏念意对着老人乖巧地笑了笑:"爷爷您好,我是苏念意,祝您生日快乐。"

"不用这么客气。"老人看起来像很喜欢她,上上下下打量了一遍,"小姑娘长得可真漂亮,果然如老陈所说的那样天生丽质。"

陈女士弯唇:"您说笑了。"

老人口中的老陈就是苏念意的外公,两人以前都是消防员,交情很好。后来在一次火灾救援中,苏念意的外公壮烈牺牲,那年,苏念意才两岁。

她外公准备在完成这次任务后光荣退休。

只是世事难料,我们永远都不知道明天和意外哪一个先到来。

苏念意对她外公其实并没什么印象,只有通过看照片和视频,才能知道他的长相。

"老陈以前很疼爱这个外孙女啊,经常和我们炫耀。"老人回忆着,"他知道我家有个孙子,他当时还想定娃娃亲呢。"

苏念意不知道该怎么接话,只能扯唇笑了笑。

这时,正好从她身后走过来一个男人,走到老人的旁边:"爷爷,宴会准备开始了。"

对面的苏念意看向他,随即愣住。

像察觉到她的视线,男人抬眸,目光撞上,也愣了一瞬。

"来,认识一下,这是我孙子沈知南,现在是宁城消防大队队长。"

沈知南对着陈女士和苏志群微微颔首:"叔叔阿姨,你们好。"

苏志群和陈女士点点头:"你好。"苏志群笑了笑,说:"沈叔,您孙子算是继承了您的衣钵啊。"

"是,他可比我当年厉害多了。"

那边还在说,而这边苏念意对着沈知南笑了笑:"沈队长,还挺巧呢,原来我们小时候就定了娃娃亲。"

沈知南没懂她的话:"什么娃娃亲?"

"刚刚沈爷爷说的啊,我外公和沈爷爷以前是战友。"苏念意开始一本正经地胡说八道,"在一个夜黑风高的夜晚,我外公和沈爷爷在一场大火中,为我们俩私订了终身。"

"……"——救火的时候还有心思聊这天?

苏念意继续胡扯，试图给他洗脑："信我，这是沈爷爷的原话，他还说，今年该兑现承诺了。"

"……"

"念念，你们在聊什么？"陈女士凑过来问。

苏念意立马收敛起来，笑了笑："没聊什么，就和沈队长认识一下。"

沈知南唇角勾起："苏小姐说我俩小时候定了娃娃亲，现在让我娶她。"

苏念意：？

陈女士一脸的不可思议，像不敢相信这是自己女儿能说出来的话，她拍了拍苏念意的手臂，正色道："念念，作为一个女孩子要矜持一点，而且你刚和人家认识就让别人娶你，像什么话。"

此时苏志群和沈老爷子正和另外的人在聊天，像注意到这边的情况，沈老爷子走过来问道："怎么了？"

陈女士干笑了一声："没事。"

沈知南也没打算再逗苏念意，他看了眼进来上菜的服务员，说道："爷爷，可以开饭了。"

"嗯，大家应该都饿了。"

宴会开始，苏念意跟着爸妈坐到了主桌的旁边一桌。

吃饭时，苏念意看到了坐在主桌的沈欣琳，她坐在一个打扮精致优雅的女人旁边，眼睛时不时看向沈知南。

而沈知南坐在沈爷爷旁边，全程都没有看她一眼。

苏念意暗戳戳地给沈知南发了条微信：沈队长，等会儿回家吗？回的话一起呀。

沈知南没回。

吃完饭，苏念意又注意到了另一桌的周北生。

周北生像也看到了她，愣了一下，然后对着她笑了笑。

等到散宴席时，苏念意去了趟洗手间。

洗完手，转过身，正好看到走在前面的沈知南和周北生。

她走过去，准备和他们打个招呼，刚走到他们身后没多远，苏念意听到周北生问沈知南："她现在还在缠着你吗？"

沈知南"嗯"了声："还挺烦的。"

"唉，你这个事也挺难搞。你现在都很少回家了吧？"

"嗯，没什么事一般不回。"

苏念意停住脚步，看着两人的背影消失在走廊的拐角处，漂亮的狐狸眼黯淡下来。

脑子里全是沈知南和周北生的对话——

她现在还在缠着你吗？

嗯，还挺烦的。

回去的车上，苏念意坐在后座，侧头看着窗外不知道在想什么。

陈女士和她说话她也回答得很敷衍。

陈女士从苏念意上完洗手间回来后就察觉到了她有些不对劲，回过头，担心地问道："念念，你怎么了？"

苏念意硬扯出一个微笑："没事。"

话音刚落，苏念意的手机响了一下，她低下头，看到沈知南给她回了微信。

沈知南：不回，得回队里。

想到刚刚听到的对话，苏念意自嘲地笑了声，摁灭手机屏幕，继续看着窗外。

苏念意径直回了她爸妈家。

一到家，她便进了房间，躺在床上，一遍又一遍回忆着沈知南和周北生在走廊的对话。

所以她追他让他觉得很烦对吗？

也因为她的存在，所以才很少回景和北苑？

苏念意眼睛盯着天花板，忽然有些难过，好像她对他的一腔热忱并不是他想要的，甚至还会觉得这是一件让他很烦恼的事。

可是他既然不喜欢，觉得烦，为什么不直接点拒绝她，却让她像个笨蛋一样围着他转来转去？

早点说不就得了，干吗要吊着她？

反正，她又不是非他不可。

想着想着，苏念意感觉到有凉凉的东西从眼角滑落。

她抬手，用手背胡乱抹了下眼泪，嘴里还含糊不清地小声嘟囔："渣男！

呜呜……"

怕被陈女士和苏志群听到,苏念意把脸埋进被子里,小声哭了起来。

哭了会儿,苏念意吸了吸鼻子,慢慢止住了哭声。

她不能这样没有出息,不就一个男人吗?天下男人多的是,而且她那么漂亮,又不是没人喜欢。

苏念意把脸上的眼泪擦干,坐起身,登上微博小号,宣布攻陷沈知南计划失败。

没过多久,叶语姝打来了电话。

苏念意接起来,语气有些丧气:"喂,姝姝。"

"怎么了?怎么计划就失败了?发生了什么?"

"沈知南说我一直缠着他让他觉得很烦。"

"啊?他真这么说了吗?"

"嗯,不过不是当我面说的,他跟你的男朋友说的,然后被我不小心听见了。"

叶语姝有些疑惑,周北生上次不是还说沈知南是喜欢她的吗,怎么这会儿又很烦她了?她有些摸不着头脑了:"念念,要不等我男朋友回来,我帮你问下他吧。"

苏念意连忙拒绝:"别了,等下沈知南知道了,还以为我因为这事很伤心,我才不想让他看我的笑话。"

虽然她确实很伤心。

"好吧,不过没事,咱们又不缺人喜欢,而且优秀男人多的是,不要在一棵树上吊死。"

"嗯。"

"我真是看走眼了,我以为沈队长对你有意思的。"

"我也以为。唉,算了,不说了。"

"好,不说他了。"

两人又聊了一会儿才挂断电话。

挂断电话后,苏念意点进微信,找到沈知南的微信,接着她拿起刀,砍掉了沈知南这棵歪脖子树。

做完这些,苏念意才从床上起身,进了浴室洗澡。

隔日，苏念意睡到九点就起来了。

起来时，家里空无一人，只有陈女士给她留了一张纸条："我和你爸上班去了，给你做了些饭菜起来热热吃。"

苏念意放下纸条，洗漱完，然后吃了点东西。

闲得无聊，苏念意躺在沙发上想找个综艺来看看。

她随意操作着手中的遥控，忽然一不小心点进了一个新闻直播。

下一秒，电视里记者焦急的声音传出："我们了解到，本次火灾是由煤气罐发生爆炸引发的大型火灾，目前楼里伤亡情况未知。"

话落，镜头对向正在忙碌的消防员。

"消防员昨晚就紧急赶到，目前还在救援中，医护人员也在现场随时待命。"

苏念意看着电视机屏幕，一眼就认出了正指挥灭火工作的沈知南。

很快，镜头移开，对着老旧居民楼正在燃烧的熊熊大火。

"我们可以看到，现在火势比昨晚要小一些了。"电视里，镜头一直对着火灾现场，一旁的记者时不时出来讲解几句。

苏念意看着屏幕里沉着冷静的沈知南，想起来她好像已经很久没看到他穿消防服的样子了。

但是想到昨天的事，她又不太想看到他，于是按着遥控，点进了一个综艺节目。

心不在焉地看了会儿，苏念意的注意力完全不在这个综艺节目上，脑子里想的都是刚刚电视新闻中的画面。

这场火这么大，很危险的样子。

想着想着，苏念意又不自觉地拿起遥控调回了刚刚的新闻直播。

此时镜头正对着记者："现在火势正在慢慢变小，楼里剩下的居民也被救了出来。"

接下来的时间，镜头都是对着火灾现场，没过多久，火就被完全扑灭了。

苏念意松了口气，又默默调到刚刚的综艺节目上。

另一边，消防员们灭完火后便收队回了消防大队。

沈知南回宿舍洗了个澡，就疲惫地躺在床上睡了过去。

一晚上没睡，沈知南几乎沾床就睡，等到睡醒，已经是晚上八点。

此时宿舍里黑灯瞎火,他坐起身摸到放在旁边桌上的手机,下意识地想看看苏念意有没有发信息给他。

他点进微信,里面并没有她的信息。

他没多想,把手机扔到一边,穿上鞋,把灯打开。

又过了两天,苏念意去了趟南怡苑,看自己的房子装修得怎么样了。

房子内大概刚粉刷完,正在弄地线和地砖。

苏念意问装修师傅大概还需要多久才能装修好,师傅说还要半个多月。

装修好后,还要购置家具和散味,光散味就要好几个月。

想着还要在景和北苑住那么久,苏念意决定和她爸妈坦白房子被烧的事,然后先搬回家里住一段时间。

挂断电话,苏念意坐电梯下楼,正好碰上10楼的业主也下去。

电梯里,那个业主想让苏念意撤诉,说会按照规定给她赔偿,并真诚地和她道了歉。

苏念意向来吃软不吃硬,于是答应下来,但是也还是多留了个心眼,让他把赔偿款先给她再撤诉。

那个业主答应下来,承诺她在两天之内把赔偿款打到她的支付宝账户里。

回到爸妈家,苏念意告诉了陈女士和苏志群房子被烧的事。

两人都有些惊讶:"啊?没受伤吧?你这孩子怎么不早点和我们说呢。"

苏念意安抚般笑了笑:"刚好被消防员救了,没受伤。"

"那就好,房子烧了没事,重新装修就是了。"

"嗯。"

为了尽快忘掉沈知南,苏念意决定用酒精麻痹自己。

于是,她把叶语姝叫出来喝酒,还特意叮嘱让她别带周北生。

酒吧里,苏念意穿着黑色吊带短裙,微鬈的头发随意散着,妆容精致,脚上还穿着细高跟。

苏念意和叶语姝坐在吧台的高脚凳上,上身撑在吧台上,手上拿着酒杯晃了晃。

叶语姝一边玩手机一边跟苏念意吐槽道:"沈队长可真没眼光,我真是看错他了。"

苏念意喝了口酒,样子看起来像一副摆烂的状态:"算了,不喜欢就不喜欢吧。"

"对,你条件又不差,干吗老是要追在他屁股后面跑。"

话音刚落,就走过来一个穿着时尚、长相像大学生的男孩,他看着苏念意,模样看起来有些害羞:"你好,请问能加个微信吗?"

苏念意转过头,视线与他对上,下一秒,男孩快速低下头,耳朵以肉眼可见的速度红了起来。

苏念意一脸平淡的表情,盯着他泛红的耳朵,眼睫微动了一下。

安静了几秒,苏念意委婉拒绝道:"不好意思啊,我手机没电关机了。"

男孩抬起头,挠了挠脑袋,"啊"了一声。

很快,他又明白过来:"那不好意思啊,打扰了。"

男孩走后,叶语姝感叹一声:"哎呀,可惜了,我觉得你其实可以试着接受一下别的男人。"

"还是别了,他看起来还是个大学生吧。"

"大学生怎么了,我听说现在的弟弟可会了,又主动又热情。"叶语姝两眼放光,很快又话锋一转,"哪像沈队长,看起来跟个闷葫芦一样,我还真怀疑他是个性冷淡,还好你没跟他在一起,不然亏的就是你了。"

苏念意放下酒杯,随口问道:"亏什么?"

叶语姝一脸坏笑地看着她:"你说呢?"

苏念意:……

虽然她没跟他在一起过,他是不是性冷淡这件事还有待考究,但是她撩了他那么久,他确实就是块油盐不进的木头,这不可否认。

想了会儿,苏念意觉得这件事又很好地安慰到她,还好她没和他在一起,不然她不就吃了个哑巴亏嘛。

而且她也不是那种始乱终弃的人,如果真在一起了,就算他有问题她也不会抛弃他。

苏念意拿起酒杯喝了口酒,觉得自己已经完全想开了。

甚至还有心情拿手机自拍。

苏念意拉着叶语姝拍了几张照,发到了朋友圈。

刚发完,她就注意到刚刚那个找她要微信的"小奶狗"一直坐在她后面的卡座上看着她。

她尴尬对他笑了笑，收起手机，继续和叶语姝喝酒。

消防队食堂里。
餐桌上，坐着余和他们三人，还有沈知南和陈林。
最近出警比较多，这几天还是第一次在食堂里吃饭。
好不容易休息，大家都吃得优哉游哉。
大勇刷着朋友圈，忽然刷到了苏念意在前几分钟发的朋友圈。
他看着照片，兴奋起来："你们快看苏小姐刚刚发的朋友圈。"
余和和刘平也点进朋友圈看了眼："这看起来像在酒吧拍的，这文案怎么看起来有点伤感，挥别错的才能和对的相逢。"
坐在对面的沈知南愣住，第一反应是她怎么又去酒吧喝酒了，还是和上次那个男的？
他拿出手机，准备也看一下，结果刷了好多遍都没有刷到她发的朋友圈。
她屏蔽他了？
对面的刘平给她点了个赞，说道："苏小姐旁边的人是她那个明星朋友吧？长得挺也好看。"
大勇："是啊，追不到苏小姐，要不追她朋友？"
刘平："我觉得可以，我来问问联系方式。"
正当刘平想要问苏念意要叶语姝的联系方式时，沈知南忽地问道："你们都能看到？"
三人看向他："什么？"
"朋友圈。"
"可以啊。"
沈知南确定苏念意把他屏蔽了，于是退出朋友圈，点进和她的聊天框，打了个问号发过去。
下一秒，他看到绿色的小框框前面冒出来一个红色的感叹号。
沈知南这下才明白过来，她不是把他屏蔽了，而是把他删了！
所以她的意思是他是那个错的人，那对的人又是谁？
怪不得这些天苏念意一条信息都没给他发过。
见沈知南沉着脸，大勇有些疑惑："怎么了沈队？你看不到吗？"
沈知南放下手机，没说话，继续吃着饭。

一旁的陈林有些好奇他们说的是谁，于是问道："你们在看谁的朋友圈啊？给我也看看呗。"

大勇非常大方地把手机递给他："喏，是个大美女。"

陈林接过手机，看着眼前那张熟悉的脸，顿住。

大勇看他眼睛都要看直了，打趣他："是不是没见过这么好看的美女，别流口水啊。"

听到这，沈知南侧头看了过来，眼神幽暗。

陈林干笑了一声，立刻把手机还给大勇："没，就是感觉有点眼熟。"

沈知南收回视线，感觉完全没了胃口，但他还是快速把饭菜全部吃完，然后离开了食堂。

沈知南回宿舍换了套衣服，随后给周北生打了个电话："你女朋友在哪个酒吧？"

那头还有些蒙："你问我女朋友在哪儿干吗？"

"苏念意现在是不是和她在一起？"

"是啊。"

"所以她们在哪个酒吧？"

周北生瞬间懂了，回答道："不知道。"

沈知南安静了几秒："你不知道？"

"酒吧名字叫不知道。"

"……"

挂断电话，沈知南又拿了件外套才出门。

酒吧里，苏念意和叶语姝都喝得有点多，迷迷糊糊之间，苏念意感觉自己看到了沈知南那张阴沉着的脸，还来抢她的酒杯。

苏念意推开他的手，醉醺醺地说："你走开，我还能喝。"

沈知南黑着脸，直接抢走她手里的酒杯，再把自己手里的外套给她披上。

随后，他揽住她的肩膀，挽住她的腿把她抱了起来。

叶语姝还算清醒，她看到沈知南，直接骂了句"没眼光的男人"，完了还要责怪周北生："你怎么把他带来了？"

周北生完全不知道现在是什么状况，他一脸蒙："他自己过来的。"

苏念意已经完全醉倒了，她小脸红扑扑地靠在沈知南怀里。眼睛紧闭，呼吸匀称。

沈知南把她抱出酒吧，然后打了辆车回了景和北苑。

车上，沈知南抱着苏念意，让她的身体靠着他。

一股浓浓的酒气在车中蔓延，沈知南把窗户打开一点。

像感觉这个位置不舒服，苏念意在他怀里动了一下。

她哼唧了一声，抬起双腿，直接搭在了沈知南的腿上，双手也不老实，环着他的腰，脑袋在他怀里蹭来蹭去。

沈知南身体一僵，连呼吸都快要静止了，他腾出一只手按住她的脑袋。

而搂着她肩膀的手却缓缓收紧。

大概十几秒后，沈知南滑动了下喉结，呼出一口气，伸手将窗户全部降下。

一瞬间，夜晚的凉风灌入车内，带走了他身上的燥热。

沈知南把外套给她裹紧。宽大的外套能包下苏念意大半个身子。

她像觉得热，苏念意抬手，试图把外套脱掉。

沈知南按住她的手，声音里带着少有的温柔："别闹，等会儿感冒了。"

苏念意这个醉鬼哪会听，一边抗拒一边嘟囔："热。"

衣服被苏念意扯开一点，沈知南又给她裹住，语气像在哄小孩："乖，忍一下，就快到家了。"

苏念意安静下来，眼睛仍闭着，像又睡了过去，嘴里还在咕哝："我再也不会缠着你了。"

声音很小，沈知南没太听清，他低下头，看着她脸，轻声问道："说什么呢？"

似是听到了他的话，苏念意又重复了一遍："我再也不会缠着你了。"

沈知南还是没听清，这时，车子已经停在了景和北苑门口，沈知南付了钱，抱着苏念意下了车。

一路上，苏念意都乖乖地睡在他怀里，上了电梯，苏念意忽然在他怀里小声哭了起来。

沈知南一下被吓到了。怎么刚刚还好好的突然又哭了。

正当他想哄时，哭声又止住了。

出了电梯，沈知南抱着苏念意走到她家门口，想着她喝醉了酒没人照顾，而且他也不知道她家密码，于是又抱着她转身回了自己家。

沈知南把苏念意放在沙发上,然后去厨房给她冲蜂蜜水。

沙发上,苏念意迷迷糊糊地睁开眼,脑袋还是晕乎乎的。

她有些难受地哼唧了一声,舔了舔嘴唇,想喝水。

她撑着沙发坐了起来,然后从沙发上起身,光着脚歪歪斜斜地走着。

刚走到餐桌边,腿就碰到了椅子,她痛得"啊"了声。

听到动静的沈知南立刻从厨房里出来,看到苏念意正坐在地上摸着自己被撞的地方。

他走到她面前蹲下,轻声问道:"疼吗?"

苏念意皱着眉头,眼睛湿润,声音里带着委屈:"疼。"

沈知南拿开她的手想看看伤势,忽然,苏念意抬手捧住他的脸,冷不丁问道:"你是谁呀?"

沈知南一愣,停住动作,他张了张嘴:"沈知南。"

听到这个名字,苏念意立马皱起脸,手捧着他的脸变为捏着他的脸:"坏蛋。"

她加重了手上的力道,嘴里重复着:"沈知南是坏蛋。"

沈知南失笑,也不打算和这个酒鬼计较,他把她的手从脸上拿下来,轻轻地握住问道:"说来听听我哪里坏了,坏到让你把我微信都删了。"

苏念意摇摇头:"我不告诉你,我要偷偷告诉警察叔叔。"

"……"

沈知南觉得自己完全没办法和这个醉鬼沟通,他看了下她的伤势,没什么大碍,随后又抱起她把她放到了沙发上:"我去厨房给你拿蜂蜜水。"

苏念意乖乖地点头。

沈知南笑了笑,摸了摸她的脑袋,起身去了厨房。

苏念意坐在沙发上,呆呆地看着墙壁。

哎?她家不是粉蓝色的吗,怎么变成白色的了?

这时,沈知南拿着一杯蜂蜜水走了过来,递给她:"自己能喝吗?"

苏念意没接,问道:"这是哪里呀?"

"我家。"

"你是沈知南吗?"

"嗯。"

苏念意想了想:"那这就是沈知南家,沈知南是坏蛋,那这就是坏蛋的家。"像觉得自己处在一个危险的地方,苏念意立刻从沙发上起身:"我要回家。"

沈知南抓住她的手臂,把人扯了回来:"先喝了蜂蜜水,等会儿送你回去。"

苏念意警惕地看着他手中的蜂蜜水:"你是不是下毒了?"

沈知南有些无奈:"没有,我向你保证。"

"那你先喝一口。"

沈知南叹了口气,喝了一口。

见他没有中毒,苏念意这才接过他手里的蜂蜜水,抿了几口。

喝了大概三分之一,苏念意就把蜂蜜水还给了沈知南:"不喝了,我要回家睡觉。"

难得她醉成这样还这么有防备心,沈知南把杯子的杯口贴到她嘴唇上,哄她:"再喝点,不然明天起来会头疼。"

苏念意脑袋往后退了点,摇摇头:"不要,我要回家。"

沈知南也没逼她,他把蜂蜜水放到茶几上,准备抱她回家。

手刚碰到她的肩膀,苏念意推开他:"我自己能走,才不要坏蛋抱。"

说完,苏念意弯腰拿起自己的高跟鞋,然后起身,一路跌跌撞撞走向门口。

沈知南完全拿她没办法,只能在旁边时不时扶她一下。

沈知南替她打开门,注意到她光着脚,就把自己的拖鞋脱掉放到她面前:"地上凉,穿上。"

苏念意把他的鞋踢开:"不要。"她目光恶狠狠地看着他:"你是不是想把你的脚气传染给我?"

"……"沈知南觉得自己快要疯了,他拦腰抱起她,走到她家门口,斩钉截铁地问道:"密码?"

苏念意挣扎了一下:"我才不要告诉坏蛋。"

沈知南感觉自己这一辈子的耐心都在今晚用完了,他放下她:"那你自己来。"

苏念意瞪了他一眼,然后摇摇晃晃地输密码。

输了好几遍,密码都是错的,苏念意没了耐心,拍了下锁:"这个破锁,明明密码就是19930227啊,为什么打不开?"

很快,她又笑了起来:"对了,姝姝是1995年生的,不是1993,嘻嘻。"

苏念意又输了一遍,听到"嘀"的一声,门打开。

苏念意转头看向沈知南,恶狠狠地警告他:"你不准进来。"

沈知南面无表情地看着她,"嗯"了声。

苏念意摇摇晃晃地走进去,门却没有关,里面灯也没开。

沈知南站在门口,实在有些放心不下,于是走了进去,打算帮她开个灯。

手刚摸到灯的开关,一个黑影凑了过来,直接把毫无防备的他压到了墙上。

下一刻,苏念意的声音响起:"坏蛋,我抓住你了。"

"……"

苏念意身体压在他身上,双手抓着他的衣服,语气好像很愉悦:"嘻嘻,你跑不掉了吧。"

感受到苏念意的身体越贴越紧,沈知南有些紧绷,他深吸了一口气,抬起手臂准备把她推开一点。

下一秒,他察觉到眼前的人踮起了脚,紧接着,感受到一个软绵绵的东西贴上了他的嘴唇。

他的手瞬间停在了半空中,脑子好像运转不过来。

有淡淡的酒气喷洒在他脸上。

就这样持续了几秒,苏念意张开嘴,用力咬住了他的下嘴唇。

然后松开,整个身子撤离。

像奸计得逞,苏念意笑出了声:"坏蛋,咬死你。"

"……"

感受到下嘴唇传来的痛感,沈知南抬手摸了摸,指尖沾上了一点湿湿的东西。

他知道这是被她咬出来的血。

沈知南用另一只手打开灯,房子里瞬间明亮起来。

此时苏念意还一副大仇已报的模样,眼睛盯着他嘴上的血:"叫你欺负我。"

沈知南也不知道自己到底什么时候欺负她了,又是删微信又是咬人的。

他走上前,试图问清楚。

刚走出一步,苏念意就伸出手臂,推着他往外走:"你快出去,我要睡觉了。"

沈知南被她推着走到门口，心想还是算了，她现在这个状态估计也问不出什么，于是摸了摸她的头，问道："你一个人真的可以吗？"

苏念意没回答他，直接把他推出去，关上了门。

回到家，沈知南去浴室洗了个澡。

洗完出来，擦了擦头发，他忽然注意到沙发上苏念意的包包。

想了会儿，沈知南还是觉得不放心，于是拿着她的包包，打开门，走到她家门口听了会儿里面的动静。

什么声音都没有听到。

为了确保苏念意没有睡在地上，沈知南也没顾虑那么多，直接输入密码打开了门。

客厅里的灯还是开着的，沈知南走了进去，看了眼客厅。

苏念意躺在沙发上，裙子不知什么时候推到了腰上，露出里面黑色的安全裤。

此时阳台的门也是开着的，晚风毫无阻碍地灌进来，把沙发边的窗帘吹起，时不时掠过苏念意光着的腿上。

沈知南走过去，把她的裙子拉下来，然后轻轻地抱起她，走向她的房间。

他小心翼翼地把她放在床上，碍于这是女孩子的闺房，他没有过多停留。给她盖好被子，把她包包放到床头柜上，便离开了她家。

第二天一早沈知南就回了消防队开会。

上面发来通知，为了减少火灾事故的发生，安排消防员去宁城各个小区和社区普及消防知识，并为每家每户排查安全隐患。

沈知南作为队长，选择了一个小区。

于是，他拿着记录本，出现在了景和北苑，身边还有个非要跟着他的陈林。

等到他们挨家挨户地普及完一栋楼，已经到了中午。

两人外出吃了个饭，休息了会儿。

沈知南看了眼时间，已经下午两点了，苏念意应该起床了吧。

他带着陈林走到他住的那栋楼，直接上了25楼。

陈林一脸蒙："沈队，不是从1楼开始吗？"

沈知南瞥了他一眼，没有说话。

陈林也猜不透他的心思，乖乖闭上嘴。

到了 25 楼，来到苏念意家门口，他敲了敲门。

此时苏念意还在睡大觉，迷迷糊糊听到敲门声。

她坐起身，头发凌乱，呆滞了几秒，又躺了下去。

外面又敲了几下。

苏念意强睁开眼，起床来到门口，睡眼惺忪地打开门，嘴里嘟囔着："谁啊？还让不让人睡觉了。"

沈知南看着她一副没睡醒的模样，一边的吊带滑了下来，头发凌乱，就下意识地伸手捂住了陈林的眼睛，然后提醒苏念意，语气还有些严厉："快去换身衣服。"

听到声音，苏念意清醒了一些，认出眼前的人是沈知南。

她"哦"了声，然后故作镇定地把门关上。

回到房间，苏念意一边无声尖叫一边快速换衣服。

啊啊啊！怎么回事啊？

他怎么会在这儿？不对，是她为什么会在这儿？！

昨天不是在和叶语姝喝酒吗，然后呢？

苏念意边想边换好衣服，走进浴室。

她看着镜中顶着个鸡窝头的自己，昨晚的记忆一点点在脑中拼凑了出来。

沈知南是坏蛋。

你是不是下毒了？

你是不是想把你的脚气传染给我？

坏蛋，我抓住你了。

坏蛋，咬死你。

她昨晚到底干了些什么啊？

花季少女苏念意喝醉酒发酒疯强吻了消防大队队长沈知南。

她都不是强吻，是强咬吧。

她怎么会干出这种事？沈知南不会以为她是因为得不到他而故意趁机报复吧？

所以他现在是来找她报仇的？

苏念意脑袋瓜飞速运转，想着该如何躲过这一劫。

还没等她想好，门外又敲起了门。

苏念意闭了闭眼，还是决定先当作什么都没有发生，他要是问起来就说自己什么都不记得了。

想到对策，她拿起气垫梳把鸡窝头梳顺，又对着镜子整理了一下自己的仪容仪表，确定没有问题才又走到门口。

她深吸一口气，打开门，一眼就看到了沈知南下嘴唇上的伤口。

她在心里暗暗骂了下自己，然后淡定地笑了笑："沈队长，这么早找我有事吗？"

沈知南嘴角抽了一下："不早了，下午两点了。"

苏念意平常就爱睡懒觉，刚刚也没去注意看时间，她有些尴尬地摸了摸鼻子。很快，她注意到沈知南旁边的男人。

此时那男人也正看着她，四目相对，苏念意直接蒙了，而那男人也一脸蒙圈的表情。

安静了几秒，苏念意惊呼："陈林！你怎么在这儿？"

沈知南顿住，不明所以地看着两人。

陈林看向沈知南："沈队，这户要不就由我来普及吧，你先下去休息会儿。"

像找到了救命稻草，苏念意立刻附和道："对啊对啊。"

说话间，苏念意拉着陈林进了房门，把沈知南关在了门外。

沈知南：？

门关上，苏念意和陈林都松了口气。

客厅里，陈林乖巧地坐在沙发上，苏念意双手环着胸，眼睛微眯，打探似的看着他身上那一身蓝色消防制服。

大概僵持了一分钟，苏念意出声打破了安静的气氛："陈林，你可以啊！给你发微信不回，离家出走还出走到消防队了。"

陈林抬起头，声音里带着请求："表姐，你能不能别告诉我爸妈这件事？"

陈林爸妈一直希望他继承家里的公司，又因为他们觉得消防员这份职业太过危险且辛苦，所以不太支持他当消防员。

但陈林从小就以爷爷为榜样，尽管从没见过爷爷，但是知道爷爷的光荣事迹和荣誉，所以对消防员这份职业感到很敬佩，同时自己也想成为其中的一员。

苏念意很早就知道他想和外公一样当一名消防员，她也打心底里支持他，但是这事迟早会被家里人知道，她想了想，提议道："要不你早点跟他们说吧，反正迟早都会知道。"

"那不行，我想慢慢告诉他们，让他们有一个接受的时间。"

"好吧，随你，那这事我就当不知道。"

听到她这么说，陈林开心地笑了："谢谢表姐。"

"嗯。"

想起自己还有工作任务，陈林站起身，一本正经起来："表姐，我现在要给你普及消防知识和做安全隐患排查。"

苏念意有些怀疑，道："你这新兵蛋子能行吗？"

作为一个刚进消防大队不久的新人，陈林还真有点不自信："那我要我们沈队给你普及？"

苏念意立刻拒绝："那还是算了，我觉得你也挺行的。"

"……"陈林安静了几秒，看了看四周，"表姐，我记得你之前好像不是住这儿啊。"

"我之前房子被烧了。"

陈林有些震惊："什么？"

苏念意不想再跟他多说废话，直接说道："还普不普及了？"

陈林"哦"了声，一本正经地拿着消防宣传手册说了起来。

普及完消防知识，陈林又走到厨房到处看了起来，确定没什么安全隐患才走出来。

看到苏念意坐在沙发上不知道在想啥，想到昨天食堂里的事，他走过去，问道："表姐，你和沈队还有大勇哥他们认识吗？"

苏念意敷衍道："认识。"

"怎么认识的？"

"我房子烧了那天认识的。"

"啊？哦。"

陈林看苏念意压根儿不想和他聊天，于是说："表姐，那我先走了。"

苏念意摆了摆手："走吧走吧。"

等陈林走后，苏念意走到玄关处看了眼门外，看到外面没人才彻底松了口气。

随后，她立刻回到房间，拿出了行李箱，收拾了一些衣服和化妆品。

她找到手机给陈林发了条信息：你们沈队现在在哪儿？

过了几分钟，陈林才回：好像在5楼。

苏念意：还是在这栋？

陈林：嗯。

为了"跑路"不碰到沈知南，苏念意换了身衣服，戴了口罩、墨镜和帽子。保险起见，她乘电梯只到了6楼，然后自己提着行李箱走安全楼梯到1楼。她大气都没喘一下，到了1楼直接拖着行李箱直奔小区大门。

晚上六点，陈林跟着大部队回到消防队，想着今天没有训练任务，于是和余和他们一起在休息室聊天。

聊着聊着，几人开始八卦他们不苟言笑的沈队到底喜欢什么类型的女生，陈林正竖着耳朵听得津津有味，却被沈知南叫了过去。

陈林跟在他后面，心里猜测他刚刚有没有听到他们在八卦他。

不知不觉，两人走到了训练场地，陈林一脸疑惑地看着沈知南："沈队，今天不是没有训练任务吗？"

沈知南沉着脸，语气有些严厉："加训。"

陈林看着他严肃的脸，完全不知道自己哪里惹到他了，他身体站直，大声回答："是！"

于是接下来的场景就是，沈知南黑着脸看着陈林单杠、双杠、仰卧起坐、俯卧撑轮着来，陈林累得满头大汗，但大气都不敢出。

最后实在累得不行，躺在地上动不了了，沈知南才放过他。

沈知南垂眸，看着陈林，几秒后，忽地问道："你跟苏念意是什么关系？"

陈林喘着气："报告沈队，她是我表姐。"

"……"

安静了大概有半分钟，沈知南清了清嗓子，语气缓和了许多："休息会儿去吃饭吧，明天训练减半。"

陈林完全搞不懂现在是什么状况，沈队的脸为什么又变得这么快。

沈知南没再说话，直接离开了训练场。

沈知南没在食堂吃饭,而是直接回了景和北苑。

他站在苏念意家的门口敲了敲门,没人应答。

虽然他知道了她家的密码,但是也不能像昨晚一样擅闯进去。

他想了想,拿出手机,找到之前苏念意让他拿快递给他发的电话号码拨了过去。

那头很快就接通:"喂,你好。"

"你没在家?"

下一秒,电话立刻被那边挂断。

"……"

沈知南又打过去,结果就打不通了。

这种情况下,他想不到别的,唯一能想到的就是苏念意在刻意躲他。

另一边,苏念意坐在床上,把手机扔到一边,一副受到惊吓的模样。

沈知南怎么会知道她的电话号码啊?哦对,之前她让他拿快递的时候给他发的。

真是自己给自己挖坑。

回想起自己昨晚耍酒疯干的糊涂事,她就想着要不要换个城市生活。

等等,她现在把他电话拉黑不就证明她记得昨晚的事,甚至在故意躲着他吗?

沈知南会不会觉得她心虚啊?

而且他本来就不喜欢她,现在她又趁着喝醉强吻了他,他会不会告她非礼啊?

想着想着,苏念意烦躁地抓了抓头发。

她重新拿起一旁的手机,给叶语姝发了条信息。

苏念意:*姝姝,我完蛋了!彻底完蛋了!*

叶语姝回得很快:*怎么了怎么了?*

苏念意:*我昨天喝醉酒耍酒疯,把沈知南给强吻了!*

叶语姝:*什么?【震惊】*

苏念意:*然后我现在躲回我爸妈家避难来了。*

叶语姝直接打了个视频电话过来。

视频里,叶语姝一脸震惊:"你真把人给强吻了啊?"

苏念意苦着脸点点头："嗯,我还把他嘴巴咬破了。"

叶语姝睁大了眼,很快又忍不住笑出了声:"看不出来啊,你这么猛的吗?"

苏念意面无表情地看着她:"你还笑!我都快要烦死了。"

叶语姝止住笑声,给她分析起来:"烦什么,得不到他吻到了他也不亏啊。"

"那是我初吻!"

"那可能也是他初吻,不过,接吻的感觉怎么样?是不是很美妙?"

苏念意莫名红了脸:"我哪还记得什么感觉!"

她是真不记得了,醉成这样,哪还会去感受接吻的感觉啊。

想到昨晚沈知南突然出现在酒吧,苏念意问道:"昨晚沈知南为什么会来酒吧啊?是不是你男朋友带过来的?"

"我问了,他说是沈知南自己问的。"叶语姝想了想,"念念,昨天看他那个样子,我觉得他好像是喜欢你的,要不你找他说清楚?"

"他哪里喜欢我,他现在估计都要告我非礼他了吧。"

"不就亲了一下吗?这么严重?他不是吧,一个大男人这么小气。"

"我也觉得,小气吧啦的,刚还给我打电话问我为什么没在家。"

叶语姝正要说话,门口传来开门的动静:"亲爱的,我回来了。"

叶语姝看了一眼,然后小声对着屏幕里说:"周北生回来了,等会儿打字聊。"

"哦,好吧。"

挂断视频电话,苏念意放下手机,躺在床上,思考到底该怎么解决这件事。

要不给他道个歉?

他这么小气的人,会接受吗?

想了会儿,苏念意蹬了几下腿:"哎呀!烦死了。"

消防队里,大家都看得出来沈队这几天心情不太好。

下嘴唇也破了,大家不由得怀疑他是不是和女朋友吵架了。

但是在队里,沈知南不苟言笑、不近女色是众所周知的事情,所以大家都一致地认为他只是不小心磕到了嘴唇,心情不好也可能只是谁惹到他了。

所以这几天,大家都不招惹他。

沈知南倒是和平常一样,该训练训练,该休息休息,该吃饭吃饭。

这天,宁城一小区发生火灾,是沈知南带队去抢险救援。

灭完火,回到消防队。

休息室里,陈林的手机响了一下,他拿出来看了眼,是苏念意给他发了条微信:老弟,你们沈队这几天心情怎么样?

陈林瞄了眼沈知南的表情,回复:非常不好,跟别人欠了他几个亿没还一样。

苏念意:……

陈林:怎么了?你问这个做什么?

苏念意:呵呵,没什么。

陈林:……

陈林刚放下手机,沈知南侧头看了过来:"陈林,你表姐到底是个什么样的人?"

陈林"啊"了声。怎么这两个人相互问来问去的,还把他作为一个中间人?

这俩不会有情况吧?

陈林想了想,回答道:"我表姐这个人性格比较活泼,有时候还挺要强的。"

"要强?"

"嗯,遇到事情喜欢一个人担着,不喜欢麻烦别人。"

沈知南沉默了,这跟他认识的是同一个人吗?苏念意不是很喜欢麻烦他吗?

"不过如果她很信任一个人的话,她就会喜欢麻烦那个人,可能这就是依赖吧。"

沈知南愣了愣,她是因为信任他所以才会麻烦他吗?甚至是在依赖他?

沈知南忽然沉默了下来,他好像确实没有好好去了解过她,只知道她性格开朗活泼,好像每天都无忧无虑,很少有心情不好的时候。

可能唯一的那几次心情不好,还是因为他。

陈林:"沈队,你为什么会这么问?"

沈知南回过神:"没什么,她遇到问题是不是喜欢逃避?"

"有点吧,小时候我俩一起玩,她仗着比我大,经常欺负我,闯祸了还老是会栽赃给我。"

……

思考了几天,苏念意觉得还是等沈知南心情好一些了再去道歉吧。

为了表现出自己的诚意,在家待的这几天,苏念意绞尽脑汁写了份八百字的道歉信。

做足了准备工作,就等着沈知南心情变好,然后登门道歉。

但是她问了下陈林,他说沈知南这几天心情还是不太好。

她就不明白了,不就咬了他一下吗,至于气这么久吗?!

苏念意想了想,还是让他先消消气吧。

她躺在沙发上,无聊地刷起了微博。

刷了会儿,她点进私信,注意到那个深蓝色纯色头像又给她发了条私信:追我的女孩把我强吻了,但是她躲了起来,微信、电话也把我拉黑了,请问我该怎么办?

苏念意愣了一瞬,这情况不跟她和沈知南一样吗?

只是她是那个躲起来的女生。

空气静止了下来,几分钟后,苏念意不可思议地睁大了眼。

这不会是沈知南吧?!

苏念意简直不敢相信,沈知南这个老古董还玩微博?

但是他为什么不是质问她,而是在问她他该怎么办?

他应该知道这是她的微博吧?但是他可能还不知道她已经认出他了。

苏念意想了想,觉得可能是自己猜错了,她退出微博,点进微信,给陈林发了条信息:给你个任务。

陈林:什么?

苏念意:帮我看看你们沈队手机上是不是安装了微博,如果能看到他的微博号,那就更好了。

陈林:你想我死?

苏念意:那要不你给我问下他微博号?

过了几分钟,陈林回复:他问我是不是你让我问的。

苏念意直接傻眼了,这还能猜到?

完蛋，他知道她猜到了那条私信是他发的。

陈林：表姐，你和我们沈队是不是有情况？

苏念意：小孩子家家，乱打听什么。

苏念意：你就说不是我让你问的。

陈林：哎不是，你们有什么事能不能当面说，非要我传来传去。

苏念意毫不客气地威胁他：这点小忙都不帮，等会儿我就告诉舅舅你去当消防员了。

陈林：你……行，我帮。

苏念意觉得这样还是不行，沈知南肯定已经确定她知道了。

想了会儿，她决定破罐子破摔，点进微博私信给他回复：我觉得她肯定不是故意的，建议你不要太生气，看开点，身体最重要，她可能过几天就会来跟你道歉了。

下一秒，那边打了个问号发过来。

苏念意没再回，直接退出了微博。

正当苏念意思考着哪天回趟景和北苑亲自登门给沈知南道歉，就收到了江屿约她吃饭的信息。

因为她要撤诉的事，江屿还想再跟她聊一下。

苏念意答应了，两人约在了一家西餐厅。

餐桌上，江屿看着苏念意，神色温和："念念，最近还好吗？"

"嗯，还行。"

"感觉你有些瘦了。"

苏念意低头看了看自己："啊？有吗？"

江屿笑着点了点头。

苏念意切了块牛肉放进嘴里："对了，江屿哥，你不是说要和我谈一下撤诉的事吗？是有什么问题吗？"

江屿有些不自然地咳了下："哦，就是我想问你，你真的想好要撤诉了吗？"

"嗯，想好了，赔偿款已经打给我了，那个业主也跟我道歉了。"

"好。"

江屿眼神暗了下来，撤诉的话，他以后就不能以工作之由约她出来了。

本来平常两人就不怎么会联系，主要是律所刚起步，他工作忙，找她聊天怕自己不能够及时回她的信息，会让她觉得讨厌。

"你怎么了，江屿哥？"苏念意问道。

江屿回过神："没什么，吃饭吧。"

苏念意"哦"了声，继续切牛排。

吃完饭，江屿开车送苏念意回去。

一上车，苏念意就犯困了，这些天因为沈知南的事都没怎么睡好。

等她醒来，发现江屿把她送到了景和北苑，但是又不好意思让他再送一趟。

苏念意只好跟他说了声"谢谢"，然后下了车。

下车后，苏念意想着沈知南应该没回来，因为他平常就很少回来住，都是住在队里。

于是，苏念意打算今晚在景和北苑先住一晚，明天再回去。

一路上，苏念意都小心翼翼地观察着附近有没有沈知南的身影。

确定四周都很安全，苏念意才放心地进了电梯。

出了电梯，苏念意又轻手轻脚走出来，走到沈知南家门口，耳朵贴着门，听了会儿里面的动静。

确定里面很安静，苏念意松了口气，直起身子，转身准备去开门。

手才刚碰到密码锁，她就听到身后传来开门声。

苏念意顿住，机械性地回头，对上了沈知南那张冷冷的脸。

苏念意扯了下唇角，手松开密码锁，脑袋当机立断，撒腿就跑。

下一秒，她就感觉自己的身体被一股大力扯了回来。

随后便是沈知南冰冷的声音："还想往哪儿跑？"

苏念意抬起头，干笑了一声："沈队长，我是要出门，你信吗？"

沈知南垂眸盯着她："你看我信吗？"

苏念意还想跟他打个商量："要不你信一下？"

沈知南懒得跟她废话，直接扯着她的手腕把她带进了门。

玄关处，苏念意背靠着墙，低着头，一副即将要被大人教育的小朋友的模样。

沈知南站在她跟前，高大的身躯刚好给苏念意遮挡住了玄关处的灯光。

他盯着她黑漆漆的脑袋，问道："不是要道歉？"

苏念意抬起头："啊？"

沈知南没吭声。

苏念意反应过来,立刻说道:"对不起,我不是故意强吻你的,我是喝醉了。"她开始给自己辩解,"沈队长,你也知道人一旦喝醉了,行为就不太受控制,我向你保证,下次不会了,我已经深刻认识到了自己的错误,以后我再也不会对你做什么过分的举动。"

沈知南安静了几秒,忽地笑了一声:"你这道歉我觉得怎么没有诚意。"

听到这,苏念意好像想到什么,从包里拿出来一份道歉信递给他。

"我还写了一份八百字的道歉信,要不你看看够不够诚意?"

沈知南一顿。她竟然还准备了这个?

他接了过来,纸上密密麻麻全是字,且还被涂了很多个黑坨。

看得出来她为了写这封道歉信有多绞尽脑汁了。

苏念意见他拿着信看了起来,松了口气,暗暗庆幸自己当时为了不让被时不时来她房间的陈女士发现,把信随手塞进了包里。

沈知南粗略地看了一遍,他就没见过还有人能把一封道歉信写得这么烂的。

除了第一句提到了对不起他,后面的七百多个字,全是在为自己辩解,结尾还要吐槽他一句:作为一个男人,你怎么能这么小气呢?

这封信到底是道歉信还是她的辩解信,对此,沈知南持保留意见。

当然,沈知南也不在意,因为他需要的,并不是她的道歉。

第五章
很喜欢你

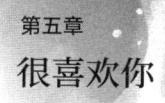

　　沈知南把信随手塞进裤兜里,手抵在她身侧的墙上,像认输了一般,垂头看着她:"苏念意,你到底是怎么想的?"

　　苏念意还是第一次听到他叫她的名字,莫名地有些慌:"什么?"

　　"你不是在追我吗?为什么又把我微信删了?"

　　"你不是觉得我很烦吗?"

　　沈知南怔了一下:"我什么时候……你是不是误会什么了?"

　　"我都亲耳听到你说了,既然你觉得烦,那我就不追了。"苏念意撇撇嘴,"反正我又不是没人喜欢。"

　　沈知南眼睛微眯,带着点威胁的意味:"你说什么?"

　　苏念意抬起头,一字一句道:"我说,我又不是没人喜欢,我才不会一直跟在你屁股后面跑,天下男人多的是。"

　　沈知南觉得自己快要气到说不出话来,他往前凑了一点,声音很沉:"你还想去撩谁?"

　　"关你屁……唔……"

　　"事"字还没说出口,声音就被封住。

　　两唇相贴,好像呼吸都停滞了。

　　苏念意睁大了眼,脑子直接短路,整个人都僵住了。

　　沈知南睁着眼睛,目光沉沉地看着她,而后,在她还没反应过来之前,张开嘴,咬住了她的下嘴唇。

　　力道有些重。

感受到下嘴唇火辣辣的痛，苏念意猛地抬手推开他："你干什么！"

沈知南直截了当地说道："报仇。"

苏念意摸了摸被咬的地方，恶狠狠地看着他："你一个大男人至于这么小气吗？我都跟你道歉了！"

沈知南又往前走了一步，说："但我并没有感受到你的诚意。"他稍稍弯下腰，靠近她，"你先跟我说说，你还想去撩谁？"

苏念意此时气得不行，语气恶劣："关你什么事！反正不是撩你。"

"哦，原来你是这样一个始乱终弃的人。"沈知南一副受害者模样，"把人给强吻了，转头就抛弃。"

苏念意简直不敢相信自己的耳朵。

正当她想解释时，沈知南把脸凑到她耳际，哑着声说："你就不能专心一点？撩完就跑，谁教你的？"

沈知南的气息一点点喷洒在苏念意敏感的耳朵上，她忍不住颤了一下："我这不是没跑成嘛。"

沈知南的脸从她耳侧离开，手撑在她的脑袋两侧，脸正对着她，眼眸漆黑。

"所以你还真的想跑？"他的语气带着探究，"还是，你在害怕什么？"

苏念意实话实说："嗯，怕你告我非礼你。"

没想到是这个原因，沈知南觉得搞笑但又有点气恼。

他盯着她红艳的唇，唇角一勾，低笑了一声，吻落下来："那我非礼回去。"

呼吸再次被吞噬。

沈知南一手搂住她的腰，一手托着她的脸。

眼睛缓缓闭上，启唇一点点地吮着她的唇。

苏念意睁着眼睛，一时间忘记了反抗，脑子里全是他的那句"那我非礼回去"。

沈知南睁开眼，看到苏念意呆滞的模样，轻咬了下她的唇。

随后，他看到眼前的人瞳孔微缩，整个身体在他身前抖了一下。

苏念意瞬间脸红到了耳根，下意识地抬手想去推他。

她把手抵在他的胸前，还没等她使劲，就感觉到腰上的力度收紧。

安静的玄关处，此时多了点暧昧的吞咽声和心跳声。

苏念意清晰感觉到沈知南有着和她一样速率的心跳，甚至比她更快。

客厅里开着空调,但她却觉得很热,眼前身体的温度,滚烫至极。

她睁着眼睛,有点喘不过气来,也不知道该怎么回应。

只能抓着他的衣服,被动地承受着。

不知过了多久,沈知南撤开。

额头抵着她的额头,垂眼,盯着她有些红肿的唇。

抬起手,动作极轻地碰了碰她的下唇。

苏念意微张着嘴,小口喘气,像在调整呼吸。

同时,她的内心也是极其震惊的。

沈知南到底在做什么?他知不知道自己现在的行为容易让人误会?!

什么非礼回去?

他真的只是在报仇吗?

还是像叶语姝说的那样,他喜欢她?

带着怀疑,苏念意抬起头,目光对上他饱含情愫的眼眸:"沈知南,第一次你说是报仇,那这次呢?"

沈知南有些挫败:"难道还不够明显吗?"

还未等苏念意说话,沈知南又认真地说:"我需要的不是你的道歉。"

"那你要什么?"

沈知南盯着她:"你。"

苏念意呼吸一滞,简直不敢相信。

"沈知南,你……"

"我想好了。"话还没说完,就被沈知南打断。

"什么?"

"之前你说要好好谢我,我现在想好要你怎么谢了。"

苏念意想了想,想起来她遇到变态男那次,她确实还没好好感谢他。

当时她说让他想好了再告诉她。

结果在这儿等着她呢。

"那你说来听听,如果合理的话我可以考虑考虑。"苏念意说道。

沈知南安静了几秒,低笑一声:"做我女朋友,你觉得合不合理?"

苏念意抬起眼看着他,像在思考这件事的合理性。

见她不说话,沈知南有些急了,此刻的每一分每一秒仿佛都在凌迟着他的神经。

他又凑近了一点，鼻尖蹭了下她的鼻尖："怎么不说话了？嗯？"

此时苏念意的手还抵在他的胸前，她垂着眼，然后手缓缓往上移。

经过他的肩膀，来到了他的脑后。

她圈住他的脖子，踮起脚，亲了下他的嘴角。

只一下便撤开。

她仰起头，一副你赚到了的表情："好吧，既然你都这么诚恳地要求了，那我就勉为其难答应吧。"

听到她的回答，沈知南蓦地笑了起来。

苏念意看着他嘴角向上的弧度，笑嘻嘻地问道："这么开心吗？"

"嗯。"沈知南双手搂住她的腰，用了点劲，把她的身体往上提了提，"现在我们来说说你把我微信删了这件事。"

语气像要秋后算账。

苏念意整个身体都贴着他，腰后的手更是紧紧禁锢着她，让她退无可退。

但这件事又完全不是她的错，谁让他说烦他了。

苏念意理直气壮地恶人先告状："是你先说烦我的。"

沈知南真是搞不懂了，他完全不记得自己什么时候说过烦她了。

"你到底什么时候听见的？"

"就是沈爷爷生日那天，你和周北生说的，被我不小心听见了。"

沈知南愣住，回忆了一下："那天我们说的不是你。"

苏念意"啊"了声，"那你们说的是谁？"

"沈欣琳。"

"谁？"

"你之前在我家门口见过的。"

"你妹妹？"

沈知南安静了几秒，淡淡道："算是吧。"

苏念意有些蒙，什么叫"算是"？

"她是我继妹。"

苏念意有些震惊，这是她没有想到的。

虽然她也看出来了两人长得并不像，但她也只是以为兄妹俩一个长得像爸爸一个长得像妈妈而已。

想到那天周北生的话，她问道："那她为什么要缠着你？"

空气安静了下来，沈知南默不作声地松开她的腰，牵着她的手往客厅里走。

沈知南带着她走到沙发边坐下，像要跟她好好说一件什么很重要的事，语气极其认真："念念，既然你答应做我女朋友了，有些事我还是要跟你说一下。"

苏念意点点头："你说。"

"我家是重组家庭，我和沈欣琳母女的关系并不是很好。"沈知南语气淡漠，"但是沈欣琳似乎是喜欢我，从两年前开始，她就经常来我这儿找我，找不到我就不停打电话或者发信息骚扰。"

苏念意惊了，怪不得她总能在这里碰到她。

"你爸和她妈知道吗？"

"她妈知道，我爸知不知道我不知道。"

"她妈不管管她吗？"

沈知南握着她的手，淡声道："估计管不住。"

想到之前在酒吧碰到过她，还跟一男的暧昧不清，苏念意顿时觉得恶心："她有毛病吧！喜欢你还跟别的男人搞暧昧。"

沈知南疑惑："什么？"

"我之前去酒吧碰到过她，跟一男的勾肩搭背，暧昧不清。"

"哦，那不关我的事。"

"而且她很没有礼貌，跟没家教一样，之前我还跟她吵过一架。"

沈知南眉心一跳："什么时候？"

说到这个苏念意就有些恼火："就她来这儿找你，我好心跟她说你没在家，她竟然叫我阿姨，还说我长得着急，看起来比她大好多。"

沈知南也没想到沈欣琳这么没有素质，他皱了皱眉："你怎么不早点告诉我？"

"当时看在你的情面，所以就没太计较了。"

沈知南揽住她的肩膀让她靠在他怀里："以后再碰到她，别理就行。"

苏念意"嗯"了声，用手戳了戳他的胸膛："沈知南，你是从什么时候开始喜欢我的？"

"不知道。"

闻言，苏念意猛地从他怀里坐起身来，显然对他这个答案很不满意："不知道？"

　　沈知南确实不清楚，也没认真去想过，好像喜欢上她是一件突如其来又意料之中的事情。

　　他没有和女孩子过多相处的经历，更没有谈过恋爱。

　　之前也有很多女孩子像苏念意一样追过他，但他都是冷淡对待，后来那些女孩子也自知没趣地放弃了。

　　一开始，他对于苏念意，也是冷淡对待。

　　或许是苏念意活泼的性格和一些时常不能理解的举动让他觉得这个女孩貌似也挺可爱的。

　　而且她确实长得很漂亮，那双"狐狸眼"更是勾人。

　　有时候他也会不知不觉陷进去。

　　所以当他看到她带别的男人回来的时候，他真的被气到了。

　　为此，他还去网上查了一下。

　　而他查到的答案是：你吃醋了。

　　吃醋就意味着，他可能喜欢上她了。

　　他从那个时候就意识到了这一点，但是又觉得这份喜欢还没有到非要和她在一起的地步。

　　可是感情就是不可控的。

　　慢慢地，他开始频繁地想她，想和她待在一块儿，害怕她被抢走。

　　所以当他知道她把他微信删了之后，他完全接受不了。

　　当时的感受就是，她不要他了，她放弃他了。

　　而他唯一能想到的挽留她的办法就是，立刻去找她。

　　而在去找她的路上，他一直在想，是不是因为自己以前对她的态度太冷淡了，所以才会让她想要放弃他。

　　他怀疑过自己喜欢她是不是他的错觉，也曾不止一次怀疑过她对他的喜欢是不是出自真心。

　　但是这次，他确认了自己的感情。

　　他喜欢她，已经到了非要和她在一起不可的地步。

　　他甚至想过，如果她对他的喜欢不是出自真心，那他也认了。

　　他可以追她，可以让她真心喜欢上他。

　　"你怎么不说话了？"苏念意盯着他，有些不太开心。

沈知南把脸凑近，抬手把她脸侧的头发挽到耳后，声音带着缱绻的温柔："这不重要，你只要知道我现在很喜欢你就行了。"

"很喜欢你"这四个字明显让苏念意满意了，她弯唇笑了笑，但很快又把唇线拉直："既然你这么喜欢我，为什么之前对我这么冷漠？"

想到这，苏念意脸彻底拉了下来："你是不是在骗我？这是不是你的复仇计划，先把我骗到手，然后再把我甩掉？"

沈知南也不知道她脑袋瓜里到底装了些什么，他没了耐心，直接抬起她的下巴，低头吻住她的唇。

"唔……"

不能说吻，应该说咬。

像顾虑到她的下嘴唇已经被咬伤，他这次咬的是她的上嘴唇。

力道不轻不重，但苏念意却分心地想着她的嘴巴明天会不会变成香肠嘴。

她推了推他："你干吗！"

没太推开，此时两人嘴唇还贴在一起，话语也变得含糊不清。

沈知南张了张嘴："复仇。"

苏念意回到家时已经是晚上十一点。

浴室里，她站在洗漱台前，看着自己被亲得红肿的嘴唇，悄悄地红了脸。

她不由得怀疑起沈知南是不是真的没谈过恋爱，接起吻来这么熟练。

吻技好像……

也很好。

她突然想起来叶语姝问她，接吻的感觉是不是很美妙。

她承认，确实很美妙。

想着想着，苏念意不自觉地摸了摸嘴唇，然后害羞地捂住了脸。

从浴室出来，苏念意拿出手机，看到叶语姝给她发了条信息。

叶语姝：念念，好像是你误会了，我问了周北生，他说那天他们说的不是你。

苏念意笑了笑，回复：我知道啦，沈知南刚刚跟我说了。

叶语姝：你们见面了？

苏念意：嗯，我们在一起了。【害羞】

叶语姝：！

苏念意：嘻嘻。

叶语姝：恭喜姐妹！

苏念意看着手机屏幕，嘴角控制不住地上扬。

她和沈知南真的在一起了。

正当她开心之余，门被敲响。

她想都不用想就知道肯定是沈知南。

她立刻蹦跶着跑过去打开门，咧开嘴笑着："沈队长，怎么我刚回来就想我啦？"

沈知南收回嘴里的话，也跟着笑，凑过去抱住她："嗯，想你了。"

苏念意抬手抱住他的腰，语气带着撒娇的细软："可是我有点困了。"

沈知南摸了摸她的脑袋："那去睡吧，等会儿记得把我号码从黑名单里拉出来，微信也要加回来才行。"

苏念意从他怀里抬起头，"哦"了声。

"去睡吧，晚安。"

"哦，晚安。"

苏念意松开他："那明天见。"

沈知南迟疑了一下，回答道："明天见。"

隔日，苏念意一大早就被电话声吵醒。

"喂。"

"出来。"

苏念意有点起床气，就算是沈知南吵醒她，她也一样没好态度："干吗？我要睡觉。"

"我要去消防队了，最近都得住队里。"

苏念意迷迷糊糊地应着："哦，我知道了。"

沈知南知道苏念意还没睡醒，他又耐心说道："你不是说今天要见吗？"

苏念意哼唧了一声："我要睡觉，不要吵我。"

"……"

沈知南放弃了："好，不吵你，不要睡太晚，记得早点起来吃早餐。"

此时苏念意已经彻底睡了过去，他还能从电话里听到她浅浅的呼吸声。

十一点，苏念意才睡眼蒙眬地睁开眼。

她摸到手机，看了眼时间。

注意到沈知南给她发了两条微信。

沈知南：起床了吗？

沈知南：我回队里了，这几天不回家住，自己在家要锁好门。

看完，苏念意立刻给他回复：你！干！吗！不！早！点！说！

刚在一起就要好几天见不到面。

换谁谁不生气！

沈知南：早上给你打电话了。

苏念意愣了下，像完全不记得了。

她退出微信，看了下通话记录。

沈知南还真在早上七点半的时候给她打了个电话。

这么早，谁起得来啊！

苏念意回到微信：好吧，那我想你的话可以来消防队找你吗？

沈知南：可以。

看到沈知南的回复，苏念意松了口气。

起床后，苏念意想着自己很久没更新视频了，于是起床准备录个穿搭视频。

苏念意身材极好，四肢纤细，但该有肉的地方一样有肉。

但她打开衣柜，发现里面的大部分衣服她之前都有穿着出镜过。

于是，购物欲暴增的苏念意又开始逛起了淘宝。

她不光给自己买，还顺便给沈知南看了几套。

其实她很早就觉得沈知南的穿衣风格虽然不土，就是很正常的那种穿搭，干净清爽，但也说不上潮。

说白了，就全凭他一张脸撑着。

而且感觉他衣服很少，每次见到他都是那几件衣服。

苏念意挑了半天，觉得还是带他去实体店买比较好。

但是他平常又很忙。

苏念意叹了口气，莫名觉得有些失落。

她也想像别的情侣一样，有很多的时间待在一块儿。

想了会儿，苏念意给沈知南发了微信。

苏念意：想你了。

消防队里，大家正在食堂吃饭。
忽然，警铃响起。
没过几秒，食堂里瞬间空无一人。
一群穿着深蓝色衣服的消防员快速跑到更衣室换好衣服，有的嘴里还在嚼着饭。
没过多久，几辆消防车从大门口快速驶出。
这次是宁城一个造纸厂发生火灾。
因为工厂较大且可燃物很多，估计工作量会很大。
果然，到达地点后，火势已经扩大了很多，工厂里的人员早已疏散了出来。
沈知南看着眼前的大火，开始指挥灭火工作。
陈林是第一次参与大型火灾的救援，看着眼前的大火，他莫名地有了些慌乱。
沈知南一眼就看出了他的紧张，拍了拍他的肩膀，正色道："怕什么，等会儿你跟着余和，戴好空气呼吸器。"
陈林立刻变得有干劲起来："好的，沈队！"
"注意安全，有什么事对讲机里跟我说。"
"是！"
没过多久，灭火准备工作做好，沈知南做好分配后，灭火工作正式开始。

晚上。
苏念意心不在焉地吃着饭，眼睛看着手机。
都快一天了，沈知南还没回她的消息，又出警了吗？
她不由得担心起来。
之前没在一起的时候，沈知南经常不回她的信息，她也没想这么多，更不像现在这样担心。
消防员这份工作很危险，她是知道的。
想了会儿，苏念意给陈林发了条信息：陈林，你们在干吗？
等了会儿，那头也没回。
这次，苏念意基本确定他们应该是出警了。

她点进微博，试图从网上看看能不能找到宁城哪里发生火灾了。

果然，她在热搜里看到了宁城一造纸厂发生特大火灾的新闻。

她点进去，里面有一个现场的视频。

但是拍摄距离很远，她只能看到浓浓的黑烟源源不断从造纸厂飘出来，根本看不到沈知南他们的身影。

苏念意的心一下子提到了嗓子眼。

她反复看了几遍那个视频，然后退出微博，给沈知南发了条微信：*一定要给我平安回来！*

想到陈林可能也在现场，苏念意又给他发了条信息：*老弟，保护好你们沈队，一起平安回来。*

这一晚，苏念意都没怎么睡好。

早上醒来的第一件事就是看沈知南有没有回她信息。

苏念意看了眼微信，陈林和沈知南都没有回消息，她又点进微博，看到有关那场火灾的最新报道。

火差不多已经被灭掉，但是还有些余火。

苏念意紧绷的神经终于放松了一点。

直到中午，沈知南才回消息。

沈知南：*我没事，忙完了。*

苏念意立刻回复：*累吗？没受伤吧？*

沈知南：*有点累，准备休息。*

沈知南：*没受伤，放心。*

苏念意：*那就好。*

休息室里，沈知南摁灭手机，靠在座位上闭上眼睛。

一晚没合眼，再加上巨大的工作量，他的眼睛实在有些疲劳。

眼睛刚闭上没多久，就听到有人进来。

嘴里还在小声嘀咕着："表姐怎么这样，一点都不关心我。"

虽然声音很小，但还是被闭目养神的沈知南听见了。

他缓缓抬起眼，侧头看向陈林："你表姐怎么了？"

陈林被他突如其来的声音吓到了，他"啊"了声："没怎么。"

沈知南回过头，没再说话。

陈林看着沈知南的侧脸，想到刚刚看到苏念意给他发的微信，再联想到之前两人的行为，他敢肯定这两人肯定有鬼。

但是他又不敢当着本人的面八卦沈知南，可是八卦的另一个当事人是他表姐哎，就问一下应该也没什么关系吧？

陈林做了几分钟的心理准备，组织了一下语言，然后小心翼翼地问道："沈队，我能问你个问题吗？"

沈知南闭着眼，言简意赅道："问。"

"你和我表姐……"

陈林还是有些犹豫，但在他犹豫要不要接着问下去的时候，沈知南提前回答了他："在一起了。"

陈林震惊了，睁大了眼："什么？"

沈知南睁开眼，看向他，一字一句道："我和你表姐在一起了。"

陈林下意识地说了句脏话。

"我和你表姐在一起你有意见？"

陈林立刻摇摇头："不敢不敢。"

他哪里敢有意见！他要有意见苏念意第一个来削他。

他就说两人有情况，怪不得还让他保护好沈队呢。

他只想说，沈队根本不需要他的保护，他才是需要沈队保护的那个。

这时，正好大勇和余和也进来了："你们在聊什么呢？"

陈林干笑一声："就随便聊聊。"

沈知南重新闭上眼："休息。"

"好的，沈队。"

又一次救援任务回来，停好车，沈知南从车上下来。

刚站住身子，就看到苏念意跑过来，跳起来一把抱住他。

沈知南下意识地搂住她的腰，另一只手托住她的臀部。

苏念意把脑袋搁在他的肩膀上，瞬间就闻到了一股浓浓的烟味，但她并不嫌弃。声音有些闷闷地问："你怎么才回来？"

沈知南用手托住她的后脑勺，试图让她别靠在他的肩膀上："念念，我身上脏。"

苏念意脑袋从他肩膀上撤开："确实有点，我刚闻到烟味了。"

沈知南无奈地笑了笑:"那你先下来,我去洗个澡。"

苏念意"哦"了声,不紧不慢地从他身上下来。

全程,两人都自动忽视了其他人。

沈知南牵着苏念意,往他宿舍的方向走。

一旁陈林的表情就像被雷劈了,虽然他已经知道这两人在一起了,也知道自己的表姐性格比较活泼,但是他真没见过哪个女生像她一样这么不矜持的。

这还有这么多人看着呢!要是被他姑姑看到,会不会打她啊?

看着两人的背影,陈林只能感叹一句:"家风不正啊!"

而旁边的余和几人表情无比震惊:"啊?我看到了什么?"

"我是不是出现幻觉了,刚刚那是苏小姐吗?"

"刚刚那人是我认识的沈队吗?"

"这两人什么时候在一起的啊?不是说沈队不近女色吗?这不是挺上道的吗?"

宿舍里,沈知南在浴室里洗澡,苏念意坐在他的床上,眼睛环顾了下四周。

这是个带浴室的单人间,里面除了书桌、椅子和床,还有衣柜,就没有其他东西。

想到自己刚刚的行为,苏念意后知后觉地脸红了。

她刚刚好像忘记边上还有其他人了,陈林貌似也在吧。

她伟大表姐的形象就这么破灭了!

这时,沈知南从浴室出来,看见苏念意红着脸不知道在想什么,他擦了擦头发,走到她旁边坐下。

"在想什么?"

苏念意回过神:"啊?没想什么。"

沈知南揽住她的腰:"怎么突然过来了?"

苏念意把头靠在他怀里,闻了闻他身上的味道:"想你了啊,你不是说想你了就可以过来找你嘛。"

沈知南"嗯"了声,盯着她:"我也想你。"

苏念意抬起头,视线与他对上,看到他眼下的黑眼圈有些重,胡子也长出来了一些。

她抬手摸了摸，有些扎手："沈知南，我给你刮胡子吧。"
　　沈知南扯唇笑了笑，像不相信她还会刮胡子："你会吗？"
　　"会吧，我之前给自己刮过。"
　　沈知南有些诧异：？
　　"不过我刮的是腿毛。"想到刮腿毛这事好像有点毁自己的形象，苏念意又一本正经地补充道，"给你普及一个小常识，美女都是有一点腿毛的。"
　　说完，苏念意还撸起自己的裤腿，露出白嫩且光溜溜的小腿。
　　"你看，刮完就是这种效果。"
　　"……"
　　沈知南不动声色地放下她的裤脚，清了清嗓子："好了，我知道了。"
　　他牵着她站起身："那去浴室吧，你给我刮。"

　　浴室里，由于两人身高相差很大，沈知南弯着腰，任由苏念意动作。
　　苏念意认真给沈知南抹上剃须泡，然后拿着剃须刀小心翼翼地刮着。
　　"如果我弄疼你了，你要跟我说啊。"
　　沈知南用鼻音"嗯"了声。
　　苏念意歪着脑袋，把他嘴巴上面的胡子刮干净，而后把剃须刀放到水里晃了两下，把上面的泡沫给洗掉。
　　紧接着是下巴。
　　苏念意用手挑起他的下巴："抬高点。"
　　沈知南顺从地抬了抬下巴。
　　此时两人距离凑得很近，苏念意微张着嘴，手上动作极轻，慢吞吞的。
　　沈知南垂眼，盯着她晶莹剔透的唇。
　　苏念意今天涂的是水光镜面的唇釉，温柔的豆沙色，在浴室灯光的照射下，有一种少女的清透感。
　　沈知南不自觉地滑动了下喉结，漆黑的眸染上了一层浓烈的情愫。
　　像察觉到他的视线，苏念意抬眼，对上他的目光。
　　手上的动作一顿，下一秒，沈知南的气息有预兆般地覆盖下来。
　　带着极重的呼吸声。
　　苏念意下意识地把剃须刀拿开，在他唇贴上来的那一刻，手上的剃须刀掉到地上，发出清脆的声音。

随后,她感受到腰被他扣住,身体不受控制地往前。

唇齿相贴,沈知南张开嘴,轻轻舔咬着她的唇。

和他刚刚想的一样,很软很软。

也不知道是唇釉的原因还是因为她本来就这么甜。

沈知南在她唇上,尝到了类似某种水果的香甜味道。

让人沉醉。

苏念意闭上眼睛,抬手圈住他的脖子,伸出舌尖,生涩地回应着他。

鼻尖还萦绕着剃须泡沫的淡淡香味。

呼吸声越来越重,充斥在这个狭小的空间内。

半响,苏念意被亲得有些喘不过气来,她睁开眼,拍了下沈知南的肩膀。

沈知南毫无反应,仍亲着她。

苏念意脑袋往右一偏,沈知南顺势亲在她的左脸上。

他缓缓睁开眼,唇从她脸上撤开,声音低哑:"怎么了?"

苏念意呼吸有些急促:"我喘不过气了。"

沈知南低笑一声,把她脑袋按在怀里,一只手放在她的背上给她顺气。

"我以后注意点。"

苏念意靠在他胸前小口喘着气,手抓着他的衣服。

等她呼吸恢复正常,苏念意才从他怀里抬起头,看到他下巴上还残留着一些剃须沫,说道:"你洗下脸吧。"

沈知南抬手摸了一下,"嗯"了声,松开她,转身打开水龙头。

大概只用了不到一分钟,沈知南就抬起头,看了看镜子,注意到身侧的苏念意脸上也沾了沫。

他侧过头,用手给她擦掉。

苏念意躲了一下:"你干吗?"

"你脸上也沾到了。"

苏念意看了眼镜子,看到自己的下巴上确实有白色的沫。

她忍不住瞪了他一眼:"还不是你!"

沈知南笑了下,拿了点纸巾给她擦。

苏念意抓住他的手:"我自己来,等下你把我粉底都给擦掉了。"

沈知南无奈,把纸巾递给她:"那你自己来。"

苏念意接过纸巾,对着镜子小心翼翼地擦了起来。

沈知南站在一旁看着她，视线定在她的嘴唇上。

此时唇色比接吻之前淡了许多。

沈知南不自觉地舔了下唇，像在回味刚刚的味道。

这一幕，正好被苏念意在镜中看到。

想到刚刚沈知南一直舔她的唇，她顿时明白过来。

她转过头，忍着笑意问道："沈知南，口红好吃吗？"

沈知南走到她身后，抱住她："还行，挺甜的，不过没你甜。"

苏念意简直不敢相信自己的耳朵，沈知南居然还会说情话。

这是谈个恋爱直接开窍了？

她笑了笑："我今天涂的是我新买的唇釉。"

"嗯，以后多涂。"

听到这，苏念意立刻变得警惕起来："你想干吗？"

沈知南把嘴唇贴在她的耳朵上，声音喑哑："吻你。"

耳朵是苏念意最敏感的地方，此刻沈知南又贴着讲话，她感觉自己全身都在起鸡皮疙瘩。

她下意识地往旁边躲了一下，声音有些发颤："那你的意思是我不涂你就不吻了是吗？"

沈知南也不知道她为什么会这么理解，他腾出一只手掰过她的脸，低下头，惩罚性地咬了下她的嘴唇："说什么呢？你怎样我都喜欢。"

苏念意"哦"了声，注意到他眼睛里有些红血丝，他昨晚肯定一晚上没睡。

苏念意挣开他的怀抱，催促道："你快去睡吧，我要先回去了。"

"你有事？"

"没有啊。"

沈知南一本正经道："那你回去干吗？陪我睡会儿。"

苏念意睁大了眼，脸也跟着红了，她抬起手打了他一下："我们才刚在一起没几天！"

而且这是在消防队！

在这种地方怎么能做那种事情！

禽兽！变态！

见苏念意脸都红到了耳根，沈知南忽然笑了一声："好了，我逗你的。"

他又凑过去亲了下她的额头:"走吧,送你回去。"

"啊?"苏念意看他满脸倦意,还要送她回家,她直接把他推出浴室,拉着他到床边,"你快睡吧,我自己回去就行了。"

沈知南安静了几秒:"那你注意安全。"

"知道啦,我又不是三岁小孩。"

沈知南笑了下,牵起她的手:"那我送你到门口。"

刚准备走,苏念意踮起脚,把手放到他的肩膀上,用力往下压。

顺着她的力道,沈知南坐到了床上。

随后便是苏念意命令的口吻:"你!现在!立刻!给我!躺下睡觉!"

见她这一副霸道的模样,沈知南忍不住笑出了声:"好。"

说完,沈知南顺从地躺下。

苏念意就像照顾小朋友一样,给他盖上被子,看着他闭上了眼睛才起身离开了宿舍。

刚走出来,苏念意就看到陈林站在门口,眉头微皱,一副来捉奸的表情。

苏念意轻轻把门关上,然后拉着陈林走到一边,小声说:"你在这儿干吗?"

陈林冷笑:"你们在里面干什么?"

"你这个小屁孩怎么什么都要打听,快去睡你的觉。"

"你没把我们沈队怎么样吧?"

苏念意"啧"了一声:"你什么意思?"——你不应该问你们沈队有没有把我怎么样吗?

陈林摆出一副长辈的模样,像在教育她:"作为一个女孩子,你就不能矜持点?"

"我怎么不矜持了,你现在是在教育我吗?"

见苏念意有些生气,陈林表情有些怂了,但嘴还没怂:"我这不是怕我们沈队吃亏嘛。"

苏念意简直想打人,气愤道:"吃亏的难道不是我吗?!"

陈林不敢说话了。

苏念意瞪了他一眼:"陈林,你是不是太久没挨揍了?"

听到这话,陈林忽然想起小时候他惹到苏念意了,她真的一点都不客气的,抡着拳头使劲往他身上揍,只要他还手,她立马就哭给你看。

119

小时候家里人都很宠苏念意，而且陈林并没有比她小几岁，所以平时，他作为弟弟，还得让着她，根本不敢还手。

她现在还有了沈知南这个靠山，他更加不敢了。

而且就她那点劲，根本弄不疼他。

卑微的陈林后退了几步，笑嘻嘻地说道："表姐，我先去休息了，再见。"

说完，他一溜烟就跑走了。

从消防队出来后，苏念意没有直接回景和北苑，而是回了趟她爸妈家。

她屁颠屁颠地收拾了下行李，又准备搬回景和北苑。

休假在家的陈女士看着她收拾行李，忍不住唠叨："念念，你又要搬回姝姝那套房子里去住吗？"

"对啊。"

"住家里不是也挺好吗？"

苏念意当然不会说她是因为想离男朋友近一点，她随便扯了个理由："我不想打扰你和我爸的二人世界。"

陈女士拍了下她的手臂："瞎说什么呢？"

"那你们去旅游为什么不带我？"

说到这茬，陈女士有些心虚了："那下次带上你？"

苏念意笑嘻嘻地应下："好呀。"

收拾好东西，陈女士又让苏念意吃了晚饭再走去。

饭桌上，陈女士又提起了陈林。

"陈林那小子到底去哪儿了？你舅舅都打算报警了。"

苏念意一愣："什么？"

"一直联系不上人，怕他出什么事。"

苏念意干笑了一声："没事的，他又不是小孩子，能出什么事。"

陈女士叹了口气："这孩子真不让人省心。"

吃完饭，苏念意回到景和北苑。

想到陈女士的话，苏念意给陈林发了条微信。

苏念意：老弟，我妈说舅舅一直联系不上你，他可能要报警抓你了，你好自为之吧。

那头没回。

苏念意又给沈知南发了条信息：醒了吗？

那头也没回，苏念意猜测他们都还在睡。

于是就没再打扰他们。

苏念意放下手机，拿着睡衣去了浴室。

浴室里，苏念意正准备卸妆，眼唇卸妆的时候，她忽然想起来两人在浴室……

还有沈知南说的话……

苏念意羞红了脸，但是又忍不住回想。

想到他让她多涂的那支唇釉，苏念意走出浴室，来到化妆间。

梳妆台上有些乱，苏念意从众多口红中找到那支唇釉。

拿起手机拍了张照，然后发了条微博。

苏念念V：我宣布这是年度最佳唇釉！【图片】

发完，苏念意便去了浴室洗澡。

等她洗完出来再次看微博，发现评论区已经有些不太对劲了。

尤其是前面的热评：

好家伙，我上次涂这个，嘴都快让我男朋友给亲烂了。

怎么个年度最佳法，不妨展开说说？【狗头】

这个唇釉我真的一生推好吗？我男朋友说只要我涂上这个他就很想亲我。

这个色号真的绝美好吗！！味道也是甜甜的水果味，我想焊死在嘴上。

苏念意嘴角抽了一下，但是又不得不承认她们说得很有道理。

确实嘴都要被亲烂了。

次日，苏念意又睡到了中午。

她伸了个懒腰，摸到手机，看到沈知南给她回了信息。

还是凌晨四点给她回的。

沈知南：刚醒。

苏念意给他回复：我也醒了。

沈知南那头秒回：现在才醒？

苏念意：嗯。

沈知南也不懂她为什么这么能睡：你晚上几点睡的？

苏念意如实回答：**两点。**

沈知南直接打了电话过来。

因为有些突然，苏念意吓了一跳。

她接起来："怎么啦？"

因为刚睡醒，声音有些娇软，听起来像在撒娇。

沈知南顿了一下："昨晚怎么这么晚才睡？"

"我平常差不多都是这个点睡啊。"

"你以后早点睡，熬夜对身体不好，每天这么晚起，早餐也没吃。"

苏念意哼唧了一声："可是我都习惯了。"

沈知南安静了几秒："从今天开始，我来监督你。"

苏念意其实还挺喜欢沈知南这样管着她的，对比两人在一起之前，他对她的态度简直就是一个天上一个地上。

她乖乖地应下："好呀。"

到了晚上，苏念意就后悔了。

她没想到沈知南这么严格，行动力这么强。

为了她的身体健康，他甚至还给她做了份作息表。

早上六点起床晨跑，七点吃早餐，中午十二点吃午餐，一点开始午休一个小时，六点吃晚餐，晚饭后散散步，十点睡觉，其余时间自行安排。

苏念意看着他发过来的表格，立刻收回了她喜欢被沈知南管着的想法。

这和上学时的作息表有什么区别？

她发了个微笑的表情过去，以此表达自己的不满。

沈知南回复："嗯，那今天就开始执行。"

沈知南："现在是九点半，还有半小时，有什么今天必须做的事先做了，做不完留着明天做。"

苏念意又给他甩了个微笑的表情。

沈知南没再回她。

到了十点，沈知南才回：**该睡觉了。**

苏念意：**好的呢。【微笑】**

沈知南：**晚安。**

苏念意：**晚安。【微笑】**

说完晚安之后，苏念意这个夜猫子当然没睡。

她完全睡不着，而且调整生物钟这种事不应该循序渐进吗？哪能一下就调整过来的。

　　苏念意打开和叶语姝的聊天框，跟她吐槽这件事。

　　苏念意：沈知南太可怕了，为了不让我熬夜，他竟然给我列了个作息表，让我每天十点睡觉六点钟起，这谁做得到。

　　叶语姝：？

　　叶语姝：十点钟睡可以，六点钟起是真的做不到。

　　苏念意：我现在假装我睡着了，反正他在消防队也不知道。

　　叶语姝：【机智】

　　又跟叶语姝聊了会儿最近娱乐圈的八卦后，苏念意点进朋友圈刷了会儿。

　　正好看到大勇在朋友圈发了个很搞笑的视频，苏念意点开看了一下，刚好戳中了她的笑点。

　　她不自觉地在下面点了个赞。

　　然后接着往下刷。

　　还没过几分钟，手机忽然响起。

　　屏幕跳出来一个通话界面，上面显示着"沈知南"这三个大字。

　　苏念意吓了一大跳，猛地把手机扔在一边。

　　不是已经跟他说了晚安吗，怎么还打电话过来？

　　难道他知道她没睡？

　　不应该啊。

　　还是他有什么想跟她说？

　　想到这儿，苏念意决定还是接一下，万一他真的有什么重要的事跟她说呢。

　　但是又不能被他发现她还没有睡。

　　她清了下嗓子，调整了一下自己的声音，然后按了接听。

　　用充满困意的声音说了声："喂。"

　　沈知南沉默了一下，直接拆穿她："别装了。"

　　"……"

　　苏念意满脸黑线，他是怎么知道她没睡的？

　　但是苏念意还是想再装一下，她故意翻了下身子，打了个哈欠："有什么事吗？我都已经睡着了。"

沈知南当然不信："三分钟前我看到你给大勇的朋友圈点赞了。"

苏念意僵住。

她怎么忘了这茬了！

苏念意安静了几秒，质问他："你不是也没睡吗？"

"我有事。"

"什么事？"

沈知南一本正经："抓骗子。"

苏念意明显不信："你又不是警察，抓什么骗子。"

"抓你这个不睡觉的小骗子。"

"……"——他是预判到了她肯定没睡所以才潜伏在朋友圈的吗？这么一看，沈知南确实有当警察的潜质，苏念意暗暗地想。

"好了，不早了，快点睡吧。"

苏念意是真的没有睡意，她苦着脸，委屈地说："我现在真的睡不着。"

"现在已经快十一点了。"可能也意识到自己对她太严厉了，沈知南语气软了下来，"那你再玩半小时，等会儿自己乖乖睡觉，可以吗？"

苏念意吃软不吃硬，很快就服了软："那好吧。"

虽然嘴上服了软，但身体并没有。

最后，苏念意还是到两点才睡。

当然，沈知南并不知道。

这个作息计划表只持续了几天就宣布作废了。

但沈知南并没有放弃，他又重新给苏念意制订了一个新的作息表。

这次是循序渐进，让她慢慢调整。

苏念意也欣然接受。

这几天苏念意本想去消防队找沈知南，但是又担心她老是去会不会影响到他工作。

而且最近她在南怡苑的房子已经提前装修好了，她得去购置家具，加上最近有一些品牌方给她寄了些化妆品，她得试用，然后写视频脚本和文案。

所以这些天，苏念意都没什么时间找他聊天，沈知南给她发信息她也回得有些慢。

对此，沈知南有些不满。

但是这几天上面领导来检查,他必须得在队里。

所以他也只能忍着。

晚上,苏念意正在写视频脚本,一旁的手机响了一下。

她看了眼,是沈知南发过来的微信。

苏念意停下打字的手,拿起手机。

沈知南:你最近都不想我吗?

苏念意笑了笑,回复他:想啊。

沈知南:那你为什么不来找我?

苏念意简直不敢相信自己眼睛,这真的是沈知南发过来的信息吗?

她隔着屏幕都能感觉到他有多委屈。

但是联想他那张硬朗正气的脸,她又觉得这完全不像他能发出来的信息。

她想了想,打了五个字发过去:你被盗号了?

过了几分钟,沈知南才发了问号过来。

苏念意:我这几天有些忙。

沈知南像妥协般:行吧。

苏念意:你哪天轮休?

沈知南:后天。

苏念意想了想:那我们后天去约会怎么样?

沈知南:好。

消防大队里。

沈知南站在训练场上,其他人正在做平板撑。

眼看着已经到时间了,但沈知南完全没有要吹口哨的意思,甚至还在低头看手机,嘴角弯起一个小小的弧度,看上去心情很好。

余和看了眼沈知南,又收回视线,小声跟旁边的人说道:"你们发现没有,沈队自从谈了恋爱之后,经常对着手机傻笑。"

大勇表示非常赞同:"恋爱真的能改变一个人。"

刘平:"唉,我要有苏小姐这么漂亮的女朋友,我估计做梦都会笑醒。"

一旁的陈林安静地听着,内心其实在咆哮:"你们千万不要被我表姐的外表所欺骗啊。"

余和："唉，都超出五分钟了，你们谁提醒一下沈队啊？"

大勇有些怂："我不敢，刘平你上。"

刘平比他更怂："我也不敢。"他转过头，看向陈林："陈林，你来，我觉得沈队最近对你挺好的，你来提醒他会比较好。"

陈林有些无语，他们是从哪里看出来沈队最近对他好了？

动不动就抓着他训练，还要给他加训。

除了不会像以前那样给他臭脸以外，其他还是照常。

想了想，陈林抬起头，看向沈知南："沈队。"

闻言，沈知南看了过来："怎么？"

陈林做了个深呼吸，试探性开口："训练好像到时间了。"

沈知南愣了下，看了眼时间，已经超出训练时间快十分钟了。

他不自然地咳了一声，拿起胸前的口哨吹了一下，大家立刻放松身体，趴在了地上。

沈知南看着他们那副模样，表情又恢复了以往的严肃："多撑几分钟对你们没有坏处。"

大家不敢说话了。

沈知南轮休的前一天，苏念意在家研究起了约会攻略。

她打开她之前写的攻陷沈知南计划，里面有她整理的情侣必做的一百件事和宁城最适合情侣约会的地方。

之前还以为没多大可能性能用到，没想到还真用上了。

看了会儿，最后苏念意决定去水族馆。

她给沈知南发了条信息：*我们明天去水族馆吧。*

沈知南：*都可以。*

定好地方后，苏念意接着写昨天还没完成的视频脚本和文案。

苏念意很少接广告，除非产品是真的很好用才会接。

这次品牌方给她寄了几支不同色号的口红、粉底还有腮红等，差不多是一整套化妆品。

苏念意试用之后觉得挺好用，所以就接了。

写完脚本和文案，苏念意拿起手机，看到有好几条快递驿站发过来的取件短信。

想到沈知南今天晚上会回来,于是她直接让沈知南顺路帮她拿一下。

晚上,沈知南到快递驿站。

鉴于上次给苏念意拿快递的经历,沈知南这回明显得心应手多了。

驿站小哥问他收件人的名字,他非常坦然地回答:"惊天绝世大美女。"

说完,他就听到身后的人在那笑了起来。

他又非常坦然地补充道:"我给我女朋友拿。"

驿站小哥对这个名字很有印象,他点点头:"我给你找找。"

找了一会儿,小哥摸了摸脑袋:"帅哥,没有找到她的快递,要不你问下你女朋友是不是还没送到。"

沈知南"嗯"了声,自觉地站到一边,没有耽误后面的人取快递。

他打了电话给苏念意,苏念意那头没接。

沈知南想了想,等着后面的人拿完快递,他直接跟小哥报了苏念意的号码尾数。

小哥很有耐心地给他找了起来。

没过多久,小哥就从快递架上找到了苏念意的快递。

他把快递一个一个拿过来,笑着说道:"你女朋友又换名字了。"

沈知南拿过来看了眼收件人姓名,上面赫然印着四个大字"南南老婆"。

"……"

驿站小哥调侃他:"你就是南南吧。"

被一个男的这么喊,沈知南忽然有些犯恶心,他一把拿过快递,直接转身走了。

回到家,沈知南敲了下苏念意的门。

正在浴室的苏念意刚好吹完头发,听到敲门声,她就知道是沈知南回来了。

她跑到门口把门打开,一下子钻进他怀里蹭了蹭。

两手都拿着她的快递,怕快递袋蹭到她身上弄脏她的衣服,他低下头,轻声说道:"念念,先让我进去。"

苏念意从他怀里抬起头,"哦"了声。

客厅里,沈知南把快递放在地上,去厨房洗了洗手。

出来时,看到苏念意正坐在地毯上拆快递,头发像刚洗过,看上去蓬松柔软，随意地散落下来。身上穿着小碎花睡衣，是短袖短裤，露出她纤细白嫩的四肢。

沈知南眼眸微动，走过去坐到她旁边，问道："洗澡了？"

苏念意随口"嗯"了声，手上拆着快递。

沈知南往她身边挪了挪，身体靠得更近。

而苏念意毫无察觉，只专心拆着她的快递，刚好拆到一件她等了很久才发货的衣服。

是一件后背镂空很有设计感的黑色上衣。

苏念意开心地拿起衣服，准备给沈知南看。

刚转过头，就对上了沈知南如墨的眸，像已经盯着看了很久，而她却没半点反应。

此时他的眼神看上去有些幽暗。

苏念意心跳漏了半拍，但还是淡定地和他分享自己的新衣服："你看这件衣服的设计很特别。"

沈知南只匆匆瞥了一眼，敷衍道："嗯。"

"可惜我洗过澡了，不然我穿给你看一下。"

"嗯。"

"等洗了下次再穿吧。"

"嗯。"

听到他一直嗯，苏念意抬起眼看他："我怎么觉得你在敷衍我。"

"嗯。"

"你还嗯！"苏念意瞪了他一眼，有些生气了。

沈知南盯着她的唇，又靠近了她一点："话都说完了吗？"

距离拉近，苏念意渐渐注意到了两人此刻暧昧的距离。

她往后退了点，嘴硬道："还没。"

话音刚落，他亲了亲她的脸颊，问道："明天几点出发？"

苏念意有些迷糊："什么？"

"去水族馆。"

"哦，等我睡醒吧。"

沈知南轻捏了下她的脸："又想睡懒觉？"

"难不成我们七八点去？那个点水族馆都没开门吧。"

"明天早点起来跟我一起晨跑。"

苏念意觉得沈知南简直是丧心病狂，气愤道："我是你女朋友！你别想像训陈林他们那样训练我。"

沈知南笑了下："你不是我老婆吗？"

苏念意觉得他有点不妥："我们又没结婚，现在叫老婆不太合适吧？"

沈知南指了指快递单上的收件人姓名："你自己不是已经默认是我老婆了吗？"

苏念意愣住，她之前也就只是随手改了个名而已，没想到又是给自己挖了个坑。

她死不承认道："这个南南不是你，你别自作多情。"

沈知南眼神暗了下来，唇线拉直："那是谁？"

察觉到他的气压低了下来，苏念意有些怂了："就一个长得又高又帅的大帅哥。"

她一边说一边观察着他的表情，见他脸越来越黑，苏念意又补充道："还是消防队队长。"

听到这，沈知南表情才缓和下来，盯着她，抬手弹了下她的额头。

力道不重，但是苏念意故意装作很疼地"啊"了一声，用手捂着额头，随后小脸皱了起来："沈知南，你竟然家暴！"

闻言，沈知南把唇贴在她的耳际，声音低哑，又带着几分玩味："下次再这样，就不是这么简单的家暴了。"

苏念意抬手推开他的脸，语气凶狠："你还想干什么？！你要是敢打我我就报警抓你。"

沈知南低头轻轻碰了下她的额头："你说在床上能干什么？"

苏念意愣了一下，然后脸彻底红到了耳后根："沈知南，你是流氓吗？！"

表面看起来一本正经，背地里原来这么禽兽！

真是看错他了。

"我说了我是正常男人。"沈知南笑了下，"不过你要是没做好准备的话，我不会乱来的，放心。"

苏念意"哦"了声："那我要是一辈子都做不好这个准备呢？"

"你忍心让我忍一辈子？"

苏念意点点头:"忍心。"

沈知南眸色暗了下来,直接一个翻身,把她压在了地毯上,两手撑在她的脑袋两侧:"就这么狠心?"

看到他这架势,苏念意彻底怂了,她扯唇笑了笑:"我觉得我又不太忍心了。"

沈知南轻笑了声,俯身亲了下她的额头,从她身上起来:"好了,时间不早了,你该睡觉了。"

苏念意慢吞吞地坐起来,"哦"了声:"那你快回去吧,我是该睡了。"

她现在巴不得他赶紧走,但看她一副赶人的模样,沈知南坐着没有动。

苏念意奇怪地看着他:"你还不走吗?"

沈知南盯着她半晌,凑过去用力亲了下她的唇:"晚安。"

苏念意被他这一下弄得有些呆滞:"哦,晚安。"

第二天一早,苏念意是被沈知南的电话吵醒的。

早上七点钟,就被他叫起来吃早餐。

餐桌上,苏念意穿着睡衣,手上拿着根油条咬了一口,慢吞吞地嚼着。

她的眼睛还没完全睁开,狐狸眼耷拉着,一副没睡醒的模样。

沈知南坐在她对面,看她身体软绵绵的,于是起身坐到她旁边。

他伸手揽过她的肩头,苏念意顺势歪着脑袋靠在他的肩膀上。

像明白他的意图似的,苏念意很自然地把手上的油条递给他。

沈知南拿着油条,放到她的嘴边。

苏念意闭上眼睛,张嘴咬了一小口。

等她嚼完吞下,沈知南又把豆浆的吸管贴在她的唇上,苏念意小小地吸了一口,发出细细的声音。

就这样喂了几分钟,苏念意闭着嘴不想吃了,像睡了过去。

沈知南叫了她一声:"念念?"

苏念意无意识地"嗯"了一声。

"再吃点,吃饱再睡。"

苏念意没回答了,只有浅浅的呼吸声。

沈知南无奈地放下手里的油条,给她擦了擦嘴巴,抱着她到她的房间。

他轻手轻脚把她放到床上,给她盖好被子,然后离开了房间。

对于苏念意很能睡这件事沈知南觉得也不算什么坏事，只要她不熬夜，一日三餐按时吃就行。

从苏念意家出来，沈知南正准备回家，就看到沈欣琳站在他家门口，眼睛死死盯着他。

沈知南扫了她一眼，没理会，直接打开房门，准备进去，却被身后的人扯住了衣服："哥，你为什么不理我？"

沈知南转过身，把衣服扯了回来，语气极其冷漠："沈欣琳，我已经跟你说过很多次了，我们之间是不可能的，而且我现在已经有女朋友了。"想到之前苏念意说和她吵过一架，沈知南眼神又暗了几分："还有，我劝你以后对我女朋友放尊重点，不要让别人觉得我们沈家这么没有家教。"

沈知南停顿了几秒："哦，我差点忘了，你本来就不姓沈，也算不上是我们沈家的人。"

沈欣琳身体一僵，随后眼眶红了起来："我怎么不是沈家的人了，户口本上明明白白写着我姓沈，就是你们沈家的人。"

沈知南冷笑："你这姓怎么改的你自己心里没数吗？"

空气停滞了。

沈欣琳原本姓何，十六岁那年跟着她妈妈来到沈家，当时沈知南的父亲沈文丰并没有让沈欣琳改姓，倒也不是不接纳她，而是顾及沈知南和沈老爷子，因为沈文丰是在沈知南的母亲去世后一个月就把这对母女带回了沈家。所以沈老爷子向来对这对母女无感，因为在他心里，自始至终都只认定沈知南和她的母亲才是他们沈家的人，也对自己儿子沈文丰的这种做法感到气愤，所以他是极力反对沈欣琳改姓这件事的。但是最后在沈欣琳和她妈软磨硬泡了将近两年后，成功改了姓。

对于沈欣琳改姓这件事，沈知南其实没太大感受，反正也影响不到他什么。

真正让他觉得恶心的是，沈文丰在他母亲去世之前就出轨了，因此，他在母亲去世后，直接搬了出来。没什么必要的事情，他基本很少回家，跟沈文丰的关系也在他知道沈文丰出轨后变得恶化起来。对于沈欣琳，一开始，他也就只是把她当成一个小孩子，不喜欢但也说不上讨厌，因为当时她还只是个正在读高中的小女孩，大人之间的事，她又有什么错呢？

可是后来，慢慢地他发现这个小女孩并不单纯，也察觉到了她并不是真的把他当作哥哥。甚至还曾偷偷溜进他的房间，在他的床上睡觉，正好被有事回家的沈知南看到。之后，沈知南再也没睡过那张床，回家的次数也更少了。

想到这，沈知南顿时觉得有些恶心，他冷淡地看了沈欣琳一眼，随后便进了门，把沈欣琳关在了外面。

沈欣琳看着紧闭的门，眼眶泛红。

想到刚刚看到沈知南从他对门出来，她基本可以确定沈知南的女朋友是谁了。

她捏紧了拳头，转头看了一眼苏念意家紧闭的房门，随后便离开了景和北苑。

苏念意醒来已经快十一点了。

她睁开眼看着天花板，记忆还停留在睡着之前沈知南给她喂早餐的时候。

醒了会儿神，苏念意想起今天两人还要去约会，于是麻溜地起了床。

洗漱完，苏念意给沈知南发了条微信告诉他她已经起床了。

没过多久，正在化妆间化妆的苏念意便听到了敲门声。

她拿着眼影刷，走到门口把门打开。

"化到眼影了，你先到客厅等我会儿。"

沈知南笑了笑："好。"

苏念意没再管他，回到化妆间，继续化着妆。

到涂口红时，苏念意犹豫了一下，最后涂了沈知南很喜欢的那支唇釉。

化好妆，苏念意又弄了下头发，把八字刘海稍微卷了一下，显得脸更加小了。

弄好之后，苏念意满意地看了看镜子，随后起身准备去换衣服。

刚转过身，就看到沈知南倚靠在门边，正看着她，也不知道看了多久。

苏念意走到他跟前，仰着头问他："怎么样，我今天漂亮吗？"

沈知南盯着她媚人的狐狸眼，仔细一看，右眼下面还有一颗小小的痣。

往下是精致小巧的鼻，鼻梁上还泛着一点细碎的光。

再往下，是柔软又香甜的玻璃唇。

沈知南的视线定住，目光沉沉。

察觉到他的视线，也意识到他接下来会有什么动作。

苏念意抬起手，捂住了他的唇，狐狸眼扬起："我刚涂的，别又给我吃掉了。"

沈知南拿开她的手，笑了笑："那等会儿再吃。"

苏念意走出化妆室，一本正经地说道："等会儿再说。"

说完，她已经走到房间，把门关上。

房间里，苏念意打开衣柜，挑了件白色的一字肩上衣搭配浅蓝色牛仔长裙。

换好衣服，苏念意又喷了点香水才打开房间门。

此时沈知南坐在客厅的沙发上，低着头在看手机。

苏念意走过去："在干吗呢？我换好衣服了，可以出门了。"

沈知南抬起头，看到苏念意露出的大片肩膀，皱了皱眉："衣服再去换一下。"

苏念意低头看了看，拒绝道："不要，这样穿好看。"

沈知南起身，盯着她白皙的肩膀，妥协："那你再穿个外套。"

"热死了。"

"那你去换掉这个衣服。"

苏念意根本不听他的，直接转身走到玄关处换鞋去了。

沈知南知道她爱美，此刻肯定也不会听他的，于是只能走到她旁边，把她的衣服领子拉了上去。

苏念意立刻躲开："你干吗？这样丑死了。"

说着，她又把领子拉了下来。

沈知南无奈，只能随便扯了个理由："外面太阳大，等下晒到了。"

"我涂了防晒，而且水族馆在室内，晒不到太阳。"

"等会儿还要去吃饭。"

"你不是开车吗？"

"不开。"

"？"

"我们走路去。"

"……"——这位大哥，你知道水族馆离这多远吗？

苏念意嘴角抽了一下："那你背我，我打把伞。"

"……"

最后，沈知南还是没能成功说服苏念意。

当然，两人也没有真的走路去，而是沈知南开车。

下了车，两人准备先去吃饭。

沈知南单手搂着苏念意，想挡住她露出来的肩膀。

不过这样也只能挡住肩膀后面的部分，前面依然露在外面。

在收到几个男生投过来的目光后，沈知南再也没了耐性，直接又把她的领子给拉了上去。

苏念意瞪他："你干吗又给我拉上去了？"

"晒。"

"我们在商场里面。"

沈知南"哦"了声，扯着她往服装店走。

苏念意有些蒙："不是去吃饭吗？"

"先给你买件衣服。"

服装店里，苏念意一边敷衍地挑着衣服一边在心里吐槽沈知南。

她穿个衣服都要管，不就露个肩膀嘛，又没露胸。

她还有更露的衣服是不是以后都不能穿了？

沈知南站在她旁边，看她心思完全不在挑衣服上，他直接给她随手拿了件衣服。

"去试试这件。"

苏念意看着他手上拿着的白色衬衣，还是长袖的。

苏念意面无表情地看着他："你想热死我？"

这时，店员走过来，热情地说道："小姐，这是雪纺面料，不会热哦。"

"……"

最后，苏念意还是换上了这件白色衬衣。

为了搭配这件衬衣，苏念意又挑了件黑色的半身裙。

一下就把她从性感美艳的小女人变成了职场女强人。

两人从服装店出来，沈知南的表情明显放松了许多，牵着苏念意往餐厅走。

苏念意已经完全妥协了。

她算是看透了，沈知南就是个占有欲非常强的男人。

但这好像也不是件坏事。

吃饭时，苏念意想到自己家里还有很多比较性感的衣服，她抬眼看向他：

"沈知南,一字肩你都不让我穿,可是我家里还有很多这种类型的衣服,甚至比这个更露,那我以后是不是都不能穿了?"

沈知南默了默:"可以穿,在家穿给我看。"

苏念意"哼"了一声:"我才不。"

"不穿也行。"

"你……"

苏念意脸都要红炸了,这男的恋爱前和恋爱后完全是两副模样。

再这样下去,估计连物种都要变了。

虽然她苏念意平时开朗活泼,性格外向,但毕竟是第一次谈恋爱,有时候也很害羞的好吗?!

她红着脸,在桌底下踢了他一下:"流氓!"

沈知南看上去还是一本正经的模样:"好了,快吃饭。"

苏念意"哦"了一声,慢吞吞地吃起了饭。

吃完饭,两人开车来到水族馆。

今天是周五,人不是很多,沈知南买了门票,牵着苏念意往里走。

水族馆很大,放眼望去,是一片深蓝色,像走在海底隧道。

透明的玻璃里是一些海洋动物。

苏念意趴在玻璃上,和里面五颜六色的鱼打招呼。

旁边还有会发光的水母,苏念意"哇"了一声,走过去:"沈知南,快给我拍张照。"

沈知南犹豫了一下,但还是拿出了手机,学着旁边一个男生给他女朋友拍照的姿势给苏念意拍。

苏念意是知道沈知南的拍照技术的,所以对他拍出来的照片也不抱什么期待,只是想拍张照记录一下而已。

但是当她看到照片,她忽然又觉得沈知南还是挺有潜力的。

天赋不高,但他好学。

苏念意看着照片,满意地点点头:"不错,有进步了,都知道怎么找角度了。"

沈知南勾唇笑了笑:"那有什么奖励吗?"

"你想要什么奖励?"

沈知南盯着她的唇不说话。

注意到他的目光,苏念意笑着仰起头亲了他一下。

"还满意吗?"

沈知南又凑近了点:"不太满意。"

苏念意推开他的脸:"别得寸进尺啊。"

苏念意拿着手机,返回到相机:"我们来拍张合照吧。"

沈知南看向镜头,苏念意调整了下表情,很快,她觉得不是很满意。

于是把手机递给了沈知南:"你来拍,这样显我脸小。"

沈知南:"……"

苏念意走到沈知南另一侧,挽着他的胳膊,脑袋靠在他的肩膀上,对着镜头笑。

沈知南揽住她的肩膀,按了下快门。

"给我看看照片。"

沈知南把手机递给她。

苏念意看了眼照片,"哎呀"一声:"你怎么都不笑一下,搞得好像我强迫你的。"

沈知南拍照不爱笑,从来都是一副表情。

苏念意把手机重新递给他:"再拍几张。"

拍之前,她捧着他的脸,表情像真的在强迫他:"给爷笑一个。"

沈知南顿了几秒,而后嘴角上扬,弯起一个小小的弧度。

看到沈知南笑了,苏念意立刻调整好自己的表情,催促道:"可以拍了。"

随后便听到"咔嚓"一声。

这次拍的这张,苏念意很满意,随后又拉着沈知南到了鲸鱼区域。

这边人比较多,拍照的人也多。

苏念意没再拍照,而是认真地看起了鲸鱼。

巨大的玻璃窗里,几条体型庞大的蓝鲸在里面游动,像海里的美人鱼,优雅又高贵。

沈知南站在她的身侧,侧着头看她。

苏念意还未察觉到他的视线,依旧在认真地看着玻璃窗里的鲸鱼。

没过几秒,她听到一声"咔嚓"声。

她转过头,看到沈知南正拿着手机对着她,紧接着又响了一声。

意识到什么的苏念意抬手,试图去抢他的手机:"沈知南,你干吗?!"

"给你拍了两张照。"

"给我看看。"

沈知南把手机收了起来:"不用看了,很好看。"

苏念意半信半疑:"真的吗?"

"嗯。"

苏念意更想看了,她低着头,把手伸到他裤兜里,想把手机拿出来。

下一秒,手被按住,沈知南低下头,凑到她耳边,轻声说道:"干什么呢?现在在外面。"

苏念意有些蒙:"我拿手机看照片。"

"回家再看。"

苏念意把手抽出来,"哦"了声。

注意到旁边有女朋友的男生身上背着一个女士包,沈知南忽然想起上次他们去玩,周北生也会给叶语姝拿包,他轻扯了下苏念意肩上包包的链条:"包我给你拿吧。"

苏念意摇摇头:"不要,这包跟你不搭,我觉得我背着会比较好看。"

为什么苏念意总是和别的女生不一样?

苏念意也不懂他的内心活动,以为他只是在关心她:"没事,包又不重。"

沈知南不说话了。

从水族馆出来后,两人又在外面吃了个晚饭才回家。

到家后,沈知南牵着她走到家门口。

苏念意松开他的手,装模作样地跟他道别:"到家啦,那我先进去了。"

说完,苏念意转过身把门打开,然后又转过头,笑着说道:"你也早点回去休息吧,晚安。"

沈知南面无表情地看着她,没有接话。

他直接走过去,把人竖着抱了起来,随后进了门。

苏念意双脚离地,下意识地搂上他的脖颈:"你干吗?"

沈知南把人搁在鞋柜上,盯着她泛着光泽的唇,眼眸深邃:"你是不是忘了什么?"

苏念意"啊"了一声:"什么?"

沈知南往前靠近了一点，额头抵着她的额头，哑声道："奖励。"

话落，还未等苏念意说话，沈知南滚烫的气息落了下来。

苏念意低声地"唔"了一声。

沈知南吮住她的唇，慢慢厮磨。

带着缱绻的呼吸声。

是比之前任何一次都要温柔的吻。

苏念意慢慢闭上眼睛，抬手圈住他的脖颈，心跳渐渐加快。

温度快速上升。

腰后的手也渐渐收紧。

吻愈来愈深。

由于两人的身高差，苏念意坐在鞋柜上还是矮了他半个头，她只能仰着头，承受着他的进攻。

此时房间里并没有开灯，黑漆漆的一片，只有一点微弱的光线通过还未关紧的门缝透进来。

苏念意感觉到自己嘴唇有些发麻，但又不想放开他。

她喜欢他的亲吻。

甚至深陷其中。

半晌，沈知南忽然放开了她，身上的压强骤然消失。

苏念意迷茫地睁开眼："怎么停了？"

沈知南额头抵着她，粗重的呼吸声喷洒在她的脸上，声音隐忍："再不停你今晚就危险了。"

苏念意小口喘着气："哦，那你忍忍吧。"

沈知南惩罚性地咬了下她的唇，而后把她从鞋柜上抱下来。

他笑了笑，伸手摸了摸苏念意的脑袋："晚安。"

"哦，晚安。"

沈知南走后，苏念意坐在沙发上，她点开微信，给叶语姝发了条信息。

苏念意：*妹妹，问你个问题。*

叶语姝：*问。*

为了显得自己比较正经，苏念意特意斟酌了一下语言。

苏念意：*你和周北生真正的在一起是什么时候？*

叶语姝：六月八号，怎么了？

苏念意想了想，翻了两人以前的聊天记录，叶语姝就是在六月八号晚上和她说她有男朋友了。

苏念意惊了：你们在一起当天就那个了？

叶语姝甩了个问号过来：？

很快，像明白了她的意思，叶语姝又发了条信息过来：原来你是问这个啊。

叶语姝：怎么？你和沈知南做了？感觉怎么样？

苏念意：……

苏念意脸又红了，她回复叶语姝：还没！我就是随便问问。

叶语姝：不过你和沈知南在一起还没多久吧，发展到哪步了？

苏念意：就亲亲啊。

苏念意想了一下，沈知南好像每次都不会太越界，接吻的时候手也不会到处乱摸，只会摸摸她的腰和后背，还算挺老实的。

苏念意：还请你不要打探我的隐私，谢谢。

叶语姝继续逗她：都是好姐妹，有什么不能说的？

苏念意：从今天开始，我们就是塑料姐妹了。

叶语姝：……

苏念意又跟叶语姝扯了几句，然后便拿着手机去了浴室，准备一边泡澡一边追剧。

另一边，偌大的房子里，出奇地安静。

客厅里只开了一个小灯，光线有些昏暗，浴室的门紧闭着，灯光透过门上的玻璃洒出来，给客厅增添了一点光亮。

没过一会儿，沈知南从浴室里走出来，赤着上身，下身穿了条灰色宽松的短裤。

他拿着毛巾擦了擦头发，然后走到客厅，从茶几上拿起手机看了眼时间。

已经十点了。

他点开微信，给苏念意发了条信息。

沈知南：睡了吗？

那头没回，但沈知南知道她肯定还没睡，于是直接给她打了个视频电话过去。

等了一会儿视频才接通。

"怎么了？"视频中，苏念意头上裹着个粉色的毛巾，脸颊微红，勾人的狐狸眼此刻没有眼线和眼影的加持，倒显得有点无辜。

沈知南一顿，声音有些哑："在干吗呢？"

"泡澡。"

苏念意手机拿得近，只露出了头。

沈知南愣了下："泡澡怎么还拿手机？"

"我喜欢一边追剧一边泡澡。"

沈知南沉默了几秒："那不要泡太久了，十点了，早点睡觉，晚安。"

"哦，知道啦，晚安。"

挂断电话，沈知南揉了揉眉心，貌似又得去趟浴室了。

翌日，两人都没有出门。

今天是沈知南轮休的最后一天，他没有睡懒觉的习惯，一大早就起来晨跑，顺便给苏念意带了早餐回来。

还是和昨天早上一样，沈知南给她喂了早餐后，苏念意又接着睡。

睡到十一点，苏念意才慢悠悠地醒来。

她拿起手机，准备告诉沈知南她醒了，正好看到他发了条信息过来。

沈知南：醒了吗？

苏念意：刚醒。

沈知南：洗漱完过来吃午饭。

苏念意：好呀。

洗漱完，苏念意也没怎么收拾，直接穿着睡衣就过去了，头上还戴着那个黄色大鱼的发箍。

来给她开门时，沈知南一眼就看到了那个发箍。

格外显眼。

第一次看到她戴时他还觉得有些怪异，现在一看倒也还挺可爱的。

他笑了笑，侧身让她进来。

苏念意走进去，瞅见他身上围着围裙，问道："你在做饭吗？"

沈知南把门关上，"嗯"了声，转身进了厨房。

苏念意跟在他后面："我还以为你叫了外卖呢。"

沈知南知道她经常吃外卖，皱了皱眉："以后少吃外卖，不健康。"

"那我又不会做饭。"

沈知南侧头看她："我教你。"

"不要，你做给我吃就好。"

"平时我很忙。"

苏念意认命般叹了口气："好吧。"

沈知南给苏念意教了一个最简单的菜：西红柿炒蛋。

沈知南在旁边说，苏念意照着他说的操作。

把鸡蛋打散，然后倒进油锅里。

苏念意小心地拿着锅铲，忽然注意到鸡蛋里面有一块小小的鸡蛋壳，她下意识地把手伸进锅里，想把它拿出来。

见状，沈知南半条命差点都要被吓出来了，连忙抓住她的手："干吗呢？"

"里面有块鸡蛋壳。"

沈知南拿过她手里的锅铲把鸡蛋壳挑出来："怎么这么笨？"

苏念意小声嘀咕："我这不是刚学嘛。"

放盐时，苏念意手一抖，一下放多了，她侧过头，干笑了一声："怎么办？盐放多了。"

"加点水。"

苏念意又乖乖地接了碗水往里面倒，一边倒一边问沈知南："够了吗？"

沈知南看着快要被水淹没的西红柿炒蛋，抿了抿唇："再倒我们就吃西红柿鸡蛋汤了。"

"我觉得也不错。"说完，苏念意直接把碗里的水全部倒了进去。

"……"

于是接下来的菜，都是沈知南做的。

他已经放弃要教苏念意做饭了，相比于她自己做饭，吃外卖突然变得更加可靠了。

吃完饭，苏念意回了对面，准备拍视频。

沈知南收拾完后，也去了她家。

苏念意今天拍的是上次那个商家给她寄的产品的推广，她坐在梳妆台前，照着视频脚本认真地介绍着产品和她的使用感受。

141

沈知南倚靠在化妆室的门边，看着她。

这是他第一次看到苏念意工作的样子，比平常多了几分正经，虽然他也听不懂她在说什么。

介绍完口红，苏念意开始讲腮红。

"这款腮红很好上色，新手要注意少量多取，而且色号都很好看，但是我最喜欢这个颜色，色号叫高潮。"

苏念意从其中挑出来一块腮红，拿出腮红刷给自己刷了一点。

"这个色号比较日常、百搭，也不会显毛孔……"

视频大概拍了半小时，苏念意把相机从支架上取下来，然后把视频导入到电脑中，准备剪辑一下。

见她拍完，沈知南走过去坐到她旁边，盯着她脸上的红晕。

察觉到他的视线，苏念意侧过头，与他视线对上："怎么了？"

沈知南抬手，用指腹轻轻摸了下她的脸："你涂的这个色号叫什么？"

苏念意下意识回答。

说完，苏念意立刻意识到了不对劲。她看着沈知南含着笑的眼眸，意识到他就是故意问的。

沈知南嘴唇凑到她的耳边，轻声道："我可以让你不涂这个也能拥有这个色号。"

听到这，苏念意脸立刻红了起来，苹果肌处因本就涂了腮红而变得更红。

她推了他一下："流氓！我要剪视频了，你快出去，别来打扰我。"

沈知南勾唇笑了笑，捏了下她的耳垂："好。"

等沈知南出去后，苏念意的脸才慢慢降下温来。

臭流氓！真是什么话都说得出来。

苏念意暗暗骂了他几句，又觉得自己太容易害羞了，这和她平常大大咧咧的性格完全不符。

而且他只是嘴上说，又没有来真的，能不能有点出息啊！

苏念意觉得不能再这样下去了，她得把主动权抢回来。

剪完视频，苏念意发到微博上，走出化妆室，看到沈知南倚靠在客厅沙发上，闭着眼，像睡着了。

苏念意轻手轻脚地走过去，坐到他旁边，看着他的睡颜。

沈知南的睫毛很长，此时闭着眼，苏念意能看得更加清楚。

她不自觉地抬起手,小心翼翼地碰了下他的睫毛,然后,她看到沈知南睫毛微动了一下。

她立刻收回了手。

过了几秒,见沈知南没有醒来的迹象,苏念意又抬起了手,手痒似的摸了下他浓密的眉毛。

顺着眉心往下,轻轻滑过他高挺的鼻梁,像在描绘他的脸。

再是嘴唇。

沈知南的唇颜色偏淡,薄厚适宜,此刻放松着。

苏念意戳了一下,很软,像果冻一样。

盯着他的唇看了一会儿,苏念意脑子里突然冒出来一个想法。

她起身来到化妆室。

沈知南缓缓睁开眼,看着她的背影,唇角弯起。

见苏念意快要从化妆室出来,又闭上了眼。

没过多久,他闻到了一股水果的甜味,这味道极其熟悉。

下一秒,他感觉到有个东西在自己的嘴唇上来回抹了几下。

这触感有点黏腻。

上下嘴唇都抹完后,他听到苏念意小声嘟囔着:"真不错,看上去确实很诱人。"

听到这儿,他顿时明白过来苏念意在干什么。

他慢吞吞地睁开眼,看着苏念意盯着他的嘴唇,两眼放光。

他蓦地笑了声。

注意到沈知南的动静,苏念意猛地抬眼,对上沈知南的目光。

空气安静了一瞬。

做坏事被抓包的苏念意快速反应过来,往旁边挪了一下,然后站起身,准备逃离现场。

还没走出一步,就被沈知南扯住,往他身上带。

苏念意踉跄着跌倒在他身上,小手下意识地抵在他的胸前。

沈知南搂着她的腰,低低地笑了一声:"既然这么诱人的话,那你要不要吃一下?"

苏念意秉承着一定要把主动权抢回来的原则,她身体往上挪了一点,双手撑在他的肩膀上,把他压在身下。

她盯着他被她涂了唇釉的唇，而后倾身吻了上去。

两唇相贴，苏念意张开嘴，吮了下他的唇。

香甜味瞬间充斥她的口腔。

沈知南睁着眼，任由她动作。

她又吮了下，接着一下又一下。

像要把他嘴唇上的唇釉全部吃掉。

苏念意的动作很慢，极其折磨人，沈知南目光沉沉，眼眸里早已染上了一层浓厚的欲望。

正当他想深入这个吻时，身上的人突然撤开，嘴唇上也沾了些唇釉："好了，被我吃掉了。"

沈知南勾唇，"嗯"了声，抬手扣住她的后脑勺往下压。

还没亲到，就被苏念意用手挡在两唇之间。

她捂着嘴，含糊不清道："不亲了，整天亲来亲去，等下要没新鲜感了。"

说完，苏念意挣扎着从他身上起来。

沈知南也坐直身体："瞎说什么呢？"

苏念意一本正经起来："沈知南，我觉得我们这样下去不行，进展太快了，得慢慢来。"

沈知南睨着她，没作声。

"这一个月我们少接吻吧，不然你每次都忍得好辛苦，我怕你身体憋坏。"苏念意坐到沙发的另一侧，跟他保持距离，"我们纯情一点，就抱一抱，拉拉小手，你觉得怎么样？"

沈知南脸黑了下来，起身坐到她身侧，倾身压着她："不怎么样。"

话落，他低下头，唇舌抵了进来。

也不知道被他压着亲了多久，苏念意觉得自己全身软绵绵的。

最后，她还是没经住诱惑，非常没出息地缴械投降了。

沈知南回了消防队后，就意味着两人可能又要有很多天见不到面。

刚好这些天，苏念意被邀请去参加一个线下商业活动，需要去另一个城市，得去两天。她跟沈知南说了这件事后，他就像她的老父亲一样，叮嘱她住酒店不要随便给陌生人开门，注意看一下酒店的消防设施是否齐全，要按时吃饭什么的。

为了不让他担心，苏念意一一应下。

活动地点设置在京城，离宁城有些距离，主办方给她订了活动前一天下午的飞机。

当天下午，沈知南在队里，没办法来送她，她只能一个人打车去了机场。

到了京城后，主办方有安排人来接她去酒店。

来接她的是一个很可爱的小女孩，看到苏念意，还很贴心地说要帮她拿行李。

苏念意看她这娇小的身体，怕她提不动，于是没让她拿。

到了酒店后，苏念意给沈知南发了条微信：我到酒店啦。

那头没回，苏念意放下手机，从行李箱里拿了套睡衣，然后去浴室洗澡去了。

洗完澡出来，看到沈知南已经给她回了信息：好。

下面还有一个没接通的视频电话。

苏念意立刻回了过去，很快便接通。

视频里，沈知南那边光线有些昏暗，像在外面。

"你在哪里呀？"苏念意问道。

"消防队里。"沈知南找了个光线比较好的地方，"你在干吗呢？"

"刚洗完澡。"

"嗯，吃饭了吗？"

"没，准备叫外卖。"

"好，让外卖员把东西放在门口，等他走了你再开门拿，知道吗？"

苏念意也不知道沈知南为什么这么担心，她笑了笑："知道啦。"

沈知南笑了笑，又跟她叮嘱了很多注意事项才不舍地挂掉电话。

隔日，苏念意准时到达活动现场。

这是一个大牌护肤品的新品发布会，邀请了很多粉丝百万以上的网红博主，还有产品代言人林岚。

苏念意在网红圈里基本没什么朋友，有的几个也只是相互认识而已。

她在圈里很低调，又不喜欢在网上交友，因为她知道网红之间利益矛盾多，虚假友谊也多，所以她从来不会主动去结识网红博主。

活动现场，按照主办方的要求，苏念意需要拍一条视频发布到微博上用以宣传产品。

别的网红都是带了助理的，只有她一个人拿着相机在那儿拍，又不太好意思找人帮忙。

无比艰难地拍完视频后，苏念意觉得自己也是该找个小助理了，毕竟她也是个业务繁忙的博主。

她收起相机，正准备回到主办方给她准备的休息室时，忽然看到沈欣琳正站在产品展示柜前拍视频。

而给她拍视频的正是昨天下午来机场接她的小姑娘。

可能是注意到了她的视线，沈欣琳看了过来。

她轻蔑地笑了下，然后又继续指使着小姑娘，语气极其不友好："哎呀，你会不会拍啊，站远点拍。"

小姑娘一脸委屈，明明自己不是她的助理，只是活动现场的工作人员，为什么要使唤她啊？

苏念意完全不想搭理沈欣琳，直接进了休息室。

她倒是没想到会在这儿碰到她。

难道她也是网红博主吗？还是她出道当明星了？

苏念意拿出手机，点开微博，在搜索栏输入沈欣琳的名字。

并没有搜到相关的用户，苏念意猜想她的微博昵称应该不是自己的名字。

休息了会儿，发布会正式开始。

苏念意找到自己的位置坐下。

好巧不巧，沈欣琳的位置刚好在她的旁边。

苏念意并不打算和她打招呼，瞥了她一眼，随后便移开了视线看向前方。

而沈欣琳像和她很熟一样，装模作样地叫了她一声："姐姐，没想到在这儿看到你了。"

苏念意是真的不想和她说话，但是又碍于这么多人在，她硬扯出一丝微笑："嗯，我也没想到能在这儿看到你呢。"

"原来姐姐是个网红博主啊，不过好像没怎么刷到过你呢？姐姐微博粉丝有多少呀？"

这个姐姐长姐姐短叫得苏念意有些犯恶心，但作为一个大方得体的人，她弯唇假笑一声："我微博粉丝不多呢，应该没有妹妹你多。"

"啊？不会吧？我微博粉丝也就一百多万。"沈欣琳一脸的鄙夷，"姐姐难道连一百万都没有吗？"

苏念意呵呵一笑，她真的快要吐了，不想再跟她多说一句话，生怕再多看她一眼她就忍不住要吐出来。

她狐狸眼稍稍扬起，视线重新看向前方。

这时，坐在她另一侧的一个女网红笑了笑，语气像在替苏念意回答："妹妹，人家粉丝都快一千万了。"

沈欣琳一顿，不说话了。

苏念意侧头看向这个女网红，这张脸有点熟悉。苏念意想了想，记起来她是一个护肤品博主，拥有两千万的粉丝。

苏念意还关注了她。

她笑了笑，跟苏念意打了招呼："你好。"

"你好。"

简单的礼貌问候后，两人看向舞台。

此时台上，发布会已经正式开始，主持人说完开场白，然后就是品牌负责人介绍产品和品牌理念。等全部讲完，就是大合照了。所有台下的网红都上了台，其中还包括一直坐在最前面的品牌代言人林岚。

苏念意和她旁边的女网红一同走上台，在后面的幕布上签名。

签完名，大家都站成一排。

林岚和品牌方的负责人站在中间，苏念意随便找了个位置站。

而沈欣琳，直接站到了林岚的旁边，把她旁边的另一个网红给挤开了。

那个网红有些不满，但是又要拍照了，于是也没再说什么，林岚瞥了一眼旁边的沈欣琳，往边上挪了一点，却又被沈欣琳挽住了手臂。

这时摄影师正拿着相机站在台下："大家看镜头。"

苏念意看着镜头，摆出了职业微笑。

随着"咔嚓"一声落下，她收回了表情。

拍照完，苏念意准备回休息室拿东西。

刚走到休息室门口，就看到沈欣琳挽着林岚的手臂，笑意吟吟地走了过来。

见到苏念意，沈欣琳的脸立刻拉了下来。

倒是林岚，朝她笑了笑，像还记得她。

苏念意也礼貌地回了一个微笑，然后便进了休息室。

但隐隐约约还是能听到外头沈欣琳的声音。

"林岚姐,她好像和我哥在一起了,也不知道我哥怎么想的,竟然会看上她,长得那么难看。"

听到这话,苏念意真的想冲出来薅她的头发。

什么没教养的玩意儿。

但是鉴于她是个文明人且现在这个场合相对正式,她忍住了。

休息室外,两人回到林岚的休息室,林岚不动声色地把手臂从沈欣琳手里抽出来,责怪道:"欣琳,你真的太没有礼貌了。"

"怎么了呀?"沈欣琳倒还委屈上了。

"既然知南选择和她在一起,肯定是因为她配得上知南的喜欢,再怎么说以后她也是你嫂子了,你就算不喜欢她说话也要礼貌点。"

"我就是看不惯她嘛。"

"我知道你喜欢知南,但这种事情强求不来的,作为知南的朋友,我劝你还是趁早放弃吧。"林岚对她也有些不耐烦了,要不是看在沈家的面子上,她根本不会带她来这种地方。

"林岚姐,为什么你们都在劝我放弃,喜欢一个人有错吗?"沈欣琳冷笑了一声,"还是说,你也喜欢我哥?"

林岚沉默了几秒,没回答她这个问题:"行了,我让助理给你订明天的机票,你早点回宁城吧。"

沈欣琳"哼"了一声,直接离开了休息室。

拿了东西后,苏念意直接回了酒店。

本来心情挺好的,现在被沈欣琳搞得一团糟。

就连沈知南给她发信息,她也不太想回。

但是转念一想,沈知南又没做错什么,她为什么要把气撒在他身上?

于是给他打了个视频电话过去。

视频里,沈知南正在食堂吃着饭。

苏念意一脸委屈巴巴地看着他,没开口说话。

察觉到她有些不对劲,沈知南放下筷子,起身走到没人的地方坐下,轻声问道:"怎么了?"

苏念意撇着嘴,满脸不开心,闷闷出声:"沈知南,你继妹好讨人厌。"

沈知南一顿："发生什么了？"

"我今天在活动现场碰到她了，她说我长得难看，还说你到底是怎么看上我的。"

沈知南眼神沉了下来，看着她委屈的模样，安抚道："你不难看，很漂亮。"

有被他这话安慰到，苏念意唇边扯出了一丝微笑："那你是因为我漂亮才看上我的吗？"

沈知南不知道怎么回答了。

回答"是"，她会不会觉得他是个很庸俗的人？

但回答"不是"，他又觉得自己很不诚实。

他确实是因为她长得很漂亮才吸引到他的，当然最主要的还是她可爱活泼的性格。

见他不说话，苏念意脸又拉了下来："沈知南，你犹豫了！骗子！你是不是也觉得我长得很难看？！"

沈知南愣了下，明白了她想要的答案，他笑了笑："没，我确实是因为你长得太漂亮了所以才看上你的。"

苏念意"哦"了声，嘴角不自觉地上扬，明显对这个答案很满意。

"念念，还委屈吗？"沈知南轻声道。

"嗯……好一点了。"

"对不起，我会处理好的，不会再让她来伤害你。"

苏念意盯着他漆黑的眸："你为什么说对不起，又不是你的错。"

"可是你受委屈了。"

"没事啦。"苏念意义愤填膺，"下次她再这么说，我一定怼回去，要不是今天是在这场合影响我发挥，不然我怼得连她妈都不认识。"

"可以嘴上说，但是不要打架。"

苏念意觉得自己被质疑了："你觉得我打不过她？"

沈知南失笑："我是怕你受伤。"

"就她那点头发我能给她薅秃，而且我留了长指甲，脸都给她抓烂。"

沈知南觉得她真的可能会打架，于是劝了劝她："女孩子家家不要动不动就打打杀杀，交给我来处理。"

"哦，好吧，那你好好跟她说说吧，这人真的素质不太行。"

"好。"

挂断电话，沈知南在通话记录里找到一个电话打了过去。

"喂。"

"是我。"

电话里安静了几秒，那头才出声："你打电话给我有什么事吗？"

"请你管好你的女儿，如果她下次再来骚扰我和我的女朋友，你们就等着从我家滚出去。"

沈知南语气极其冷漠，又带着一股狠劲，电话那头的人像被吓到，沉默了一会儿，才回答道："欣琳我会管好的，不过就凭你就想让我们滚出沈家？呵，我现在可是怀了你们沈家的骨肉，你觉得你爸会让我们走吗？"

沈知南愣了下，很快又冷笑了一声："那你试试。"

说完，沈知南直接挂了电话。

隔日，苏念意回到宁城。

下了飞机，她没有回景和北苑，而是直接去了消防队。

苏念意没跟沈知南说，想给他一个惊喜。

但是她跟陈林说了，因为在京城机场的免税店买了些东西，行李比较重，所以她还特意让陈林偷偷来门口接她。

陈林不懂他们情侣之间的情趣，非常无语地来到大门口，却看到门口根本没有苏念意的身影。

陈林拿出手机，给苏念意发了条微信：表姐，你人呢？不是说已经到了吗？

苏念意：快了快了，还有五分钟。

十分钟过去了，陈林再次拿出手机，发了个问号过去。

苏念意秒回：堵车，快了，两分钟。

陈林："……"

五分钟后，苏念意终于到了门口。

陈林非常不情愿地走过去给她拿行李，苏念意看着他，挑了下眉："怎么？让你拿下行李这么不愿？"

陈林提着她的行李往前走："我哪里敢。"

苏念意走到他旁边："你脸上写了'我非常不情愿'这六个大字。"

陈林"哦"了声，有些蔫了吧唧的。

看出来他心情不佳，苏念意好奇地问道："你怎么了？被你们沈队训了？"

"是啊。"陈林觉得自己太惨了，被沈队加训就算了，还得来帮他接女朋友。

"沈知南对你这么严格？"

陈林苦着脸，一股脑跟苏念意吐苦水："嗯，所以你管管你男朋友吧，再这样下去，我都要被他榨干了。"

苏念意拍了拍他的肩膀："路是你自己选的，你跪着也要走完。再说了，他是你表姐夫，不会榨干你的，放心吧。"

"那可不一定，我都不敢这么喊他，要是你们以后分手了，倒霉的还是我。"

"胡说八道什么，你怎么还咒人分手呢？"

"我这不是得先做好心理准备嘛。"

"滚，再说礼物不给你了。"

听到这，陈林眼睛都亮了："什么礼物？"

苏念意下巴稍抬："你猜啊。"

陈林就知道她会吊他胃口，他抿了抿唇，自顾自地往办公楼的方向走。

苏念意快步走上前，钩住他的脖子，一脸傲娇地说道："说几句好听的给姐听听，我可以考虑告诉你。"

苏念意以前经常喜欢这样逗他，他早就习惯了："我就不说。"

正当他想拉开她的手时，就看到沈知南和余和三人刚好从办公楼里出来。

气氛顿时安静下来。

陈林立刻站直，把苏念意的手拉了下来，像被捉奸了一样。

苏念意看着沈知南，心想完了，准备好的惊喜就这么没了。

她干笑了一声，朝他们挥了挥手："嗨！你们好。"

"……"

并没有人回应她，沈知南眼神沉了沉，大步走了过来，拉着苏念意往宿舍楼走。

被留在原地的几人大眼瞪小眼地看了半天。

余和拍了拍陈林的肩膀："你惨了，沈队的女人你都敢撩。"

大勇有些语重心长："陈林啊，做好加训的准备吧。"

刘平:"要不趁现在沈队不在你快逃吧。"

陈林舔了下嘴唇:"你们说什么呢?那是我表姐!"

余和:"?"

大勇:"?"

刘平:"?"

空气又凝固了一瞬。

"你说苏小姐是你表姐?"

陈林点点头:"嗯,亲表姐。"

安静了几秒,大勇搭上他的肩膀,问道:"或许,你还有什么其他的表姐或者表妹吗?"

陈林:"干吗?"

"介绍给我们认识一下啊。"

"……"

宿舍里。

沈知南正把苏念意压在门上,低头啃咬着她的唇。

苏念意有些呼吸不畅地唔了几声,然后就被吞噬了所有声音。

这个吻力道极大,像要把她生吞下肚。

腰上的手也死死扣紧,让人动弹不得。

几天没见,苏念意也很想很想他,她仰着头,热烈地回应着他的吻。

像真的怕沈知南会在这乱来,更怕自己受不住诱惑,苏念意咽了下口水,随便扯了个理由:"我来例假了。"

沈知南滚烫的手掌贴上她的小腹:"疼吗?"

苏念意本就是骗他的,她摇摇头:"不是很疼。"

沈知南轻轻揉了下:"那现在送你回去,回家好好休息一下。"

"没事,我自己回去就行了。"

"我送你。"

"你不是在上班吗?"

"现在是午休时间。"

"哦,好吧。"

沈知南从陈林那儿拿了行李后,打了辆车送苏念意回家。

到家后,沈知南又给她煮了碗红糖水,看着她喝完才回消防队。

沈知南走后,苏念意就有些犯困了,这两天在酒店都没怎么睡好。

她去浴室洗了个澡,随后便上床睡觉了。

这一觉就睡到了晚上六点。

苏念意躺在床上发了会儿呆,忽然听到外头传来一阵锅碗瓢盆的声音,声音不是很大,应该是从厨房传出来的。

她有些懵懵地起床,打开房间门。

瞬间就闻到了一股饭菜的香味,客厅里的灯也打开了。

她慢吞吞地走到厨房,看到沈知南正拿着锅铲翻炒着菜。

像电视剧里的情节一样,苏念意觉得此刻特别有安全感,又觉得很幸福。

她走到他后面,伸出手搂住他的腰。

察觉到她的存在,沈知南低头,看到腰上白嫩纤细的手臂,眉心微动,语气极轻:"醒了?"

"嗯。"

"洗漱了吗?"

"还没。"

"先去洗漱,饭很快就做好了。"

"好。"

苏念意乖乖应下,但却还是抱着他不撒手。

沈知南把火关掉,转过身,盯着她的小脑袋:"怎么了?不舒服吗?"

苏念意在他怀里摇摇头:"没。"

沈知南觉得她现在格外黏人,于是摸了摸她的头发,问道:"要我抱你去洗漱吗?"

苏念意从他怀里抬起头,笑嘻嘻地看着他:"要。"

说完,苏念意一下就跳到了他身上,搂着她的脖子蹭了蹭。

沈知南宠溺地笑了笑,抱着她来到浴室,给她挤牙膏。

全程苏念意就挂在他身上。

因为苏念意很瘦,体重也轻,沈知南不觉得吃力。

他把挤好牙膏的牙刷递到她嘴边:"张嘴。"

苏念意顺从地张开嘴,沈知南轻轻给她刷着牙,像照顾小朋友一样。

刷了一会儿，苏念意满嘴泡沫，她转过头，把嘴里的沫吐到洗漱池里。

紧接着，沈知南拿杯子接了点水："漱口。"

苏念意喝了口水，然后咕噜咕噜把嘴里的水吐掉。

沈知南给她擦了下嘴巴："脸怎么洗？"

这样抱着不太方便洗，苏念意蹬了下腿："我自己来吧。"

"好。"沈知南把她放下，"那我先去厨房端菜了，等会儿你洗完过来吃饭。"

"嗯。"

洗完脸，苏念意来到餐桌边坐下。

此时餐桌上已经摆了三菜一汤，但看起来都很清淡。

沈知南端着两碗饭从厨房走出来，一碗放到她的面前。

"吃饭吧。"

苏念意看着这没有一点红色的菜，有些没胃口。

"沈知南，你怎么都不放辣椒的。"

"你不是来例假了吗？这几天少吃辣。"

苏念意无话反驳。

苏念意瞬间觉得自己就是个挖坑大师。

还是专门挖自己的坑。

吃完饭，苏念意靠在沙发上，看起了电视。

觉得光看电视有些不得劲，苏念意进厨房从冰箱里拿了个冰激凌。

正好被在收拾碗筷的沈知南看到，他沉着脸，语气有些凶："念念，不能吃冰的。"

闻言，苏念意看向他，干巴巴笑了一声："我就吃一个。"

沈知南走过去，拿走她手上的冰激凌，语气缓和了许多，哄她："乖，等生理期过了再吃。"

苏念意觉得自己这个谎撒得真的太亏了，辣的不能吃，冰的不能吃，等会儿肯定还不让她熬夜。

想到这，苏念意还是决定跟他坦白："沈知南，我其实……没来例假。"

"？"

"我骗你的。"

"……"

苏念意有些心虚,但她又真的很想吃冰激凌,见沈知南一直盯着她不说话,苏念意伸出手,快速抢走了他手里的冰激凌:"我现在可以吃了吧。"

说完,苏念意拿着冰激凌去了客厅。

沙发上,苏念意盘腿坐在沙发上,小口小口地舔着冰激凌,表情很是满足。

没过一会儿,沈知南从厨房走出来,走到她旁边坐下。

因为刚刚承认自己撒了谎,苏念意还有些心虚,她把被她舔得光滑的冰激凌递到他嘴边,问道:"你要吃吗?"

沈知南盯着她没说话,也没有要吃冰激凌的意思。

以为他是嫌弃自己,苏念意撇了撇嘴:"你要是嫌弃我的话我重新去给你拿一个。"

沈知南看了看她手上的冰激凌,又看向她沾有冰激凌的唇。

下一秒,沈知南垂头,伸出舌尖舔了下她的唇。

一瞬间,香草味从他的舌尖蔓延,然后充斥他整个口腔。

苏念意推了推他:"你干吗呀?"

沈知南舔了舔唇:"吃你的冰激凌。"

苏念意"啊"了一声,没等她说话,沈知南的唇又贴了上来。

吸取她唇上的香甜。

正当他准备深入这个吻时,苏念意感受到手背上有种冰冰凉凉的感觉,她意识到冰激凌化了。

她用另一只手推开沈知南,看着手上化了的冰激凌,赶忙在茶几上抽了张纸擦掉。

"哎呀,手上好黏。"说着,苏念意把冰激凌递给沈知南,"你帮我拿着,我要去洗个手。"

沈知南接过来,无奈地笑了笑。

等苏念意再次回到客厅,剩下的冰激凌已经被沈知南吃完了。

苏念意看着垃圾桶里的包装纸,问道:"你干吗把我冰激凌全吃了?"

沈知南一脸从容:"再不吃就化了。"

苏念意"哼"了一声,指责他:"都怪你。"

还没吃过瘾,苏念意又起身,准备往厨房走。

沈知南一把拉住她："干吗去？"

"我要重新去拿一个。"

听到这话，沈知南一个用力，把她扯到怀里。

"女孩子少吃冰的。"沈知南把唇贴在她的耳侧，"我嘴里还有冰激凌的味道，要不要尝一下？"

苏念意红了脸，用手抵在他的胸膛上，小声道："我觉得大可不必。"

沈知南被她这话逗笑了："怎么？嫌弃我？"

苏念意只是觉得他们今天亲得太多了，现在又是孤男寡女共处一室，她觉得还是得收着点，要保持新鲜感。

想到这，苏念意一本正经地说道："沈知南，我们今天的亲吻次数已到达上限，你别想着超支啊。"

沈知南一愣："还有这种规定？"

"嗯，我现在定的，我们每天接吻不能超过两次，今天的你已经用完了。"

沈知南觉得这个规定极其荒唐："我不同意。"

苏念意义正词严："那不能超过一次。"

"……"

沈知南被她气得胃疼，直接把她压在了沙发上亲了起来，也不管她怎么挣扎都不放过她。

最后还是因为苏念意呼吸不畅才放过她，沈知南盯着她被他吮得充血的唇，勾唇笑了笑："既然这样的话，那我得把前些天没亲的亲回来。"

说完，沈知南又吻了下去。

苏念意被她亲得全身发软，根本没力气抵抗。

或许说，她根本不想抵抗。

亲着亲着，苏念意的手机忽然响了一下，然后接着又是好几下，像有人在信息轰炸。

苏念意清醒了一些，推了推沈知南，话语含糊："手机。"

对于她的分心，沈知南有些不满，他咬了下她的唇，嘴唇撤开一点："你能不能专心点？"

苏念意挣扎着坐起身："有人找我。"

说着，她拿起一旁的手机看了眼，是陈林给她发了几条微信。

陈林：表姐，我礼物呢？什么时候给我？

陈林：沈队是不是在你那儿？他心情怎么样？

陈林：你可千万不要惹他生气啊，不然倒霉的是我们。

苏念意有些无语，不太想回他。

沈知南侧头看着她："谁找你啊？"

"陈林。"

闻言，沈知南想起来白天看到苏念意勾着陈林的脖子，动作看上去有些亲密，他声音沉了下来："念念，以后你别跟男的靠得太近，陈林也不行。"

苏念意"啊"了一声："他是我表弟，你想什么呢？"

"表弟也是男的，还是要保持点距离。"

"好啦，知道啦。"

苏念意倒是没想到沈知南还会吃陈林的醋，想了想，她给陈林回复：明天你可能会加训，做好准备吧。

陈林：？

深夜，苏念意皱着眉头，在被窝里动了一下。

她无意识地把手抚在小腹上，"嘤咛"了一声。

很快，她睁开眼，打开床头灯，掀开被子。

床单上一抹红色的血迹映入眼帘。

苏念意皱着小脸，从衣柜里拿了新的衣服和卫生巾进了浴室。

出了浴室后，苏念意又去找了颗止痛药吃。

放下水杯，回到房间换了床单她才重新躺下。

她看着天花板，忽然觉得撒谎是一件非常不好的事，她决定以后还是要做一个诚实的人。

因为药效还没到，小腹一直传来一阵阵的痛，苏念意痛得睡不着。

可能是因为晚上吃了冰激凌的缘故，苏念意觉得这次比之前都要痛一些，而且比平常早来了一星期。

她叹了口气，拿起手机下意识地想找沈知南撒撒娇。

但是看了眼时间，现在已经三点多了，沈知南肯定在睡梦中了。

而且沈知南晚上回了消防队，并没有在家睡。

苏念意不想打扰他睡觉，于是只能刷微博。

刷着刷着药效上来了，苏念意不知不觉放下手机睡了过去。

消防队里。

一大早，陈林就被沈知南盯着跑五千米。

陈林一边跑一边在心里默默流泪。

怎么跑了这么久了沈队还不吹口哨，他都感觉自己快跑了有六千米了。

但是他又不敢出声提醒他。

又跑了一圈，陈林实在没力气了，他直接躺在了地上，喘着粗气。

沈知南走过去，垂眸看着他："我还没吹哨。"

"沈队，五千米早就跑完了。"

沈知南正色道："我还没吹哨。"

陈林看着沈知南一脸严肃，忽然有些委屈起来："沈队，你怎么能这样欺负我呢？好歹我也是你小舅子。"

沈知南安静地看着他，没说话。

"哪有表姐夫这样对小舅子的。"

沈知南沉默了几秒："你刚刚说什么？再说一遍。"

陈林有些怂了："那个……沈队，我开玩笑的。"

"你刚刚叫我什么？"

陈林想了想："表姐夫。"

像对这个称呼很受用，沈知南朝陈林伸出手："起来。"

陈林抬手，抓着他的手起了身。

"说过多少次了，刚跑完步不能躺着。"

陈林"哦"了一声。

沈知南拍了拍他的肩膀，说道："在队里还是叫我沈队，私下里可以叫我表姐夫。"

陈林有些蒙："啊？好的。"

自从做完居民消防知识普及和安全隐患排查后，消防队的出队率降低了很多，所以沈知南也没有那么忙了。

苏念意跟沈知南说了她来了例假后，沈知南晚上有空的话会抽时间回家陪陪她，等她睡着后再回消防队。

在苏念意来例假的第三天，沈知南轮休，下了班他就立马回了景和北苑。

吃完饭后，苏念意躺在沈知南的腿上看着电视。

电视上正播着林岚主演的一个偶像剧。

苏念意忽然想起来之前消防知识培训时，林岚和沈知南在走廊上也不知道在说些什么。

想到这，苏念意看向沈知南："沈知南，你认识林岚吗？"

"嗯，认识。"

苏念意立马警惕起来："你和她什么关系？"

"高中同学。"

苏念意有些难以置信，沈知南竟然还有女性朋友！

"那你们那天在走廊上说什么呢？"

"哪天？"

"就消防培训那天。"

沈知南看上去一副不太在意的模样："她问我有没有时间一起吃个饭。"

"你怎么回答的？"

"我说没有时间。"

苏念意对这个答案很满意，笑了笑，又侧过头继续看电视。

看了会儿，苏念意的手机响起，是陈女士打过来的视频电话。

苏念意立马从沈知南腿上起来，拿着手机往沙发边挪了一点。

沈知南有些疑惑："怎么了？"

"我妈给我打视频电话了。"

说完，苏念意点了接通。

"妈，怎么了？"

"宝贝，在干吗呢？"

"在看电视。"

"哦哦，妈跟你说个事，就是隔壁的赵阿姨说想给你介绍个对象，想问问你的意见。"

听到这，苏念意下意识地看了眼旁边的沈知南，像听到了陈女士的话，沈知南也看了过来。

视频里陈女士还在继续说着："我大致了解了一下，那个男孩子条件很不错，有车有房，美国留学回来的，听说现在还在宁城开了家律所，我看了照片，长得也很不错，你要不要……"

苏念意迫不及待地打断她："妈，不用了，我有男朋友了。"

陈女士安静了几秒："什么时候的事？"

苏念意正准备说话，沈知南就凑了过来，半张脸出现在了屏幕里。

"阿姨你好，我是沈知南，念念的男朋友。"

视频里，陈女士像有些不可思议地嘴巴微张着，睁大了眼睛。

苏念意干笑了一声："妈，这是我男朋友。"

"宝贝，你是不是逼人家了？"

苏念意一脸蒙，什么意思？

联想到上次沈知南的话，陈女士作出合理分析："你不会是用娃娃亲逼人家对你负责吧？那只是沈叔随口一说的，人家不愿意你也不能逼人家啊。"

苏念意："……"——你是我亲妈吗？

苏念意嘴角抽了一下，把手机往沈知南那边挪了一点："妈，我没逼他，不信你问他。"

沈知南笑了笑："阿姨，我是自愿的。"

苏念意得意地笑了下："你看，他自己都承认了。"像怕陈女士不信，苏念意又补充道，"是他追的我。"

沈知南宠溺地看着她："嗯，我追的她。"

陈女士被迫吃了自己女儿的狗粮，但同时也挺开心的，毕竟她这个单身多年的女儿能遇到喜欢的人确实还挺不容易的。

她笑了笑："挺好，那你们要好好相处啊。"

"好的，阿姨。"

"那阿姨就不打扰你们了，拜拜。"

"拜拜。"

挂了电话，苏念意又收到了陈女士的信息。

陈女士：宝贝，妈妈还是有必要提醒你一下，安全措施要做好哦。

苏念意："……"

苏念意放下手机，看向沈知南："你这算不算见家长啊？"

沈知南揽住她的腰把她搂在怀里："不算，不正式，下次再去你家正式拜访一下。"

"好呀，到时候我也去你家拜访一下。"

听到这，沈知南沉默了下来。

见他不说话，苏念意忽然想起来他家是重组家庭，他和家里人的关系也不太好。

苏念意从他怀里起来,看着他:"沈知南。"

"嗯。"

"我的意思是去拜访一下沈爷爷。"

沈知南重新抱住她:"好。"

十点,沈知南把苏念意抱到床上,替她盖好被子:"睡觉吧,晚安。"

苏念意拉着他的手晃了晃,语气像是在撒娇:"你陪我睡。"

沈知南愣了下,拒绝道:"不行。"

苏念意才不管,她掀开被子,拍了拍床,向他保证:"放心吧,我不会对你做什么的。"

沈知南无奈地笑了笑:"我是怕我忍不住。"

"我不怕。"反正她来大姨妈了,他对她也做不了什么。

"……"

最后沈知南还是躺在了她旁边。

刚躺下,苏念意就像八爪鱼一样缠了上来,脑袋靠在他怀里蹭来蹭去。

"哇,沈知南,你的腹肌好明显。"说着,她的手开始往上,一路摸到他的小腹,"你竟然有八块腹肌。"

沈知南按住她的手,声音隐忍:"念念,别闹。"

苏念意安静了几秒,笃定了他不能对她做什么,她把手从他手里抽出来,抬手摸了下他正在滚动的喉结。

沈知南呼吸一滞。

下一秒,他翻过身,随后,滚烫的唇落了下来。

因为忍耐了许久,沈知南吻得力道极重。

一下又一下吮着她的唇。

苏念意下意识地闭上了眼睛,手抓着他的衣服,心跳不断地加快。

房间里开着空调,空调外机的声音在此刻显得格外清晰。

气氛不断升温,暧昧四处蔓延。

苏念意觉得自己全身都在发烫,有些难受,但又不自觉地搂住他的脖子回应他。

夜晚总能放大人的情绪。

渐渐的,沈知南滚烫的手掌落在她的腰上。

苏念意推了推他,有些害怕,呼吸也有些混乱:"沈知南……"

沈知南放开了她的唇,来到了她的耳边,轻咬了下她的耳垂:"嗯,我在。"

他的呼吸越来越粗重,苏念意紧闭着眼睛,害怕却又想迎合。

沈知南的唇来到她的侧颈,然后是锁骨。

一下又一下地啃咬着。

直到留下痕迹才放开。

沈知南的脸埋在她的颈窝,声音像在极力克制什么:"念念,别乱动。"

苏念意睁开眼,不敢动了。

半晌,沈知南艰难地从她身上起来:"你先睡觉,我去洗个澡。"

苏念意呆愣愣地"哦"了一声。

直到听到浴室传来水声,苏念意才慢慢回过神来。

她理了理自己的睡衣,想到沈知南刚才的举动……

苏念意羞红了脸,抬手捂住脸小声尖叫。

沈知南这个澡大概洗了一个多小时。他走进房间,见苏念意像睡着了,他走到床边躺在她的身侧,轻轻抱着她,吻了下她的额头,声线沙哑:"晚安。"

苏念意悄悄地勾了下唇角,在他怀里找了个舒服的姿势准备睡觉。

正当她快要睡着时,沈知南的手机响起。

大概只响了一两秒,沈知南就按了接听。

他松开她,轻手轻脚地从床上起来:"好,我马上过来。"

沈知南看了眼苏念意,俯身亲了亲她的嘴角。

正当他准备离开时,苏念意忽然睁开眼睛,声音细细的:"沈知南,你要去哪里?"

沈知南看着她,用手蹭了蹭她的脸:"有紧急任务,可能要好几天才能回来,这几天好好吃饭、睡觉,知道吗?"

苏念意伸出手,撒娇似的搂住他的脖子:"那你要平安回来。"

"好,一定。"

第六章
要平安回来

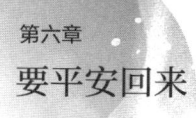

　　这几日，苏念意每天都过得提心吊胆。

　　这次是一家化工厂失火，里面危险化学品多，随时都有可能爆炸，所以危险性极强。

　　而且这几天她给沈知南和陈林发信息，都没有收到回复。

　　苏念意看着手机，在微博上关注着这次事故的实时报道。

　　但由于太过危险，记者都只能在远处跟进，所以对事故的发展了解得也不是特别详细。

　　而在事故现场，大火还在继续蔓延，短时间内根本灭不掉。

　　幸运的是，现场着火的油罐和相关管道因为前段时间工厂检修把里面的东西都清空置换干净了，不然后果不堪设想。

　　沈知南拿着对讲机，一边指挥着灭火工作，一边观察火势和风向。

　　此时刮的是东南风，而西北处有几个装满石油的油罐。

　　虽然相关管道的阀门已被全部关闭，但现在火势太大，风又是往那边吹，所以极有可能烧到那边去，然后引发爆炸。

　　沈知南皱着眉头，看向旁边石化区里的消防队长，说道："风越来越大了，这火得早点灭掉，如果烧到那边去就危险了。"

　　男人点点头，神情担忧："是啊，已经向上面申请支援了。"

　　"你先指挥着，我去帮忙。"

　　说完，沈知南穿戴好空气呼吸器，拿着消防水枪，快速跑进了火场。

　　看到沈知南，陈林大声喊道："沈队，你怎么进来了？"

沈知南没工夫和他聊天，直接拿着高压水枪，对着着火点的根部喷射。

过了一会儿，风渐渐停了下来。

火势慢慢减小，眼看着情况好转一点，风又开始刮了起来。

火一下又开始大了起来，一度烧到了旁边的脚手架。

脚手架上摆着很多的废料桶，因为是塑料的，很快就燃了起来，而脚手架的后面就是装满了石油的油罐。

见状，沈知南和陈林立马对着脚手架灭火。

但是效果甚微，这时，沈知南看到从陈林斜上方掉下来一块铁板，他快速跑过去，把他护在了身下。

苏念意是在晚上九点接到陈林的电话的。

挂断电话，她颤抖着手，慌乱地赶去了医院。

在去的路上，苏念意全程都是一副呆滞的模样，眼泪像不受控制一样，一个劲地往外流，把司机师傅吓了一大跳。

"姑娘，你没事吧？"

苏念意没有回答，哭得更厉害了。

到了医院，苏念意跑到陈林告诉她的病房。

但床上却空无一人，只有陈林坐在病床旁边，不知道在想什么。

听到门口的动静，陈林看向苏念意，站了起来："表姐，你来了。"

此时陈林身上还穿着消防防护服，衣服很脏，一看就是刚从事故现场出来的。

苏念意看着他脸上的黑黑的印记，艰难地张了张嘴："嗯。"

陈林突然低下头："对不起表姐，我没有保护好沈队。"

苏念意走过去，看着空无一人的床："先不说这个，你们沈队呢？"

"哦，他去上洗手间了。"

话音刚落，门口传来动静。

两人转头看过去，看到沈知南正赤着上身，身上缠着绷带。

看到苏念意，沈知南皱了皱眉，走过去。

"你怎么来了？"

苏念意垂眸看着他身上的白色绷带，眼泪又止不住往下掉，说话抽抽搭搭的："你不是跟我保证了要平安回来的吗？"

看她哭成这样，沈知南的心猛地一抽，抬起手，有些无措地帮她擦掉眼泪："我这不是好好的嘛，又没死，哭什么呢。"

苏念意眼泪还在掉，像完全控制不住，她吸了下鼻子："呸呸呸，你现在不要跟我提'死'这个字，我接到陈林电话的时候都快吓死了。"

沈知南轻轻把她搂在怀里，看向陈林。

陈林识趣地离开了病房。

沈知南哄了哄："我真的没事，就是后背被砸了一下，医生说了没什么大碍。"

苏念意从他怀里抬起头。"真的吗？"有些不太相信，她挣脱他的怀抱，作势要去看他背后的伤，"我看看。"

沈知南往旁边躲了一下："真的没事。"

他这么一躲，苏念意更不信了，她面无表情地看着他，手抓着他的手臂，用命令的口吻说道："不要动。"

沈知南这回没动了，乖乖地让她看。

苏念意走到他的后面，看到白色的绷带上渗出来一大片血。

她张了张嘴，伸手，想碰又不敢碰，怕弄疼他。

这一定很痛吧。

苏念意刚止住的眼泪又开始往下掉："呜呜呜，这看起来好疼。"

沈知南转过身，牵着她走到床边坐下："真的不疼。"他又给她擦了擦眼泪："别哭了，我心疼。"

苏念意抬手随意抹了下眼泪："那你今晚是不是得住院啊？"

"嗯。"

"那我陪你。"

"这里床太小了，不好睡。"

"没事，我去租个折叠床。"

"折叠床睡着不舒服，乖，回家睡，等会儿我让陈林送你回家。"

苏念意摇摇头："不要，我要在这儿陪你。"

沈知南无奈地摸了摸她的脑袋："那我们挤一挤。"

"嗯，好。"苏念意想了想，"我没有带洗漱用品，我现在出去买。"

沈知南拦住她："这么晚了你就别出去了，我让陈林去买。"

"好。"

沈知南给陈林打了个电话。

苏念意又看了看沈知南的伤，还是有些放心不下，于是离开病房去问医生看有什么注意事项，这样好方便她照顾沈知南。

苏念意刚走不久，陈林就提着一个购物袋走了进来。

"沈队，洗漱用品买好了，我给你放这儿了。"

沈知南"嗯"了声。

陈林把东西放在病床旁的小桌子上："我表姐呢？"

沈知南没回答他这个问题，安静了几秒，语气有些严肃："我不是说了先别跟你表姐说吗？"

陈林低着头："对不起，我是怕我一个大男人照顾不好你，所以才告诉表姐的。"

"这点伤还需要人照顾吗？"

陈林沉默了一会儿："沈队，是我害你受伤的，以后你让我做什么我都愿意。"

沈知南叹了口气："行了，你也累了，早点回去休息吧。"

陈林抬起头："没事，我不累，我在医院陪你。"

"你刚刚怎么说的？"沈知南无奈地说道，"有你表姐在就行了。"

"那好吧。"

洗漱完，两人躺在床上。

由于病床有些狭小，苏念意只能侧着睡，沈知南的背受伤，也只能侧躺。于是两人面对着面，沈知南抱着她，苏念意把头埋在他的胸前。

"沈知南，是不是以后还会发生这种情况？"

"嗯，所以你要早点习惯，但为了让你少哭点，我会尽量减少这种情况的发生。"

苏念意抬起头看着他："只能减少，不能完全避免吗？"

"嗯，这是没办法完全避免的。"

苏念意又有点想哭了："你就不能跟我说句假话哄哄我吗？"

沈知南亲了亲她的额头："不想骗你。"

两人以前都没有认真谈过这个问题，但苏念意都明白，消防员这种职业本就是一种很危险的职业，遇到的危险也是难以想象的。

其实她很怕沈知南和她的外公一样，会在火场失去生命。

她完全不敢想象如果真的发生了她又该怎么办。

苏念意把脸埋进他的怀里，闷闷出声："沈知南，我不奢望你能有很多时间陪我，但每次出警你一定要平安回来好吗？"

沈知南收紧抱着她的手："好。"

没几天沈知南就出院了。

由于受伤，消防队批准他在家休养一星期。

从医生那儿问到了注意事项后，苏念意每天都小心翼翼地照顾着沈知南。

伤口不能碰水，要清淡饮食，每天按时换药，等等。

因为伤口不能碰水，每次洗澡，苏念意都要先帮他擦上半身。

起初沈知南是拒绝的，他又不是伤了手，自己洗的时候注意点就行了。

但是苏念意不放心，非要帮他擦。

擦完后，沈知南一个人在浴室里洗澡，她也要守在浴室门口等着他出来。生怕他在里面磕到碰到，完全把他当作一个小孩子看待。

还有换药，苏念意怕弄疼他，每次都非常小心，上完药还要给他吹几下。

沈知南觉得这就是一点小伤，完全没必要这样，但是心里又忍不住享受这些待遇。

这几天，苏念意还认认真真地学起了做饭。

各种大补汤轮着来。

为此，她还特意请教了苏志群和陈女士怎么煲汤。

沈知南不想她这么折腾，劝了她好几次，苏念意嘴上说不折腾，但每天总要花费三四个小时在厨房。

沈知南无奈，虽然他也不确定这些汤对他的伤口恢复有没有帮助，但看她这么乐在其中，也就随她了。

反正喝了也没什么害处，不过就是有点担心她切菜的时候会切到手，苏念意又不让他动手，他就只能在一旁看着她切。

在苏念意的悉心照料下，没过多久，沈知南的伤便好了大半，但还是要注意不能碰到伤口。

沈知南在家休养的最后一天，叶语姝跟苏念意说她之前参演的那个消防员题材的电影上映了，让她有时间带着沈知南去支持一下。

苏念意觉得反正在家闲着也没事，沈知南的伤也恢复得七七八八了，于是就拉着沈知南去看电影了。

因为是周末，人比较多，进影厅时，苏念意怕别人碰到沈知南的伤口，特意走在他后面帮他挡着。

沈知南觉得自己已经好了，也觉得这样被她照顾显得自己有些矫情，于是直接搂着她往前走。

苏念意还是有些担心，时不时往后看一下。

终于安全走到了座位上坐下，没多久电影就开始了。

苏念意一边吃着爆米花，一边喝着可乐。

大屏幕上，电影一开场，男主刚和女主求婚成功，又因在队里战功显著而晋升为消防队长，然而刚晋升没几天，因某制药厂发生粉尘爆炸引发火灾，男主带队救援。

电影进行到一半，到了高潮部分，由于现场火势太大，男主和其他消防员一起冲进火场救火。

苏念意看着屏幕，莫名地跟着紧张起来。

看到最后，男主为了救火壮烈牺牲，在他牺牲前，他脑子想的都是过几天就要去领证的未婚妻和两人在一起的点点滴滴。

影厅里大部分人都拿出了纸巾擦着眼泪。

苏念意也不例外。

走出电影院，苏念意整个人都不在状态。

沈知南搂着她，安慰似的问道："怎么了？"

苏念意摇摇头："没什么，去吃饭吧。"

两人随便找了个餐馆吃饭，吃完饭就回了家。

到家后，苏念意照常给沈知南擦身体和换药。

只是这次，她换着换着药就哭了起来。

沈知南有些猝不及防，他立马转过身，轻声问道："怎么哭了？"

苏念意摇摇头，但眼泪却连续不断地一颗颗往下掉。

猜到了她坏情绪的由来，沈知南低头帮她擦了擦眼泪，小声安慰她："哭什么，这只是电影。"

苏念意吸了吸鼻子："可是现实更加可怕不是吗？"

沈知南不知道怎么接话了。

他没办法反驳，确实是这样，现实远比电影更加危险。

但他没办法舍弃这份他热爱了很多年的工作，也不想辜负沈老爷子对他寄予的厚望。

"沈知南，我不想那么自私，让你舍弃掉这份工作，但我真的很害怕失去你。"苏念意凑过去抱住他，哽咽道。

如果这种事情发生在她和沈知南身上……

她真的没办法再接着往下想了。

连电影里的男主角都没有主角光环，何况是在现实中呢。

沈知南用下巴蹭了蹭她的头发："念念，对不起。"

"我不想听对不起，我要你向我保证，每天都要平平安安的。"

"好，我向你保证，我一定平平安安的。"

晚上十点，沈知南抱着苏念意躺在床上哄她睡觉。

苏念意不太能睡着，好像在经历过沈知南受伤之后，她的心态就悄悄地发生了变化。

以前她总觉得沈知南很厉害，无所不能，像个超人一样。

但是现在她明白了，超人也不是无坚不摧的，也会受伤，也会痛。

她也有可能，在很平凡的一天，失去她的超人。

苏念意在他怀里睁开眼睛，仰起头，叫了他一声："沈知南。"

沈知南闭着眼，用鼻音轻"嗯"了声。

"你能亲亲我吗？"

沈知南勾唇笑了笑，亲了下她的嘴角。

一触即分，不掺杂任何欲望。

苏念意有些不满，嘟着嘴向他索吻："我还要。"

沈知南安静了几秒，眉心一动，低下头，吻住了她。

平常两人接吻大都是沈知南向她索吻，苏念意很少主动。

沈知南吮着她的唇。

沈知南能清晰地感受到她胸前的柔软和没有节奏的心跳。

呼吸节奏被打乱。

他偏过头，密密麻麻的吻落下，伴随着灼热的气息，一点点喷洒在她的皮肤上。

苏念意不受控制地发出细细的声音，害怕又难耐。

沈知南身体一僵，额间冒出些许薄汗，手上的力道不由自主地加大。

苏念意害怕地搂紧他的脖子，喉间发出难受的嘤咛声。

听到她的声音，沈知南没了动作，整张脸埋在她的颈窝，像在平复呼吸。

苏念意茫然地睁开眼，声音带着撒娇的细软："沈知南。"

沈知南用尽最大的自制力撑起身子，帮她把睡裙往下扯："嗯，我去洗个澡，你先睡觉。"

苏念意抬起手，重新钩住他的脖子往下拉。

距离再次拉进……

等苏念意再次醒来时已经是下午两点，身边早已经没了沈知南的身影。

苏念意摸到手机，看到沈知南给她发了好多条微信。

沈知南：给你做了饭放在冰箱，起来时放微波炉里热一下再吃。

沈知南：如果想我可以来消防队找我。

沈知南：身体不舒服的话就在家好好休息，晚上不要一个人出门。

总共有七八条信息，苏念意一条条滑下来看完，然后给他回复：知道啦。

放下手机，苏念意伸了个懒腰。

"嘶——"苏念意皱着小脸，慢慢收回手。

暗暗在心里骂了沈知南一句"禽兽"。

晚上，苏念意正躺在沙发上玩手机，就听到有人敲门。

她坐起身，想着是不是沈知南回来了，但是又觉得不太可能，他今天才刚回的消防队。

苏念意穿上鞋，慢吞吞地走到玄关处，往猫眼里看了一眼。

看到外头正站着哭丧着脸的叶语姝和一个行李箱。

苏念意连忙打开门："姝姝，你怎么过来了？"

叶语姝走上前，抱住苏念意："呜呜……念念，我和周北生分手了。"

苏念意拍了拍她的背："怎么回事？又吵架了？"

叶语姝纠正她："不是吵架，是分手。"

"……"苏念意看了看她的行李箱，松开她，"先进来再说。"

"嗯。"

客厅沙发上,叶语姝眼泪哗哗哗地往下掉,苏念意一边拍着她的背一边给她递纸巾。

"周北生这个混蛋,出个差好几天不回我信息,昨天晚上我偷偷去找他,看到他和一个女的在外面吃饭。"

苏念意有些诧异,但还是理性分析了一下:"有没有可能是他的客户?"

"是客户的话他为什么要挂我电话?"

"你给他打电话了?"

一说到这叶语姝就很气愤:"是啊,我就站在餐厅外给他打的电话,亲眼看到他挂了我的电话,到现在都没有给我回电话。"

苏念意代入感非常强,她已经怒火中烧了。

没想到周北生这么渣!

苏念意给叶语姝擦了擦泪,咬牙切齿道:"渣男!就是要早点跟他分手,竟然这么对你。"

叶语姝把脑袋靠在苏念意的肩膀上:"我早就应该看清他的。"

"你当时就没有上去给他两个耳光吗?"

"没有,我直接回来了。"

苏念意简直是恨铁不成钢:"你当时就应该上去扇他两耳光啊!"

叶语姝抬起头正想回答,忽然注意到苏念意脖子和锁骨上遍布着许多暧昧的痕迹。

察觉到她的视线,苏念意立刻抬起手挡住,眼神闪躲。

叶语姝拉开她的手,原本伤心的情绪被想八卦的心分走了一半:"昨晚……你跟沈队长干了什么坏事?"

眼看着被看穿,苏念意也不隐瞒了:"就是你想的那种坏事。"

听到这,叶语姝又哭了起来:"呜呜呜……怎么到你这还要吃狗粮。"

苏念意又在茶几上给她抽了几张纸:"好了好了,我不说了。"

叶语姝哭得快,停得也快,她止住眼泪,又极其八卦地问道:"感觉怎么样?"

苏念意:"?"——这是可以说的吗?

苏念意当然不会回答她这个问题,甚至有些无语。

叶语姝盯着她身上的痕迹,然后伸手拉了下她的领口,往里看了一眼:

"啧啧，看你身上这些痕迹，昨晚很激烈啊。"

苏念意推开她的手，连忙护住胸口："干吗呢干吗呢？"

叶语姝躺靠在沙发上："不过我想在这儿和你住几天，如果你们想恩爱的话，直接去他家就行了，反正沈队长就住对面。"

"……"

"对了，这小区隔音效果应该还好吧，你们可别让我听到什么不该听的，我刚失恋，对我好点。"

"……"苏念意满脸黑线，"沈知南今天刚回消防队，这几天应该都不会回来。"

"那更好，正好你陪我睡，安抚一下我这颗受伤的心。"

"……"——好像你现在也没多伤心了。

两人又骂了会儿周北生，骂累了，叶语姝进了浴室洗澡。

趁着她洗澡的时候，苏念意进了房间把床单和被套都换了。

洗完澡，叶语姝走进房间："我洗好了，你可以去洗了。"

"嗯。"苏念意刚铺好床，转过身在衣柜里拿了套睡衣进了浴室。

等苏念意洗完进房间，她爬到床上躺下，拿起手机，看到沈知南给她发了一条信息。

沈知南：还疼吗？

苏念意动了下身子，感觉比白天好了一些。

苏念意：好一些了。

苏念意正在回复，叶语姝凑了过来："哎，你在和谁聊天呢？"

苏念意立刻摁灭手机："你吓我一跳。"

叶语姝坏笑："在聊什么见不得人的？"

苏念意把手机放到一边："没什么，不早了，我们快睡觉吧。"

叶语姝打了个哈欠："确实有点困了，昨晚一晚上都没怎么睡。"

"睡吧，晚安。"

"晚安。"

过了一会儿，苏念意睁开眼睛，见叶语姝已经睡着了，她悄悄地拿起手机，准备给沈知南回信息，却看到沈知南在几分钟前又给她发了一条。

沈知南：十点了，你该睡觉了。

苏念意笑了笑，回复：知道啦，晚安。

沈知南：晚安。

刚放下手机，苏念意转过头，正准备睡觉，忽然看到叶语姝正睁着眼睛看着她。

"你偷偷摸摸干吗呢？"

苏念意被她吓了一大跳："你干吗呢？你不是已经睡了吗？"

"睡不着。"

"怎么了？"

"你说周北生怎么还不给我回电话？"

苏念意就知道她在想这件事，凑过去抱住她，安慰道："别想这些烦心事了，睡吧。"

叶语姝"嗯"了声，闭上眼睛。

很快，她又睁开眼睛，拿起手机，咬着牙把周北生拉进了黑名单。

苏念意和叶语姝都是爱睡懒觉的人，但苏念意和沈知南在一起后，沈知南经常会叫她起来吃了早餐再睡，于是在早上七点，苏念意就被饿醒了。

由于晚上睡得早，此时苏念意也不觉得有多困了，见叶语姝还在睡，她轻手轻脚地掀开被子起了床。

洗漱完，苏念意吃了点东西后，便去了化妆间录视频。

等她录完视频，叶语姝也起来了。

在家闲得无聊，苏念意见叶语姝情绪不太好，于是拉着她出门逛街。

心情不好时，买买买似乎能缓解一部分坏情绪。

两人来到了商场，没过多久就提着大包小包。

经过一家电影院，门口刚好摆放着最近新上映电影的海报。

叶语姝拉着苏念意停住脚步，问道："对了念念，我跟你说的我新上映的电影你看了吗？"

苏念意点点头："看了呀。"

"怎么样？"

"剧情和演技都还可以。"

叶语姝有些得意："我演技好吧。"

苏念意被噎住："呃……"

叶语姝看她一副欲言又止的表情，怀疑她根本没认真看。

"你是不是没认真看?"

苏念意干笑一声,不是她没认真看,而是她根本没注意看叶语姝。

主要是叶语姝戏份少,又是个不怎么重要的角色,所以她全程光看男女主去了。

但是她肯定不会承认,一本正经地胡扯:"我当然认真看了,我觉得里面就你演技最好了。"

叶语姝眯眼看她:"真的?"

"真的。"

"那我在里面是个什么角色?是在什么时候出场的?"

苏念意再次被噎住,这她哪知道。

见苏念意不说话,叶语姝基本肯定她根本没有注意到她这个小角色。

她拉着苏念意往电影院里走,苏念意有些疑惑:"干吗呢?"

"再看一遍。"

"……"

最后,苏念意被迫又温习了一遍这个电影。

在到叶语姝扮演的角色出场时,她还特意提醒了一下苏念意,让她认真看。

苏念意点点头,然后聚精会神地看着大屏幕。

结果,叶语姝扮演的是小护士,不过就几个镜头,而且全程都是在跑,也不知道出场有没有一分钟。

苏念意嘴角抽了一下,难怪她上次这么认真看了都没注意到。

但是在看到结尾男主牺牲时,她还是忍不住想哭。

出了电影院,叶语姝就迫不及待地问道:"怎么样,我演技好吧?"

苏念意扯唇笑了笑,开始吹彩虹屁:"我觉得你的表演非常饱满和有感染力,根本不输那些老演员,你就是为演戏而生的。"

叶语姝觉得她说得有点太夸张了:"可以了可以了,多少有点假了。"

苏念意正想说话,就看到有人从她身后撞了她一下,也没道歉,直接越过她走了过去。

她抬起头,看着前面嚣张的熟悉背影,气不打一处来。

正当她想叫住前面的人,叶语姝就先她一步出了声:"喂,前面那位美女,你撞到人了知不知道?"

前面的人停住脚步，转过身，不屑地笑了笑："是叫我吗？"

叶语姝拉着苏念意走过去，"对，就是你，你刚刚撞到我朋友了。"

沈欣琳看向苏念意，一脸惊讶的表情："呀！这不是念念姐姐吗？我刚刚撞到你了吗？真是不好意思啊。"

面对她虚情假意的道歉以及她对自己的称呼，苏念意觉得极其恶心，她冷笑一声："我没有妹妹，麻烦你不要乱叫，还有，你的道歉我不接受，你以为我看不出来吗，你刚刚明显就是故意的。"

沈欣琳下巴稍抬，一副小太妹模样："不接受就不接受呗，谁稀罕。"

"你……"叶语姝实在气不过，作势要上去干架，被苏念意一把拉住，示意她别冲动。

苏念意看向沈欣琳，冷冷地笑了笑："难怪沈知南这么讨厌你，原来是觉得你这一副没家教的样子太难看了。"

"你说什么？"

苏念意皮笑肉不笑："我觉得吧，不是难看，是恶心。"

话落，沈欣琳眼神阴暗，一个箭步走了过来，抬起手，像是要打人，手还没碰到苏念意，就被叶语姝一把推开，直接摔倒在地。

电影院门口人来人往，很快就围了一些人上来看热闹。

沈欣琳红着眼睛，立刻装作一副受害者模样："我都道歉了，为什么还要推我？"

"……"——难道不是你先撞人，还要上来打人吗？

此时一些不明真相的围观群众看到这一幕，开始对苏念意和叶语姝指指点点。

"你们两个怎么能欺负一个小姑娘呢？"

"就是啊，都把人给弄哭了。"

还有人走过去把沈欣琳扶起来："小姑娘，快起来。"

"小姑娘，要不要我们帮你报警啊？"

苏念意淡定地看向那位要报警的好心人，说道："快报警吧，正好让警察还我们一个清白。"

叶语姝附和道："对，反正这里有监控，我们可不怕。"

一听到有监控，沈欣琳眼神有些闪躲，双手紧张地抓着身前包包的细带："那个……我没事，不用报警了。"

说完，沈欣琳故作镇定地转身走了。

看着她落荒而逃的背影，苏念意不屑地笑了声，还想冤枉她们，做梦去吧！

经历了这么一件事，两人都没心情逛街了，随便在商场吃了个饭后便回了家。

叶语姝和苏念意一起住了快有一星期，其间，沈知南抽空回了一趟景和北苑。

那天晚上，两人正在沙发上一起看电影，忽然听到有人按门锁的声音。

两人一同看向门口，苏念意猜测是沈知南回来了。

她立马起身跑到玄关处，刚好沈知南把门打开。

几天没见，苏念意一下就跳到了他的身上。

沈知南问："有没有想我？"

苏念意搂着他的脖子，笑嘻嘻地点点头："想。"

沈知南笑了笑，又吻了上去，一边亲一边抱着她往客厅走。

苏念意这会儿想起来叶语姝还在客厅沙发上，她推了推他，含糊不清地说："有人在……唔……"

叶语姝看着这对腻得要死的臭情侣，忍不住翻了个白眼。

就是说，能给她这个刚失恋的人留条活路吗？

像听清了苏念意的话，沈知南放开她，视线往前，看到了正坐在沙发上一脸无语的叶语姝。

被人看到和女朋友亲热，沈知南并没有觉得尴尬。

他很快就恢复成平常的模样，朝叶语姝点了点头。

叶语姝扯出一个微笑回应他。

苏念意觉得有些尴尬，挣扎着从沈知南身上下来。

都怪她刚刚太兴奋了，一时间忘记了叶语姝还在。

叶语姝是个很识相的人，知道两人几天没见，肯定想腻歪腻歪。

她站起身，看向苏念意，善解人意地说道："念念，我先回房间了，你们可以当我不存在哈。"

苏念意不是个重色轻友的人，于是拉住她："没事呀，电影还没看完呢，我们一起看。"

"……"

于是接下来的场面就是，三人坐在沙发上，苏念意坐在中间，叶语姝和沈知南坐在她两边。

看了一会儿，苏念意有点想上洗手间，于是起身离开沙发。

这时客厅只剩下沈知南和叶语姝。

苏念意走后，叶语姝哪还有心思看电影，只觉得如坐针毡。

此时电视里放的是个爱情片，剧情正发展到男女主接吻的部分。

客厅里又只开了一个小灯，她觉得这氛围实在是有些诡异。

她瞄了眼沈知南，发现他正气定神闲地盯着屏幕，脸上没什么表情波动。

眼瞅着电视里男女主就要双双滚向大床，苏念意还在卫生间，叶语姝想了想，站起来，拿起茶几上的手机："那个……我手机没电了，我去充个电。"

说完，叶语姝立马逃离了这个让她呼吸困难的地方。

叶语姝刚进入房间不久，苏念意就从卫生间出来了。

她走到沙发边坐下，问沈知南："姝姝呢？"

"回房间了吧。"

"她怎么突然回房间了？"

沈知南凑近她，轻声道："你说呢？"

温热的气息喷洒在她的耳边，苏念意觉得有些痒，推了推他："好好看电影。"

因为刚刚去上洗手间漏看了一点，苏念意拿起遥控器把进度条调到她去上洗手间前的地方，认真看了起来。

很快，剧情再次回到男女主接吻的部分。

苏念意下意识地看向沈知南，发现沈知南也正看着她，眼眸幽深。

昏暗的灯光加上电视里传出来的音乐。

情感拉扯，暧昧升温，性张力十足。

苏念意舔了舔嘴唇，正想开口说话，沈知南的脸凑了过来。

眼睛盯着她的唇，眼里满是暧昧的情绪。

苏念意明白，他动情了。

她也是。

但是房子里并不只有他们两个人，苏念意抓住脑子里残存的最后一丝理智，往旁边挪了一点，逃出了他的欲望陷阱。

沈知南伸出手，拉住她的手臂，把她扯进怀里。

苏念意猝不及防地靠在他胸前，小声叫他："沈知南。"

"嗯？"

苏念意有些欲言又止："我们要不……"

沈知南亲了亲她的头顶："嗯？怎么了？"

苏念意害羞地把话说完："去你家？"

空气安静了几秒，沈知南忽地笑了一声："我等会儿还要回队里，时间不够。"

"……"

"但是可以亲一会儿。"

话落，沈知南滚烫的气息落了下来。

半小时后，苏念意回到房间，看到叶语姝正躺在床上玩手机。

看到苏念意进来，叶语姝立即坐起身，贼兮兮地看着她："你们刚刚在干什么？"

"你猜。"

"总不是一直在看电影吧。"

苏念意不想跟她讨论刚刚两人到底在干什么，于是拿起床上的睡衣去了卫生间洗澡。

第二天，叶语姝接到了新工作，马不停蹄地进了剧组。

消防队最近也很忙，苏念意就过上了一个人在家的日子。

由于前段时间忙着谈恋爱，苏念意很久都没有直播，也收到了很多粉丝让她直播的私信。

反正最近也很闲，又刚好在这几天收了很多快递，于是苏念意在晚上的时候开始了直播。

这次，她给大家直播开箱。

此时客厅里堆满了快递，苏念意坐在地毯上，一个一个拆，时不时还和粉丝聊聊天。

直播间里，有粉丝发弹幕问她追人后续，苏念意停下手中的动作，跟粉丝分享起来。

"我已经追到啦，现在正在恋爱中。"

很快，屏幕上有很多粉丝给她送祝福，有的还给她刷了很多爱心礼物。

见状，苏念意笑了笑："谢谢大家的祝福，我们会一直甜蜜下去的。"

苏念意又看了会儿弹幕，注意到一个网名叫"苏念念大丑瓜"的网友发的弹幕：呸！倒贴女，真不要脸。

苏念意眼神一顿，这人有病吧。

哪儿来的黑粉。

因为直播间里人太多，这条弹幕很快就被淹没了。

苏念意的情绪很快被她粉丝祝福她的评论安慰到，也就没太在意刚刚那个黑粉说的话。

又跟粉丝聊了会儿，苏念意继续拆快递。

因为宁城已经入秋了，苏念意买了很多秋装和补水的护肤品。

苏念意拿起一个纸箱，慢吞吞用小刀划开，然后打开。

下一秒，苏念意睁大了眼，下意识地尖叫出声，手中的纸箱立刻被她扔到了一边。

手机屏幕里，苏念意一脸惊恐的表情，粉丝立马疯狂发弹幕问她怎么了。

苏念意也没再看镜头，脸色苍白，神情有些呆滞，手还在发抖，像受到了极大的惊吓。

半晌，苏念意慢慢回过神，看向手机屏幕。

她干涩地开口："不好意思，我现在状态有点不好，下次再跟你们聊天，拜拜。"

说完，苏念意直接结束了这场直播。

下了播，苏念意颤抖着手给沈知南打了个电话。

但是那边并没有接，她又打给陈林，也没人接。

她战战兢兢地瞄了眼那个快递，想到里面的死老鼠和带血的纸巾，苏念意感到一阵后怕，全身都在起鸡皮疙瘩。

这肯定是有人恶意寄过来的。

想到这，苏念意直接打了110。

等警察过来时，苏念意把家里所有的灯都打开，电视也开着，调到一档搞笑综艺，试图用这些来分散自己的注意力，不让自己那么害怕。

苏念意坐在沙发上，看着电视上的搞笑综艺，她却完全笑不出来，但心里确实没有刚刚那么害怕了。

看了会儿，苏念意手机忽然响了起来，她拿起手机，看到是沈知南打过来的电话。

她立刻接通。

"念念。"

听到沈知南的声音,苏念意像是被戳到了泪腺,眼泪止不住地流。

"呜呜呜呜……沈知南。"

电话那头的沈知南吓了一大跳:"怎么了?怎么哭了?"

"我吓死了,呜呜呜……"

"谁吓你了?发生什么事了?"

苏念意一个劲地哭,也不说话了。

沈知南的心被揪着,一阵阵地疼。

"念念,我马上回来,等我。"沈知南快步走到路边拦了辆车,跟师傅说了地点后又安慰电话里的人,"念念,不哭了。"

苏念意渐渐止住了哭声,吸了吸鼻子:"嗯。"

沈知南到的时候警察也已经到了。

门是开着的,房里特别明亮,他走进去,看到苏念意正和警察说着话。

沈知南走到她旁边:"念念,我回来了。"

苏念意侧过头,看到是沈知南,小脸立马皱了起来,委屈巴巴地伸手抱住他:"呜呜……沈知南,有人欺负我。"

沈知南亲了亲她的头顶,紧紧抱着她:"跟我说说谁欺负你了。"

苏念意把脸埋在他怀里,闷闷出声:"有人给我寄死老鼠,还有带血的纸巾。"

沈知南愣了愣,手不自觉地收紧,眼神暗了下来。

一旁的警察安慰道:"苏小姐,我们这边会尽快找到那个给你寄这个快递的人的,你放心。"

苏念意从沈知南怀里抬起头,看向警察:"谢谢,麻烦你们了。"

"没事。"

沈知南摸了摸苏念意的脑袋,然后松开她,走到那个纸箱面前,准备打开看看里面。

见状,苏念意连忙拉住他:"不要看,好恶心的。"

沈知南拍了拍她的手:"没事。"

沈知南打开纸箱,看到里面的东西,眼神变得阴暗起来。

同时又在想，刚刚苏念意一个人在家看到这些东西的时候有多害怕。

她在电话里的哭声，更是让他心疼。

"好了，这个东西我们先带回去了，到时候找到人了会在第一时间联系你们的。"警察走过来把纸箱封上，然后拍了拍沈知南的肩膀，"小伙子，好好安慰一下你女朋友吧，都吓坏了。"

沈知南"嗯"了声，然后把警察送到门口。

刚把门关上，沈知南转过身，发现苏念意跟在他的身后。

沈知南看着她脸上的泪痕，抬起手轻轻蹭了蹭："没事了。"

苏念意凑过去抱住他："你今晚能不回队里吗？我一个人在家害怕。"

"嗯，本来就不打算回。"

安静了一会儿，苏念意仰起头，眼睛红红的："沈知南，今晚我想去你家睡。"

"好。"

洗完澡后，苏念意便上了床。

沈知南抱着她，把下巴搁在她头顶上，手一下又一下地轻轻拍着她的背，像是在哄她睡觉。

经历了这么一件恐怖的事，苏念意原本是很害怕的。

但是此时窝在沈知南温暖的怀里，她觉得特别有安全感。

她在他怀里蹭了蹭，周遭都是沈知南的气息，她抬起头，看着沈知南："沈知南。"

沈知南低头看她："嗯？"

"你是不是明天早上就要回消防大队？"

"嗯。"

空气安静了下来。

苏念意很不想他走，这个时候她格外想让他多陪陪她，但是她又说不出口，她不想因为这点小事而耽误他的工作。

沈知南看着苏念意哭得有些红肿的眼睛，低头亲了亲："明天跟上面申请一下，带你去消防队住几天。"

苏念意眼睛亮了起来："真的可以吗？"

"嗯。"

苏念意笑了起来:"我会乖乖的,不会打扰你工作的。"

见她情绪好了点,沈知南也笑了笑:"嗯,睡觉吧,晚安。"

苏念意抬头亲了下他的唇,重新把头埋在他怀里:"晚安。"

第二天一早,苏念意就跟着沈知南去了消防队。

陈林看到沈知南一手拖着一个行李箱一手牵着苏念意往宿舍楼走,下巴都要惊掉了。

发生了什么特殊情况?

还有苏念意,昨天给她回电话也不接,也不知道给他打电话有什么事。

沈知南带苏念意到了一间宿舍里,把苏念意的行李箱放到一边:"我们的宿舍你之前来过的,都一样,有点小。"

苏念意点点头:"嗯,没关系。"

"行李你等会儿自己收拾一下,我现在要去开会。"

"好,你去吧。"

"中午吃饭叫你。"

"好。"

沈知南吻了下她的额头:"那我走了。"

"嗯。"

沈知南走后,苏念意收拾了下行李。

她把带过来的牙刷放到漱口杯里,又把洗面奶和一些护肤品摆在上面。很快,洗漱台就摆满了她的东西。

宿舍里还有个小衣柜,里面衣服不多,就放着几件换洗的蓝色消防服。苏念意从行李箱里拿出自己的衣服放到衣柜里。

中午,沈知南训练完后,回了趟他为苏念意单独安排的宿舍,叫她一起去吃饭。

两人牵着手来到食堂,此时食堂里人比较多,女的也没几个。

沈知南带着她走到一个打饭的窗口排队。

旁边正好是余和他们三人。

看到苏念意,三人睁大了眼:"苏小姐,你怎么在这里?"

"我……"苏念意突然有些不好意思开口说自己来这里住几天。

沈知南一个眼神扫过去:"问那么多做什么?"

三人立刻闭上了嘴巴。

打好饭，由于食堂没太多空位，几人只能凑一桌吃。

刚坐下吃了没多久，陈林就端着盘子走了过来，坐到了苏念意旁边的空位上。

"表姐，我们消防队的饭菜好吃吗？"

苏念意笑了笑："嗯，挺好吃的。"

她敢说不好吃吗？

像是想到什么，陈林问道："你昨晚打电话给我干吗？"

"没什么，就问候一下你。"

"哦，好吧。"陈林往嘴里塞了口饭，"对了表姐，你打算在这儿住多久？"

"……"

气氛安静了下来，坐在对面的三人目光看了过来。

大勇："苏小姐，你是要在这儿住吗？"

苏念意干笑了一声："嗯，住几天。"

像是觉得荒唐，大勇看向沈知南："沈队，队里不是有规定……"

话还没说完，便被沈知南打断："嗯，我跟上面申请了。"

大勇还想说什么，沈知南淡淡说道："吃饭的时候少说话。"

"哦。"

吃完饭，沈知南把苏念意送回宿舍。

想到刚刚大勇在食堂里说的话，苏念意有些担忧地问道："沈知南，我真的可以在这儿住吗？要不我还是回去吧？"

"没事，上面已经同意了。"

听到这话，苏念意放下心来。

为了不打扰沈知南工作，苏念意除了吃饭，都没怎么出过宿舍。

晚上，她照常和沈知南一起去食堂吃饭，吃到一半，警铃突然响起。

一瞬间，苏念意感觉到有一阵风从自己旁边经过。

等她反应过来，食堂里就只剩她一个人坐在那里。

还有那些剩了一大半饭菜的餐盘。

她张了张嘴，又闭上。

她知道，他们又要出警了。

连饭都来不及吃完，沈知南也未来得及跟她道别。

苏念意一个人安安静静地吃完饭，然后又来到窗口，问道："阿姨，请问他们剩下的饭菜要怎么处理呀？"

"放着吧，如果他们回来得早可以接着吃。"

"好。"

从食堂回来后，苏念意去洗了个澡，然后又给沈知南发了条信息，让他一定要平安回来。

虽然她也知道他可能不会回。

偌大的宿舍楼里就只有她一个人，但是她并不害怕。

苏念意躺在并不宽的床上，想等着沈知南回来再睡，但是等着等着，她就抵不住困意睡着了。

半睡半醒间，苏念意听到了沈知南他们回来的声音。她终于松了口气。

放松的神经加上困意，苏念意又慢慢闭上了眼睛。

接下来的两天，苏念意都没有出过宿舍。

又一次吃饭的时间，食堂里，几天没见到苏念意，陈林好奇地问道："沈队，我表姐呢？回去了吗？"

"在宿舍。"

"那她怎么不来吃饭？"

沈知南淡淡瞥了他一眼："你话有点多。"

陈林"哦"了一声，低头继续吃饭。

沈知南轮休那天，苏念意也跟着他一起回去。

晚上，沈知南拖着行李箱，带着苏念意走出宿舍楼。

刚走到楼下，就碰到一个穿着消防制服的男人看着他们，表情看上去有些惊讶。

沈知南表情也是一顿。

然后，她听到那个男人表情严肃地说了一句："沈队，你过来一下。"

"……"沈知南淡定地看向苏念意，"你先去那边等我一下。"

说完，他便走向那个男人。

苏念意不知道是什么情况，但是总感觉这氛围有点不太对劲。

正当她想着，陈林走了过来："表姐，你在这儿干吗呢？"

苏念意看向他："等你们沈队。"

陈林看了看沈知南所在的方向，惊讶道："那不是教导员吗？他不是休假去结婚了吗？怎么这么快就回来了。"

苏念意愣了下："教导员？"

"嗯，跟我们沈队一样是一个超级严肃的人。"

"是沈知南的领导吗？"

"不是，和沈队同一级别的，只是负责的工作不同。"

苏念意点点头，一副她明白了的模样。

陈林看了眼她旁边的行李箱，问道："表姐，你这是要回去了吗？"

"嗯。"

陈林"哦"了声，注意到她脖子上有几个红红的东西。

他睁大了眼，捂住嘴，像知道了一个什么不得了的惊天大秘密，脸也有些红了。

虽然他还是个没谈过恋爱的纯情大男孩，但是他也知道她脖子上的是什么东西。

陈林不好意思再往下想，说了句"拜拜"就转身离开了。

而另一边，沈知南和教导员也说完了话。

沈知南走到她旁边，牵起她的手，离开了消防队。

回去的路上，苏念意想到陈林的话，好奇地问道："你们刚刚在说什么？"

沈知南淡淡道："没什么，聊了点工作。"

苏念意也没怀疑，靠在他怀里跟他商量起了他休息的这两天去哪里玩。

说着说着，苏念意的手机响起，是派出所打来的电话。

她接起来："喂。"

"你好，是苏小姐吗？"

"嗯，是的。"

"我们是宁城北区派出所的张警官，上次接到你的报警，我们这边已经找到给你寄快递的人了，你现在有时间来趟派出所吗？"

苏念意愣了愣："好的，我现在马上过去。"

沈知南看着她，问道："怎么了？"

"警察刚给我打电话，说是找到给我寄快递的人了。"

沈知南眼神暗了下来，转头对司机师傅说："师傅，去北区派出所。"

"好嘞。"

没多久便到了派出所，两人走进去，看到一个女人正坐在大厅，表情看上去有些焦急。

这时张警官走过来："苏小姐，跟我来趟审讯室吧。"

"好。"

像听到了这边的动静，女人闻声看过来。

苏念意跟在张警官后面，匆匆看了一眼，总觉得这个女人有点眼熟，好像在哪儿见过。

沈知南看着眼前的女人，神情一愣。

很快，他就知道了在审讯室里的另一个人是谁了。

他走到女人面前，冷笑一声："看来你已经知道你的好女儿干了什么好事了。"

女人身体一僵，没有说话。

"我记得我提醒过你，管好你的女儿，看来你是管不住，那就只好让警察好好管教管教了。"沈知南语气冰冷，"也不知道我爸知不知道，要不要让他也来一趟？"

女人眼眶泛红，语气有些激动："知南，你先别告诉你爸爸好不好？欣琳肯定不是故意的，你就看在欣琳是你妹妹的分上好好跟那位姑娘说说，让她网开一面，不要再计较了。"

"不计较？你觉得我有那么善良吗？"沈知南面无表情地说，"还有，我从来没有承认过沈欣琳是我妹妹，我没有这么恶心的妹妹。"

女人向来就知道沈知南很不喜欢她们母女俩，甚至可以说是厌恶。

而且现在这件事确实是她女儿有错在先，所以她只能想着看苏念意会不会比他好说话一些。

审讯室里，一张长长的桌子，张警官坐在最上方的位置，苏念意和沈欣琳面对面坐着。

"沈欣琳，你因为什么要给苏小姐寄快递恐吓她。"

"我没有，不是我寄的。"

张警官拍了下桌子,正色道:"我们已经调查清楚快递是你寄的,我们已经和快递员确认,还有你在快递驿站的监控视频,你自己要不要看一下?"

沈欣琳被张警官的威严给吓到,身子抖了一下,然后才支支吾吾道:"我承认……快递是我寄的。"她看向苏念意,眼神恢复往常看她时候的轻蔑:"是我寄的又怎样,我就是讨厌她,以为自己长得很漂亮就去勾引我哥,倒贴女,不要脸,我哥不会珍惜你的。"

苏念意面无表情地看着她:"那你就继续讨厌着吧,确实是我追的沈知南,但是他就是喜欢我,爱我爱得死去活来,你有本事叫他跟我分手啊。"

苏念意嘲讽似的笑了一声:"哦,我忘了沈知南也很讨厌你呢,看来你是没这个本事了。"

沈欣琳被激怒,猛地站起身,作势要去打她。

见状,张警官又重重拍了下桌子:"沈欣琳,这里是派出所,你现在是想在派出所多待几天是吗?"

沈欣琳被吓得抖了一下,然后停住动作,眼眶开始泛红。

没过多久,审讯室的门打开。

三人从里面走出来。

沈知南走上前去,搂着苏念意的肩膀,轻声问道:"还好吗?"

苏念意点点头:"嗯。"

"审讯结果已经出来了,沈欣琳寄快递恐吓苏小姐已经构成故意伤害,现在对沈欣琳进行行政拘留七天的处罚。"张警官说道。

听到这话,沈欣琳哭了起来。

闻言,女人走过来,拉住苏念意的手,恳求道:"姑娘,我们欣琳还小,不懂事,你能原谅她吗?我们赔钱私了行不行?"

苏念意觉得可笑又荒唐,一把甩开她的手:"小?不懂事?什么时候这也可以成为她随便伤害别人的理由了?"

真是什么奇葩都有。

苏念意冷笑道:"我不会原谅她的,她已经不是第一次伤害我了,而且,我不缺你这点钱,我觉得你还是好好管教管教自己的女儿吧。"

女人脸色一僵,这人怎么跟沈知南一样不好说话?

苏念意不想再跟她多说废话,看向沈知南,语气有些疲惫:"沈知南,我们回家吧，我有点累了。"

"好。"

回到家已经是晚上九点，两人都还没有吃晚饭。

沈知南一到家便去厨房下了两碗面条。

餐桌上，苏念意一点胃口都没有。

沈知南知道她心情不好，也清楚发生这件事是因为他，他起身坐到她旁边，环住她的腰，柔声道："念念，对不起。"

苏念意靠在他怀里："为什么会有她这么讨厌的人，老是来欺负我。"

沈知南收紧抱她的手："对不起，是我的错，我没有保护好你。"

他这么一说，苏念意委屈地哭了起来："呜呜……你也好讨厌。"

"嗯，我讨厌，别哭了。"

"我就要哭。"

沈知南低头，一点点的亲掉她脸上的眼泪："等下眼睛哭肿了，就不好看了。"

听到这话，苏念意哭得更凶了："你还嫌弃我。"

沈知南失笑："没有，你怎样都好看。"

苏念意也没有要怪他的意思，就是有点委屈，所以沈知南没一会儿就哄好了。

回想起刚刚沈欣琳说的话，真的极其难听。

偶尔，她也会乱想，女生追男生最后是不是会得不到珍惜，沈知南会不会也认为她是在倒贴他。

想到这，苏念意小声问道："沈知南，你会觉得我追你是在倒贴吗？"

沈知南不知道她为什么会这么问，也不知道她为什么会这么想。

"不是。"他从来不觉得她是在倒贴他，"我觉得你很勇敢，是我要谢谢你，如果不是你那么勇敢地靠近我，可能我这一辈子都得孤独终老了。"

苏念意从他怀里仰起头："那如果是另一个像我这样的女生追你呢？"

"你是这个世界上独一无二的，没有人像你，别人是别人，你就是你。"沈知南轻轻吻了下她的额头，"我只爱你。"

苏念意忽然有些鼻子发酸，平常沈知南就不是一个会说情话的人，很难想象这些话是从他嘴里说出来的。

不过和他在一起的这一段时间里，他俩彼此之间也在相处中了解得更深了一些。

虽然沈知南表面是个严肃的硬汉，看上去性格古板又难相处，但其实他是一个很注重细节的人，尤其是对她。

以前总觉得他太直男，但其实，在她面前，他大部分时候都是很温柔的，也很会哄人，会包容她的小脾气，会第一时间考虑她的感受。

这么好的他，她怎么能忍住不靠近呢。

所以，苏念意认真且郑重地回答他："我最最最爱你。"

也很庆幸，自己能这么勇敢。

轮休的第一天，沈知南精气神很好，上午九点多就起来了。

起床出门买了个早餐给苏念意送了回去，便出了门。

没过多久，一辆黑色的车开进了沈家大门。

沈知南很久没有回来，家里的格局变了不少，但他并不关心。

倒是陈姨看到他回来，有些惊讶。

"知南，你怎么突然回来了？"

沈知南淡淡应了声："有点事。"

"那留下吃午饭吧，我正准备做饭。"

"不了。"沈知南看了眼空荡荡的客厅，"他们人呢？"

"沈先生在书房，太太一大早就出去了，欣琳也不知道去哪儿了，这些天都没回来。"

"好的。"

沈知南来到二楼，敲了下书房的门。

里面传来沈文丰的声音："进来。"

沈知南打开门走进去。

见到来人，沈文丰愣了下："你怎么回来了？"

沈知南没什么表情，也不想多说废话，直接开门见山："沈欣琳被拘留了。"

沈文丰脸色一僵："什么？"

"她给我女朋友寄恐怖快递，还三番五次地挑衅骚扰我们。"

"她为什么这么做？"

"因为她喜欢我。"

听到这，沈文丰像难以置信般地看着沈知南："她喜欢你？胡说八道什么，她可是你妹妹！"

"我妈没给我生妹妹。"沈知南冷笑一声："哦对了，忘了恭喜你了，又要当爸了。"

"什么当爸？"

"看来你老婆还没跟你说这个好消息。"

沈文丰正想说话，这时，门被敲响。

敲了两下，门外的人便自顾自地打开了房门。

"文丰，我回来了。"

沈知南转过头，视线与门口的女人对上，女人神色一愣，脸上的笑容僵住。

沈文丰起身走过来，脸色极其难看："你怀孕了？"

赵晚青顿了下，看向沈知南，随后又收回视线，挽住沈文丰的胳膊，笑着说道："对啊，本来是想在你昨天出差回来后给你个惊喜的，但是昨天我有点事出去了。"

沈文丰冷笑道："有点事？我看是去派出所了吧。"

赵晚青再次看向沈知南，知道他已经把沈欣琳的事告诉沈文丰了。

见她不说话，沈文丰甩开她的手："赵晚青，你女儿的事我先不管，但是你怀孕的事我得好好问清楚。"

赵晚青讨好似的笑了笑："你想问什么啊？"

"你肚子里的孩子是谁的？"

赵晚青脸色一变："文丰，你说什么呢？孩子当然是你的啊。"

沈知南坐在椅子上，嘲讽地笑了声。

沈文丰抓住她的手腕，声音冰冷："我都没有生育能力，你现在跟我说你肚子里的孩子是我的？"

十年前，沈文丰得过一场重病，丧失了生育能力，但当时已经有了沈知南，所以在治好病后，也没太在意过这个事。

听到沈文丰这话，赵晚青脸色苍白，这个孩子确实不是他的。

沈文丰平常很忙，经常冷落她，再加上两人平常夫妻生活很少，赵晚青经常感到空虚寂寞。

偶然一次好友聚会，她认识了一个已婚男人，很快两人就看对了眼，开始了秘密约会。

没过多久，她就发现自己怀孕了。

两个人都是有家庭的，她的第一想法是赶紧把孩子打掉。

但后来一想，她完全可以生下来，当作沈家的孩子。

她一直想给沈家生一个孩子，这样好稳固自己的地位，将来也可以继承一部分财产。

可是和沈文丰结婚的这几年，她都没有怀上，她以为是因为他们夫妻生活太少导致的，所以从来没有怀疑过是因为沈文丰没有生育能力，毕竟都有沈知南了。

见赵晚青默不作声，沈文丰嗤笑一声："怎么？还没想到辩解的话是吧？"

真是可笑，他沈文丰这辈子还是第一次被人戴绿帽，这种滋味太不好受了。

沈知南悠闲地看了会儿戏，觉得没什么意思了，他站起身，走到沈文丰面前："戴绿帽的感觉不好受吧？真希望我妈也能看到你现在这副模样。"

说完，沈知南直接离开了沈家。

回去的路上，沈知南去了趟超市买了些苏念意爱吃的菜。

回到家时，苏念意还在睡。

沈知南俯身亲了下她的脸，然后轻轻退出了她的房间，来到厨房做午饭。

没过一会儿，苏念意闻到了饭菜的香味，翻了个身，慢慢睁开眼，隐约听到厨房传来的声音。

她摸到手机看了眼时间，已经快一点了。

她懒懒地掀开被子准备起床，发现全身都不太能使得上力。

她穿好鞋，来到浴室洗漱。

看着脖子上密密麻麻的痕迹，这几天估计又不能出门，录视频也不好录了。

洗漱完，苏念意来到厨房，看到沈知南正在盛菜。

看到苏念意，沈知南笑了笑："睡醒了？"

苏念意"嗯"了声，走到他旁边，看到是她喜欢吃的辣子鸡和酸汤肥牛，她开心地抬起头："沈知南，你竟然还会做这两个菜。"

"嗯，网上学了下。"

闻着香味，苏念意口水都要流出来了，下意识地想用手拿起来尝一尝。

被沈知南一把抓住:"烫,用筷子。"

苏念意"哦"了声。

拿起筷子尝了下辣子鸡,不是很辣,但是味道很好。

苏念意对他竖起一个大拇指:"沈知南,你真棒!"

沈知南被她逗笑了:"好了,去吃饭吧。"

吃完饭,沈知南收拾碗筷和厨房,苏念意靠在沙发上,摸着圆滚滚的肚子玩手机。

她有很多天没上微博了,私信已经爆满了。

大部分都是问那天晚上发生了什么事。

苏念意没一一回复,直接发了条微博。

苏念念V:不好意思让大家担心了,那天晚上我因为收到了一个恐怖快递,里面是一只死老鼠和一些染血的纸巾,所以当时我被吓到了,不过我报警了,人也已经被抓到了,大家不用再担心啦。

发完,苏念意想到昨天沈欣琳说的话和那天在直播间里看到的那个黑粉发的弹幕,她点开微博的搜索,输入:苏念念大丑瓜。

然后跳出来一个账号,她点进去,里面粉丝没几个,发的微博也全是一些骂她的话。

苏念意顿时就来火了,她知道这个账号就是沈欣琳的,估计是专门用来黑她的小号。

沈知南从厨房出来,看到苏念意气鼓鼓地看着手机。

他走过去,坐到她旁边:"怎么了?"

苏念意把手机递给他:"你自己看,沈欣琳为了黑我,还专门去开了个小号。"

沈知南慢慢地滑动着屏幕,漆黑的眸又黑了几分,他把手机还给她,认真说道:"告她吧。"

苏念意愣了下:"什么?"

"这已经是诽谤了,我帮你请个律师。"

苏念意其实也没想着要去告她,反正她已经受到了应有的惩罚了。

但是想到她发的那些话确实很难听,她心里也很不爽,于是说道:"可以找江屿哥,他就是律师。"

沈知南一顿:"江屿哥是谁?"

"就姝姝的表哥。"

沈知南想起来了,是之前送苏念意回家的那个男人。

"不用,我帮你找别的。"

"我觉得江屿哥就挺好的呀,而且还是认识的人。"

沈知南盯着她,不说话了。

察觉到他的不对劲,苏念意捧住他的脸,笑了笑:"沈知南,你这是……在吃醋吗?"

沈知南面无表情地"嗯"了声。

苏念意觉得他这吃醋的模样有些可爱,凑过去亲了下他的唇:"那就不找他。"

听到这话,沈知南表情缓和了些。

"不过其实我也没打算告她啦。"苏念意一本正经地说,"沈知南,你知道吗,我有快好几百万的粉丝,她们都是站在我这边的,包括你也是,所以我不觉得委屈了。"

沈知南握住她的手:"嗯,那你帮我谢谢她们。"

"好。"

苏念意松开她,拿起手机,发了条感谢粉丝的微博。

苏念念 V:谢谢大家一直陪伴我站在我这边,男朋友说,一定要好好感谢你们,所以你们有什么想要的吗?

刚发了没多久,评论一下就上千了。

没什么想要的,就是想看看嫂子的照片。

不必客气,嫂子浅浅地露个脸吧。

录个情侣日常 vlog[1] 吧!想吃吃念念和嫂子的狗粮!

带着小娇妻一起直播吧!

…………

苏念意看着这些评论,笑出了声。

她把手机递给沈知南:"哈哈哈哈哈,她们叫你'嫂子',还有个喊你'小娇妻'的。"

沈知南的脸沉了下来,这都什么称呼?还是说他像个女的?

---

1. 短视频

苏念意还在笑，笑得肩膀一抖一抖的："你别介意，我的粉丝觉得我比较 A[1]，所以自动把我俩身份调换了。"

？

沈知南完全听不懂她的网络用语，A 又是个什么形容词？

难道这不是一个简单的字母吗？

见沈知南不说话，苏念意又继续道："你看看粉丝的要求，哪个是你能接受的？"

沈知南安静了几秒："还有别的选择吗？"

"嗯……那你自己看看下面的评论。"

沈知南看了半天，下面的评论更加让他难以接受。

有让他唱个歌、跳个舞的，有让苏念意给他化个妆的，甚至还有人问他会不会胸口碎大石。

沈知南突然觉得刚刚热评上的网友提出的要求也不是那么难以接受了。

在大致看完粉丝的评论后，沈知南最后决定让苏念意自己决定，只要不是太过分的要求就行。例如唱歌跳舞和胸口碎大石，只要不是这种他都能接受。

苏念意考虑再三，最后决定拍个情侣日常 vlog，顺便和沈知南出门约个会。于是在晚上睡前，她特地定了个闹钟，想着早点起来拍视频。

从起床开始拍，打算录个甜蜜美好的早晨，两个人一起，就跟偶像剧一样。

结果等她醒来时，沈知南早就起床出门晨跑了。

苏念意想了想，困意再度来袭，她放下手机，决定再睡个回笼觉。

刚闭上眼，就听到外头传来开门动静。

是沈知南回来了。

苏念意睁开眼，立马掀开被子起了床。

来到客厅，苏念意看到餐桌上放着从外面买回来的早餐，肚子咕噜咕噜叫了起来。

这时沈知南正从厨房洗完手出来，看到苏念意，沈知南有些惊讶："今天怎么醒这么早？"

平常不都要睡到中午吗？

---

1. 网络用语，通常用来形容一个人或事物非常帅气、有型、有气场

苏念意走过去抱住他:"饿了。"

沈知南摸了摸她的脑袋:"那吃早餐吧。"

"还没洗漱。"

"那先去洗漱。"

苏念意蹭了蹭,撒娇道:"我好累,不想动。"

沈知南低头看着她,弯下腰抱起她:"我帮你。"

浴室里,沈知南帮苏念意刷牙洗脸,由于不是第一次了,沈知南格外顺手。

苏念意跟个小朋友一样,依赖着他,很喜欢被他这样细心照顾。

因为平日里两人聚少离多,所以她格外珍惜能在一起的时光。

洗漱完,两人来到客厅吃早餐。

苏念意想起来还要拍volg,于是又跑到房间拿了手机出来。

苏念意没有拍两人的脸,只是简单地拍了下早餐,还有她的碎碎念:"跟你们'嫂子'吃早餐,今天我们吃的是小笼包、奶黄包还有豆浆油条。"

录完这一段,苏念意放下手机,开始吃早餐。

听到"嫂子"这个称呼,沈知南皱了下眉:"能换个称呼吗?"

苏念意看多了粉丝的评论,刚刚就不小心顺口叫出来了。

想到她还不知道沈知南的小名,苏念意问道:"那你小名叫什么?"

"我没有小名。"

"啊?好吧。"苏念意凑近他,提议道,"要不我给你取一个吧?"

"……"

"你觉得'南南'怎么样?"

苏念意眨巴着眼睛等着他的回答。

沈知南勾唇笑了笑:"可以。"

"南南。"

"嗯。"

苏念意又叫了一声:"南南。"

"嗯。"

在接下来的时间里,苏念意就时不时这样叫他一句。

沈知南就这样一句句地应着她。

吃完早饭,苏念意化了个日常妆,妆容比较淡。

身上穿了条白色的吊带裙,因为最近天气变冷,苏念意又在外面加了件浅蓝色的针织外套。

整个人看上去清新淡雅，有一种吸引人的清冷气质。

沈知南还是头一次看到她这种风格，平常都是妖娆艳丽，现在突然这么小家碧玉，倒是让他眼前一亮。

苏念意走过去，抱住他的腰身，仰着头问道："我今天好不好看？"

沈知南点点头："好看。"

"嘻嘻，今天走小清新路线。"

沈知南说道："那你把外套扣上，外面刮风，会冷。"

"今天有刮风吗？"

"嗯。"

苏念意跑到阳台感受了一下他说的风，结果就那么一点点的微风，连吹起一根头发丝儿都费劲。

沈知南看着她脖子和锁骨上的一些暧昧痕迹，说道："你脖子还有锁骨上……"

苏念意摸了摸脖子："我脖子怎么了？"

很快，她立刻想到什么，指责道："都怪你。"

说着，苏念意把外套扣上，紧接着又来到化妆间用遮瑕液把脖子上的痕迹遮掉。

弄了半天，终于可以出门了。

玄关处，两人换好鞋，苏念意拿着手机开始拍视频。

"我们现在准备出门啦，今天和嫂……不对，今天和南南出去约会。"苏念意开着前置，镜头对着自己，沈知南由于太高，只露出了一点点下巴。

沈知南把门打开，两人走出去。

一直录到停车场，苏念意才收起手机。

今天并没有什么特别的安排，只是跟普通情侣一样看个电影吃个饭逛逛街。

刚好最近有个大商场新开业，据说今天还邀请了明星过来助阵。

苏念意原本不是很想去的，怕人多拥挤，但是那边开了家她很想吃的泰国料理，而且还听说里面电影院的座椅都是按摩椅，可以躺着，特别舒服。

于是，苏念意拉着沈知南去凑了这个热闹。

到了商场后，偌大的停车场里，都停满了车，根本没有空的车位了。

还好他们到时，有辆车刚好开走才停好车。

下了车后，沈知南牵着苏念意往电梯口走。

此时电梯口有大概七八个人在等电梯，有几个穿着黑色的衣服，看起来像是保镖，中间站着的是一个长发女人，戴着墨镜和口罩。

看到这种情况，苏念意立刻想到这应该就是商场请来的明星。

沈知南瞥了一眼，牵着苏念意走到旁边另一部电梯面前。

苏念意扯了扯沈知南的衣服，沈知南看向她："怎么了？"

苏念意踮起脚凑到他耳边，小声道："那边好像是个明星。"

沈知南淡淡"嗯"了声，视线看了过去。

那边的女人也正看着这边。

沈知南只看了一眼便收回了视线，他又不追星。

女人也收回视线，但在墨镜下的眼睛，余光始终都看着那边。

苏念意好奇地往那边看了一眼，心里猜测到底是哪个明星。

没等多久，电梯便到了。

两人进了电梯，按了个五楼。

苏念意想吃的那家泰国料理就在五楼。

到了楼层，发现商场里人并不多，苏念意还有点庆幸吃饭不用等位。

但是当服务员跟她说前面还有一百二十桌的时候，她有些惊到了，这外面等位的地方不是都没几个人吗，怎么还要等这么多桌？

"小姐，你们要是愿意等的话我就帮你取一个号。"

苏念意看了眼时间，现在才十一点半，感觉也不是很饿，她看向沈知南，问道："你现在饿吗？"

"不饿。"

苏念意想了想，"大概需要等多久？"

"大概一小时，因为刚刚很多取了号的人都去一楼了，不一定会按时过来吃饭，到时候我们会自动叫下一个号。"

苏念意点点头："那帮我们拿一个号吧。"

"好的。"

两人走到等位处坐下，刚坐下不久，坐在不远处的一个女生小心翼翼地凑了过来。

"你好，请问你是网红苏念念吗？"

苏念意愣了下："是的。"

女生弯起唇，表情看上去有些激动："我是你的粉丝，我能跟你合个影吗？"

苏念意笑了笑："当然可以。"

女生看向一旁的沈知南，眼睛都在发光，是八卦之光："那个……这位就是'嫂子'吧？"

"……"空气安静了几秒，苏念意忍着笑意，强行转移了话题："不是要合影吗？"

"哦对！"女生把手机相机打开，递到沈知南面前，"'嫂子'，麻烦你帮我们拍一下吧。"

沈知南没说什么，接过手机。

拍完，沈知南把手机还给女生，女生满怀期待地看了眼。

下一秒，笑容僵住。

呃……看来'嫂子'的拍照技术有点一般。

不过能和自己喜欢的博主合到影，她也很开心了。

女生收起手机，说了声"谢谢"，然后又凑到苏念意的耳边小声说："念念，我们还以为'嫂子'应该是个很害羞柔弱的小奶狗，没想到看上去这么man。"

苏念意也不知道她为什么会这么以为，笑了声，点头肯定："嗯，确实。"

两人又聊了几句，很快就叫到了那个女生的号。

女生进了餐厅后，苏念意发现沈知南一直盯着她，她抬手捏了下他的脸："干吗一直看着我？"

"你们刚刚偷偷摸摸说什么呢？"

"没什么，我粉丝说你看上去挺man的。"

"只是看上去？"

苏念意用手支着下巴："嗯……各方面都挺man的。"

沈知南"哦"了声，凑近她："例如？"

苏念意知道他又要说荤话了，抬手推了推他："这是在外面呢，你注意点。"

看着她渐渐泛红的脸，沈知南笑了笑："那回去我们再好好探讨一下。"

苏念意瞪了她一眼，不理他了。

又等了一会儿，终于叫到了他们的号。

吃完饭，两人准备去看电影。

苏念意挑了个最近上映的国外恐怖片。

付钱时，沈知南迟疑了一下，问道："确定要看这个？"

苏念意很肯定地点点头："嗯，确定。"

"你害怕吗？"

"有点，我看网上评价说很吓人。"

沈知南不自觉地吞了吞口水，再次跟她确认："那你还要看这个吗？"

"看。"

沈知南没再说话，直接付了钱。

进了影厅后，苏念意一边吃爆米花一边跟沈知南说："等会儿我害怕的话记得保护我。"

沈知南"嗯"了声。

没多久电影便开始了，一开始还是很平静的，过了十分钟，画面越来越诡异，再加上有些阴森的音乐。

剧情渐渐开始恐怖起来。

苏念意盯着屏幕，心提到了嗓子眼。

害怕又想看。

屏幕中，一个女人走在一条昏暗长长的过道里，两边都是房间。

气氛很安静，突然，一个房间的门突然打开，发出一阵声响。

女人被吓了一跳，但还是忍不住走过去看一下。

她慢吞吞地走着，终于走到房间门口，房间里一片漆黑，什么都看不到。

看到这里，苏念意猜到下面肯定会很吓人了。

她靠在沈知南的肩上，害怕地捂住了眼睛，但又忍不住在指缝里偷看。

果然，没过几秒，屏幕里发出了一声女人的尖叫声。

苏念意吓得闭上了眼睛，发出一声小小的尖叫。

同时她感觉到沈知南抱着她的手收紧了很多。

大概只过了几秒，屏幕里的恐怖画面没了，苏念意放下手，抬起头看向沈知南。

下一秒，她愣住了。

沈知南竟然睡着了！

不是说要保护她的吗？！

苏念意不开心地撇撇嘴，脑袋从他肩膀上挪开。

是恐怖片太无聊了吗？觉得这个恐怖片不够吓人，丝毫激发不起他的兴趣？也对，他什么大风大浪没见过，就这小小的恐怖片还能吓到他？

想了会儿，苏念意也没叫醒他，自己又继续看起了电影。

但每看到吓人的地方，苏念意又忍不住往沈知南的怀里钻。

电影终于结束，苏念意抬起头，准备叫醒沈知南，就看到沈知南正看着她，也不知道是什么时候醒的。

苏念意"哼"了一声，从他怀里起来。

沈知南凑过去，轻声问道："怎么了？"

苏念意有些委屈："你刚刚怎么睡着了？都说好要保护我的。"

沈知南笑了笑："我不是一直抱着你吗？"

"你都睡着了，你怎么知道你一直抱着我？"

"……"沈知南安静了几秒，"我没怎么睡着。"

"？"

沈知南牵起她的手："走了。"

苏念意觉得沈知南有些不对劲，既然没睡着，为什么不看？真的是因为这个恐怖片太无聊了吗？

这个恐怖片评分挺高的，剧情也不无聊啊。

思考了会儿，苏念意得出了一个让她不可思议的结果。

沈知南不是觉得这个恐怖片无聊，而是不敢看！

他害怕。

想到这，苏念意忍不住笑出了声。

听到她突然一个人笑了起来，沈知南侧头看向她："你笑什么？"

苏念意也没打算拆穿他，笑道："没什么。"

从电影院出来，两人又在商场里逛了会儿。

逛到一楼时，苏念意看到商场中间搭了个舞台，不过此时人都已经散得差不多了，只有工作人员在收拾东西。

苏念意看了一眼，视线瞥到了一张大海报上。

海报上的女人小脸精致，唇红齿白。

是现在的国民女神——林岚。

苏念意想起来今天上午在停车场碰到的那个明星，应该就是她了。

逛了会儿，买了些东西，又录了几条视频后，两人便回了家。

到家后，沈知南在厨房做饭，苏念意在客厅剪今天拍的vlog。

等她剪完，沈知南也差不多做好了饭。

吃饭时，苏念意把自己剪完的视频给沈知南看。

沈知南认真地看完，点点头："挺好。"

"嘻嘻，那我们以后要多拍点，记录我们在一起的每一天。"

"嗯。"

吃完饭，收拾好碗筷，沈知南靠在沙发上看新闻，苏念意躺着，脑袋枕在他的腿上看粉丝的评论。

因为今天拍的那条vlog中，并没有拍到沈知南的脸，他只露出了一点点下巴。

所以那条vlog才发了不到一小时，粉丝就在评论区喊话，让'嫂子'露个脸。

其中还有一条评论：我今天有幸碰到念念跟'嫂子'出来约会，我敢跟大家保证，嫂子看上去非常的Man，念念本人也超级好看。

苏念意猜测这应该是今天在商场里碰到的那个女生。

但是这条评论下面很多人都在质疑她。

你骗人的吧，念念这么A，嫂子肯定是纯情小奶狗。

御姐跟小奶狗cp才是绝配！！！

我们不信，除非你有照片为证。

看到这些质疑，女生立刻在评论下回复：只有我跟念念的合影，还是嫂子帮忙拍的。【图片】

紧接着，苏念意也在下面评论：我给她作证，她没有骗人。

然后，下面的评论都是清一色的：

啊啊啊！！！我好羡慕！！

我也想跟念念合影。

通过这张照片能看出来，嫂子是个不会拍照的直男。

快点让嫂子露个脸啊，真的太好奇了。

究竟是什么样的绝世男人还能让念念主动追求，我真的好想知道。

求求了，让'嫂子'露个脸吧。

…………

苏念意看评论看笑了，她抬眸看向正在专心看《新闻联播》的沈知南。

"沈知南。"

沈知南垂眼看她："怎么了？"

"你介意在我微博上露脸吗？"

"不介意。"

苏念意笑了笑："哦，知道了。"

说完，苏念意点进相册，选了一张两人之前在海族馆约会拍的合照发在了微博上。

苏念念 V：非常 man 的南南。【图片】

没一会儿，评论区就爆了。

这也太帅了吧！！！

果然很 man！！！

9命[1]，好配啊！谁说御姐一定要配小奶狗的，配这种阳刚正气的帅哥也很搭啊！

该改口叫姐夫了，嫂子不太适合这么 man 的男人。

我终于知道念念为什么要主动出击了。

这么帅的男人最终也没逃过念念的美貌攻击，这要是搁我这还不得追个百八十年啊，还不一定能追得到。

……

苏念意看了会儿评论，又盯着沈知南看了会儿。

确实。

沈知南很帅。

而且是越看越帅的那种。

她抬手戳了戳沈知南的腹肌："沈知南，我的粉丝说你长得很帅很 man。"

沈知南低下头看着她："嗯。"

苏念意怕他会骄傲，又补充道："当然了，我这么漂亮，配你还是绰绰

---

1. 网络用语，"救命"的意思。

202

有余的。"

沈知南笑了笑："嗯,再漂亮一点我就配不上你了。"

"那倒也不至于。"

沈知南捏了下她的耳垂："还好我够帅够 man。"

他低下头,弯腰亲了下她的唇。

苏念意有一瞬间的愣神,但很快又闭上了眼睛,顺从地回应着他。

等苏念意反应过来,她已经无路可退。

浴室里的灯光清净明亮,能把所有眼睛看到的一切清晰地展现出来。

温热的水从花洒里源源不断地落下,热气渐渐开始蔓延,弥漫在这个狭小的空间里。

一切开始变得模糊。

苏念意的视线也开始变得模糊起来。

但她的意识却很清醒。

她觉得,此刻花洒里流的不是水。

而是浪漫。

从浴室出来后,苏念意靠在沈知南怀里,完全不想动。

沈知南把她放进被窝里,从背后抱住她,吻落在她的后颈。

苏念意转过身,把手抵在他的胸前,声音嘶哑:"我好累。"

看她这一副累惨了的模样,沈知南亲了亲她的额头,声音极其温柔:"嗯,睡吧。"

苏念意软绵绵地打了下他,小声催促道:"那你快去给我拿睡衣。"

沈知南笑了声:"好。"

换上睡衣后,苏念意眼皮重得不行,没多久便沉沉睡去。

而沈知南却不太能睡着,明天要回消防队,可能又得好些天见不到面。

真想每天都把她带在身边。

人啊,一旦有了贪念,就控制不住自己的动作。

沈知南回到消防队后,苏念意抽空回了趟南怡苑。

房子已经装修好了,接下来还得置办一些家具以及散味了。

虽然房子过几个月就能住了,但是南怡苑离景和北苑有段距离,以后她和沈知南要见个面岂不是更难了?

　　她又不好意思主动提出来想跟他同居,即使两个人已经发展成为那种亲密关系了,她也还是要稍微矜持一下的。

　　况且,这都还有好几个月呢。

　　沈知南轮休的前一天,苏念意因为要参加一个商业活动,上午就飞去了京城。

　　活动举行一天半,所以苏念意刚好是在沈知南休息的第一天下午回来的。

　　回到宁城时,已经是晚上六点。

　　苏念意拖着行李箱走出来,看到沈知南正站在出口处等着她。

　　她飞快地跑过去,松开行李箱,一下就跳到了他身上。

　　沈知南稳稳地抱着她,亲了亲她的头发:"有没有想我?"

　　苏念意点点头:"想,你呢?"

　　"嗯,很想你。"

　　苏念意晃了晃腿:"有多想?"

　　"非常非常想你。"

　　苏念意嘻嘻笑了两声,看到过往的人都看着他们,她有些不太好意思,说道:"回家吧,我有点累了。"

　　"嗯。"

　　苏念意从他身上下来,沈知南拿过她的行李箱,牵着她往机场外走。

　　回去的路上,苏念意懒洋洋地靠在副驾驶的座位上,跟沈知南说着她在京城这两天发生的事。

　　沈知南一边开车一边时不时回应她一句。

　　说着说着,苏念意怕开车时一直和他聊天会打扰他开车,于是便没再说话。

　　见她安静下来,沈知南侧头看了她一眼:"念念,怎么不说话了?"

　　"怕影响你开车。"

　　沈知南笑了笑:"没事。"

　　想到等会儿还要去参加高中同学聚会,沈知南问道:"念念,等会儿我得去参加同学聚会,你要跟我一起去吗?"

　　苏念意打了个哈欠:"我去不太好吧,我跟你同学又不认识,感觉会有点尴尬。"

沈知南知道她其实是累了，不太想去。

本来他也是不想去的，主要是因为这次聚会是高中时候玩得比较好的几个男生组的局，给他打了好几次电话让他一定要去，还特意挑了个他休息的时间。

"嗯，那我先送你回家休息。"

到家后，苏念意立马躺在沙发上，丝毫不想动。

沈知南站在边上看着她："饿不饿？我给你煮碗面。"

"你不是要去参加同学聚会吗？"

"晚点去没关系。"

苏念意在飞机上吃了些零食，现在并不是很饿："我现在不饿，只想睡觉，没关系，你去吧，我等会儿洗个澡就准备睡了。"

沈知南俯身亲了亲她的额头："好，我早点回来。"

"嗯。"

沈知南出门后，苏念意直接躺在沙发上睡着了。

另一边，沈知南开车来到周北生的饭馆。

他到包厢时，大家已经在吃了。

听到包厢门口的动静，大家都不约而同地看了过来。

"哎呀，我们的沈大队长来了。"

周北生朝他招了招手："快点快点，过来坐。"

沈知南看了一眼唯一的一个空位，没说什么，走过去坐下。

旁边的人对着他笑了笑："知南，好久不见。"

沈知南礼貌地点点头。

饭桌上，大家又继续刚刚在聊的话题。

"唉，你们说为什么找个女朋友就这么难呢？我都快三十了恋爱都没谈过。"

"那我比你还是要好点，我至少在上大学时候谈过一次。"

"没事，这不是还有我们沈大队长陪着你们吗？"

"对，他之前在学校的时候那么多漂亮女孩子追，真的是一点都不为所动，像我们林大明星当时也追过他，他也没一点……"

"咳咳。"话还没说完，就被周北生打断。

两人都还在这儿呢，说话能不能带点脑子。

气氛突然一下就尴尬了起来，林岚像是不在意般笑了笑："这都是很久以前的事了，我们早就忘了。"她停顿了几秒，又说："而且现在知南已经有女朋友了，可能不能陪你们了哦。"

"真的假的？"

沈知南点点头说："真的。"他笑着补充道，"所以我今天吃完饭得早点回家，女朋友还在家等我。"

"怎么不直接带过来？正好也让我们见见是什么仙女让我们沈队动了凡心。"

沈知南不自觉地勾唇："她刚出差回来，有些累了。"

"我是真没想到在我有生之年还能吃到你的狗粮。"

沈知南又笑了下，没再接话。

林岚看着沈知南的侧脸，她好像从没看他这样笑过。

今晚，林岚已经看他笑了三次了，每次都是在提到他女朋友的时候才会露出这样的表情。

他到底有多喜欢他的女朋友呢？

林岚可能这辈子都体会不到。

吃完饭，大家准备去下一场。

沈知南没有去，大家知道他要赶着回去陪女朋友，也没强求他。

饭馆门口，大家都去了KTV，只剩林岚和沈知南。

林岚侧头看着沈知南，笑了笑："知南，我觉得你谈了恋爱后变了许多。"

沈知南看向她，没接话。

"你变得爱笑了。"——不像以前那样对什么事情都冷漠寡淡，多了点人情味。

而这些改变，并不是因为她，而是因为另一个女孩。

那个女孩她见过，很漂亮。

听她的小助理说，她性格很可爱活泼，不矫揉造作。

她也曾到她微博主页看过她发布的视频。

那个vlog，她反反复复看了好多遍，他虽然没露脸，但她却能清晰地感受到两人之间有多甜蜜。

还有那张两人的合照，女孩依偎在他的肩膀上，笑得那么甜蜜。

而他，笑容很浅，但却是发自内心的宠溺的笑。

所有这些，她都未曾拥有过。

"你能找到自己的幸福，我也替你感到开心。"

沈知南礼貌地弯唇笑了下："谢谢。"

"嗯，那我先走了，再见。"

"再见。"

和沈知南道别后，林岚快速上了保姆车。

没有再回头。

她那么一个骄傲的人，在十七八岁的年纪，也会放下面子和尊严，反复问他能不能喜欢，也会整天追在他屁股后面跑。

甚至会因为他的不喜欢，时常感到自卑。

当了明星后，她又努力让自己多出镜，活跃在大屏幕上。

还会因为他自降片酬主动找导演出演和他职业相关的电影。

自己所做的这一切，不过都是为了能让他看到她、多注意到她。

甚至这次聚会，都是她推掉了一个很重要的活动，才有时间过来参加的，只是为了见他一面。

但是那个女孩的存在，却让她觉得，她所做的这些都是没有意义的。

他不喜欢就是不喜欢，她做再多都没有用。

就算没有那个女孩的出现，他也还是不会喜欢她。

这个男人永远都不会属于他。

所以她不会再回头了，她要做回那个骄傲的自己。

再也不要为爱情低头了。

沈知南回到家时，看到苏念意正躺在沙发上呼呼大睡，毯子都没盖。

阳台门也是开的，晚风一阵阵吹进来，把她两侧的头发吹到了她的脸上。

可能是觉得痒，苏念意抬手胡乱抓了两下。

但又睡得极其安稳。

沈知南叹了口气，走过去轻轻抱起她，把她放到床上。

又怕她睡不舒服，沈知南把她的外套脱掉。

看着她红艳的唇和眼睛上的眼影，沈知南忽然想起来她每次睡之前都要把这些擦掉的。

想到这儿,沈知南起身来到浴室,凭着记忆找到了卸妆水。

回忆了一下她平常的用法,沈知南拿了张化妆棉,倒了点卸妆水在上面,然后轻轻帮她把脸上的妆给卸掉。

卸完妆,又用洗脸巾帮她擦了下脸。

做完这些,沈知南去浴室洗了个澡,然后轻手轻脚地躺到她旁边,亲了下她的额头。

"晚安。"

隔日一早,苏念意醒来时沈知南正躺在她旁边,正直勾勾地看着她。

苏念意下意识地想拿手机看下时间,结果摸了半天都没摸到。

她想起来昨晚本来是睡在沙发上的,手机也放在那儿。

苏念意揉了揉眼睛,问道:"几点了?"

"八点多。"

苏念意看着他有些疑惑,平常这个点他不都晨跑完回来叫她起来吃早餐吗?

"你今天怎么没去晨跑?"

沈知南环着她的腰,把脸埋到她的侧颈:"想多陪你一会儿。"

"哦,那我再睡一会儿。"

说完,苏念意翻身往他怀里拱了拱。

沈知南亲了下她的头顶,然后往下。

顺着眼睛、鼻子,再到嘴唇。

苏念意推了推他,捂住自己的嘴:"我没刷牙。"

沈知南亲了亲她的手背,笑道:"好。"

两人吃完早餐后,去了趟超市买东西。

回来时,在小区里碰到了之前给苏念意指路的阿姨。

苏念意还记得她,于是主动跟她打了声招呼:"阿姨好。"

沈知南:"阿姨。"

阿姨朝沈知南点点头,又看向苏念意,像是也认出她来,她温和地笑了笑:"你就是上次那个找不到18栋的姑娘吧?"

苏念意点点头:"是的。"

阿姨看向旁边的沈知南，又看到两人手牵着手，顿时明白了什么："原来那天你是过来找小沈的？"

"呃……不是的阿姨，我住在这儿。"

阿姨笑着道："挺好，我刚见到你第一眼，我就觉得你和小沈很配。"

苏念意开心地笑了笑："嘻嘻，是吗？"

"嗯，从外貌上看很般配。"

"谢谢阿姨。"

"到时候记得请阿姨喝喜酒啊。"

沈知南笑了笑："好的，一定。"

和阿姨道别后，两人继续往前走。

回到家，沈知南把食材放进冰箱里，苏念意坐在沙发上一边刷朋友圈一边啃薯片。

刷着刷着，苏念意刷到了叶语姝发的一条朋友圈。

是她和周北生的合照。

配文是：兜兜转转还是你。

苏念意："……"

这两人复合了？什么时候的事？

秉承着要时常关心问候闺蜜的原则，苏念意给叶语姝发了条微信。

苏念意：你跟周北生复合了？

叶语姝秒回：嗯。【害羞】

叶语姝：是我误会他了，他跟我好好解释了。

苏念意：所以跟他吃饭的那个女的是谁？

叶语姝：他客户，当时他正和客户谈合作，所以才挂我电话的。

苏念意：那他为什么不早点跟你解释？

叶语姝：因为我把他拉黑了。

苏念意：……

叶语姝：后来他来剧组找我亲自跟我解释的。

苏念意给她回了个竖起大拇指的表情。

苏念意正跟叶语姝聊着，沈知南坐到了她旁边。

"在跟谁聊天呢？"

苏念意随口道："姝姝。"怕他又听错，苏念意又补充道，"叶语姝。"

"嗯。"

想到叶语姝和周北生经常吵架闹分手，苏念意突然也有些害怕她和沈知南有一天也会这样。

她靠进沈知南的怀里，问道："沈知南，如果有一天我们吵架闹分手了怎么办？"

"不会。"

"啊？"

沈知南一字一句道："不会吵架，更不会分手。"

"可是万一呢？"

沈知南沉默下来，闭了闭眼，把她抱得更紧："没有万一，别说了。"

苏念意"哦"了一声，感受到他的手越收越紧。

她安静地在他怀里靠了一会儿，听到手机突然连续响了好几下。

她拿起手机看了下，是叶语姝给她发的信息。

叶语姝：你看微博了吗？你家沈队长上微博热搜了！

叶语姝：居然还是和林岚一起！

叶语姝：他俩怎么会认识？难道是之前剧组来消防队培训的时候认识的吗？

看到这三条信息，苏念意立马从沈知南怀里出来。

沈知南愣了下："怎么了？"

苏念意没回答他，而是打开了微博热搜。

微博热搜第一条：国民女神林岚昨天深夜与一男子相约吃饭，疑似恋情曝光。

她点进去，照片中，两人站在饭馆门口，林岚正笑着和沈知南说着话。

苏念意："……"——所以昨天晚上沈知南是和林岚去吃饭了？

想到沈知南之前和她说过林岚是她的高中同学，苏念意看向沈知南："你昨晚参加的是高中同学聚会？"

沈知南表情很坦然："嗯，怎么了？"

"你怎么不早说是高中同学聚会，不然我就跟着去了。"

沈知南笑了笑："你不是说都不认识怕尴尬吗？"

"林岚我认识啊，我要是去了，你就不会跟她传绯闻了。"

沈知南一顿："什么绯闻？"

苏念意把手机递给他："喏，你自己看。"

沈知南看着这条微博，忽然有些慌乱，怕苏念意误会，立刻解释道："我跟她没什么。"

苏念意把手机从他手里拿过来，笑了笑："我知道。"

她是相信他的，甚至在后悔自己为什么昨天没跟他一起去。

虽然她不太确定林岚是不是喜欢沈知南，但是她可以确定，沈知南不会做出伤害她的事。

沈知南正想开口，他的手机响了起来。

是一串陌生号码。

他犹豫了一下，接了起来。

"喂。"

"我是林岚。"

"……"

"你看到微博热搜了吗？"

"看到了。"

那边安静了几秒："我会立马发微博澄清的，我也不知道怎么被拍到了，很抱歉。"

"嗯，希望你能尽快澄清。"

"嗯，你放心，你女朋友在你旁边吗？"

沈知南沉默了下："在。"

"我能跟她说几句吗？"

听着这对话，苏念意知道是林岚打过来的。

沈知南看着苏念意，把电话递给了她。

"你好，苏小姐。"

苏念意愣了下："你好，林小姐。"

"很抱歉给你们造成的困扰，我这边已经在准备公关澄清了。"

"嗯。"

"我们昨天是高中同学聚会，并不只有我和知南两个人，照片里是吃完饭后，我跟他礼貌地聊了两句，是很正常的同学之间的对话。"林岚停顿了几秒，继续道，"苏小姐，我觉得我应该跟你坦白一件事，我确实喜欢知南，从很久以前就喜欢了，但你放心，我从没想过要去破坏你们的感情，也对自己这么多年的感情释怀了，我看得出来他很喜欢你，所以我是很真心的祝你们幸福。"

苏念意安静地听着，对别人喜欢自己的男朋友这么多年而感到吃醋。

但是她又没办法去指责林岚。

因为林岚说话的语气和话语里的诚恳让苏念意说不出指责她的话。

喜欢一个人没有错，她也确实没有破坏过苏念意和沈知南的感情。

苏念意虽然没有和林岚相处过，但是却在网上看到过林岚为好几个贫困地区捐了几所学校，还经常做各种公益，也很少在网上刷到林岚的负面新闻，而娱乐圈里的人对林岚的评价都是说她人品好、有教养。

所以，她同样作为一个有教养的人，根本没办法找她的茬，挑她的刺。

苏念意沉默了一会儿，开口说道："谢谢你的祝福，也祝你早日找到属于自己的幸福。"

"谢谢。"

挂断电话，苏念意把手机还给沈知南。

沈知南观察着她脸上的表情，有些担忧。

"沈知南，她喜欢你，你知道吗？"苏念意问。

沈知南愣了下："那是很久以前的事了。"

苏念意顿住，沈知南不知道林岚从以前到现在都一直喜欢他吗？

见苏念意不说话，沈知南继续道："上学那会儿她确实喜欢我，也追过我，但是我不喜欢她，就拒绝了她，毕业后我们俩就没联系过了，我也没有她的联系方式。"

听到这，苏念意明白过来。

这么多年，林岚也没主动联系过沈知南。

她一直都是在默默喜欢着他。

苏念意突然有些感慨，连国民女神都爱而不得，所以她是有多幸运。

喜欢的人刚好也喜欢自己。

沈知南："念念？"

苏念意回过神："嗯？"

"你怎么不说话了？"

苏念意凑过去抱住他："没什么，就是在想我怎么这么幸运。"

"什么？"

"能遇到你。"像想到什么，苏念意又继续道，"不过这遇见你的代价有点大。"

"嗯？"

"烧了我一套房子。"

沈知南忍不住笑出声，宠溺地说："嗯，我赔给你，带着房子和人全都赔给你。"

苏念意想了想："嗯……这样一看，好像我赚了。"

"没有，是我赚了。"

"是我赚了。"

"是我。"

苏念意从他怀里坐起来，非要跟他争个输赢："是我！就是我！"

沈知南这个大人哪能和小朋友争呢，当然是让着她啦！

等苏念意再次看微博时，她的微博已经沦陷了。

私信和评论区全是在问她热搜是不是真的，姐夫和林岚到底是什么关系。

苏念意没有回应，她在等林岚那边先澄清。

没过多久，林岚工作室发布声明，澄清了两人只是普通的高中同学关系，并无任何其他关系。

此声明一出，苏念意也发了条微博。

苏念念V：关于我男朋友的高中同学是国民女神这件事，早知道我就和他一起去参加聚会了，不然我还能和女神合个影要个签名。

林岚在下面评论：下次聚会一定要来，合影和签名一个都不会少！

苏念意笑了笑，回复：好的！

紧接着，她看到林岚跟她互关了。

吃瓜的网友看到两人的互动，觉得现在的营销号真的太会瞎编了。

于是这条热搜的热度很快就降了下去。

这事解决后，苏念意总算松了口气。

晚上吃饭时，由于沈知南做饭太好吃，导致苏念意吃得有些撑。

她摸着圆滚滚的肚子靠在沙发上，觉得自己自从和沈知南在一起后都胖了一些。

她走到体重秤上称了下体重。

下一秒，苏念意尖叫一声："啊——"

沈知南快速从厨房走出来："怎么了？"

苏念意一副要哭的表情看着他："沈知南，我胖了好多斤，呜呜……"

"……"——他还以为是什么事呢。

沈知南走过来，看了看体重秤上的体重数字，一本正经道："才九十二斤，还可以更胖点。"

"我之前只有八十八斤的。"

沈知南想了想："你刚刚吃了饭，这体重不准。"

"我刚刚吃饭吃了四斤？"

"……"

"不行了，我要减肥了。"苏念意信誓旦旦地说，"从明天开始，我要少吃点了。"

沈知南也不知道她这细胳膊细腿到底哪里胖了，他把她抱起来，笑着道："你知道减肥最关键的是什么吗？"

苏念意一脸蒙："什么？"

"运动。"

苏念意想了想，觉得他说的有道理："要不我再去找个健身教练？"

"不用，我可以帮你。"沈知南笑了笑。

减肥这件事被苏念意抛到脑后，她照旧该吃吃该喝喝。

这个月，苏念意的例假提前几天到了。

当晚，沈知南就抽空回了趟景和北苑。

回来时，苏念意正坐在地毯上用电脑写视频脚本。

沈知南走过来坐到她旁边，摸了摸她的小腹："疼吗？"

"吃了止痛药，不是很疼啦。"

"嗯。"沈知南起身，走进厨房给她煮红糖水。

没过一会儿，沈知南端着红糖水走出来，把红糖水递给苏念意："喝点这个。"

苏念意笑了笑："先放旁边吧，我写完脚本就喝。"

"等会儿凉了。"

"没事，我就快写完了。"

沈知南把红糖水放在茶几上，没再说什么。

等写完脚本，苏念意点击保存，然后下意识地退回了桌面。

她伸了个懒腰，看向沈知南："终于写完了，我先去趟洗手间，等会儿再喝。"

沈知南无奈地点点头："嗯，去吧。"

苏念意去了洗手间后，沈知南坐在原地，忽然视线瞥到电脑桌面上的一个文件。

文件名字是：攻陷沈知南计划。

他不自觉地抬手握住鼠标，双击点了进去。

里面是一个十几页的PPT，密密麻麻全是字。

沈知南快速翻了一下，很快他听到了浴室里传来冲水的声音。

他思考了几秒，然后淡定地点进了电脑上面的微信。

等苏念意走出洗手间，沈知南正低着头看着手机。

听到动静，沈知南摁灭手机，抬头看了眼她，然后拿起茶几上的红糖水起身："有点凉了，我重新给你煮。"

说完，沈知南便进了厨房。

苏念意也没在意，坐到电脑面前，准备再检查一下刚写的脚本。

没多久，沈知南又重新端了杯热的红糖水出来。

苏念意乖乖把它喝完。

两人又腻歪了会儿，到了九点半，沈知南回了消防大队。

苏念意躺床上玩手机。

刷了会儿微博，苏念意觉得无聊，于是想找沈知南聊天。

点开和他的聊天框，苏念意看到她在八点二十五分给沈知南发了一个文件。

文件名称是：攻陷沈知南计划。

苏念意立刻从床上坐了起来，"啊"了一声。

这是怎么回事？！

她记得她没发啊。

难道她失忆了？

苏念意回忆了一下八点二十五分自己在干什么？

她记得她写完脚本时看了眼时间，大概是八点二十，然后写完后她就去了洗手间。

所以……

这是沈知南自己用她的微信发的?

苏念意沉默了几秒,给沈知南发了个问号过去。

此时沈知南正躺在床上认真看这个属于他的计划,看到苏念意给他发的信息,他下意识地看了眼时间,然后回复:十点了还不睡觉?

苏念意:你竟然偷看我隐私!

沈知南愣了下,知道她已经发现了,笑了笑,回复:嗯,对不起。

他从来不知道她为了追他,下了这么多功夫。

他甚至还曾怀疑过她的真心。

沈知南认认真真打了一行字发过去:我都记下来了,那一百件情侣必做的小事,我会一件件陪你去完成。

不止一百件,一千件一万件,甚至更多。

苏念意本来有点生气,但是看到这句话,气又消了大半。

苏念意:哦。

沈知南:嗯,快睡吧,晚安。

苏念意:晚安。

最近消防队比较闲,所以这段时间,大家都松散了下来。

沈知南觉得这样下去不行,于是给大家制订了新的训练任务。

这天上午,大家正被沈知南盯着在训练场训练,忽然有个女人走到沈知南旁边,小心翼翼地问道:"你好,请问你们这是不是有个叫陈林的消防员?"

沈知南看着这张和陈林有些相似的脸,回答道:"是的。"

"我是他妈妈,你能让他来一下吗?我有点事想跟他说。"

"嗯。"

沈知南吹了下口哨,对着不远处的人喊道:"陈林过来一下,其他人继续。"

正在做单杠的陈林看到沈知南旁边的人,愣了会儿,然后慢慢走了过来。

"妈,你怎么知道我在这儿?"

女人抓着陈林的手臂,上下打量了一番:"臭小子,你还能瞒得过你妈吗?"

"我爸是不是也知道了?"

"他不知道,以为你去哪儿鬼混了。"

听到这,陈林松了口气:"那就好。"

女人心疼地看着自己的儿子,眼眶泛红:"在这儿是不是很辛苦?看你都瘦了。"

"不辛苦,我这不是瘦,我这都是肌肉。"说完,陈林撸起袖子展示自己的肌肉给女人看。

女人笑了笑:"好,妈妈不会阻拦你当消防员,但是你一定答应妈妈要平平安安的好吗?"

"知道啦。"陈林也笑了,看向沈知南,"有我们沈队在,一定能平平安安的。"

女人也顺着他的视线看了过去:"这就是你们队长吗?"

"嗯。"

女人带着陈林走到他面前,声音里带着恳求:"队长,我们陈林就麻烦你多照顾了。"

沈知南眼眸微动:"嗯,应该的。"

"那谢谢你了。"

"不客气,舅妈。"

"……"女人一顿,空气像是凝固了。

舅妈?

陈林干笑了两声:"那个……妈,我们沈队就是表姐的男朋友。"

女人愣了一会儿才反应过来:"是念念的男朋友吗?"

沈知南笑了笑:"嗯,是的。"

女人看向陈林:"那沈队长就是你表姐夫了,要好好跟着他训练,知道吗?"

"知道了知道了。"

女人又跟陈林唠叨了几句,跟沈知南道了谢后,才离开消防队。

送完人回来,陈林走到沈知南旁边,说道:"沈队,不好意思啊,我妈有点唠叨。"

沈知南难得露出了一个类似羡慕的表情:"没事,挺好的。"

陈林挠了挠头,傻笑了两声:"那我去训练了。"

"嗯。"

晚上，苏念意正在沙发上看电视的时候，沈知南回来了。
她好奇地看着他："你怎么回来了？你不是说今天不回来吗？"
沈知南走到她旁边，环住她的腰，把下巴搁在她肩膀上："明天休息。"
"我记得你后天才轮休。"
"嗯，有事请假了。"
"什么事？"
沈知南安静了一会儿，才轻声道："你明天有时间吗？"
"有。"
"嗯，陪我出趟门。"
苏念意总觉得他有些不对劲，情绪也不太好。
她捧着他的脸，问道："你怎么了？"
"有点难过。"
苏念意愣住，她很少看到沈知南会这样明确表现出这种难过的情绪，她好像从没看到过。
这是第一次。
她凑过去抱住他："发生什么事了？"
"没有。"
"那你为什么难过？"
沈知南神色有些低迷："可能是因为我最不喜欢的日子快要来了吧。"
苏念意松开他："明天是个什么特别的日子吗？"
沈知南眼睫动了动："嗯，明天是我妈的忌日。"
是他这辈子都没办法忘记却又想忘记的日子。

十月底的宁城，正式进入了深秋。
天上乌云密布，地上昏暗阴沉。
沈知南手上拿着一束白色菊花，牵着苏念意走在长长的阶梯上。
墓地的阶梯总是那么长，漫长到想要见一面逝去的亲人都显得那么艰难。
大概走了十几分钟，才到达沈妈妈的墓碑前。

两人把手上的白色菊花放在墓碑前。

沈知南表情很淡，但眼神却很温柔："妈，我来看你了。"

苏念意看着墓碑上的照片，那是一张美丽大方的脸，眉眼间和沈知南有些相似。

视线往下，她注意到刻在上面的名字。

南忆。

所以沈知南的名字含义和她的是一样的。

苏念意喉间有些干涩："阿姨，您好，我是苏念意，您儿子的女朋友。"

沈知南温柔地笑了笑："嗯，这是我女朋友，也就是您儿媳妇。"

沈知南蹲了下来，把墓碑前的树叶一片一片捡开。

"他新娶的老婆出轨了，怀了别人的孩子，现在两人估计已经离婚了。"他站起身，平淡地说着这些不是很光彩的家事，"他现在应该体会到了您当时的感觉，妈，我希望您跟我一样恨他，下辈子，就不要再遇见他了。"

苏念意安静听着，突然鼻子有些发酸。

她只知道沈知南家是重组家庭，但并不知道这些事。

沈知南也从未向她提起过。

她刚刚看到墓碑上的名字，甚至还以为沈爸爸是因为很爱沈妈妈才会给自己的儿子取沈知南这样一个名字。

就跟她的爸妈一样。

可是听到沈知南说的这些话，她知道是她想错了。

那个外表看上去坚毅独立的沈知南，在经历过父亲出轨、母亲去世的这些年，一个人是怎么过来的呢？

她完全不敢想象。

她从小就是在一个氛围很好的家庭长大，父母相爱，家庭幸福。

所以她没办法感同身受，但是她作为他的女朋友，一个很爱很爱他的人，很心疼他。

心疼他经历了这些让人难过的事。

心疼他一个人度过了无数个没有人陪伴的日子。

但是他现在有她了，她会好好爱他，一直陪在他身边。

苏念意朝墓碑鞠了个躬，语气郑重："阿姨，谢谢您有个这么好的儿子，您放心把他交给我，我会好好疼他的。"

听到这话，沈知南忽然笑了："嗯，妈，您放心，我们念念会好好疼我的。"

沈知南揽住苏念意的肩头，继续道："我最近过得挺好的，消防队也没以前忙了，能有更多的时间陪女朋友。"他侧头看了看苏念意，轻轻笑了一声，"女朋友很漂亮，也很可爱，我很爱她。"

苏念意侧过头，视线与他对上，唇边弯起一个小小的弧度："我也很爱你。"

沈知南"嗯"了声，看向墓碑上的照片："妈，我们先回去了，下次再来看你。"

说完，沈知南带着苏念意准备离开。

刚转过身，就看到一个穿着黑色西装的男人走了过来。

苏念意看着眼前的男人，脸型轮廓和沈知南几乎一样。

她猜到这应该就是沈知南的爸爸。

沈知南淡淡瞥了沈文丰一眼，然后牵着苏念意往前走。

刚经过沈文丰的旁边，就被身后的人叫住："知南。"

沈知南停住脚步，却没有回头。

沈文丰走到他面前，看了看站在他旁边的苏念意："这是你上次说的女朋友吧？"

沈知南脸上没什么表情，也没有回答他。

苏念意虽然因为他伤害了沈妈妈和沈知南而不喜欢他，但毕竟他是沈知南的爸爸，于是礼貌地跟他打招呼："叔叔你好，我是苏念意，知南的女朋友。"

沈文丰淡淡一笑："你好。"

空气突然安静了下来。

安静片刻，沈文丰看向沈知南："知南，我跟赵晚清离婚了，她们母女俩现在已经离开了宁城。"

"……"

"知南，我知道这些年来，你都很恨我，我也不奢求你的原谅，只希望今后你能不要再像看仇人一样看我，不管怎样我都是你爸。"

沈知南冷笑一声，觉得他这话简直是可笑至极。

沈文丰满脸愧疚："经历过赵晚清这件事，我自己也想了很多，也明白了当年忆忆的感受，是我对不起你们。"

沈知南面无表情地看着他，冷声道："这些话，你留着跟我妈去说吧。"

说完，沈知南直接牵着苏念意离开了墓园。

回去的路上，沈知南都没怎么说话，表情也很冷漠。

苏念意坐在副驾驶位，想开口说点安慰的话却又不知道该怎么说。

直到回到家，两人刚走进门，苏念意才小声地叫了他一声："沈知南。"

话音刚落，沈知南的气息笼罩下来。

苏念意被他紧紧抱住，像用尽了全身力气，他整个身体的重量都压在她身上。

突如其来的拥抱，让苏念意被迫往后退了两步。

她仰着头，手缓缓抬起来轻轻拍着他的背。

半晌，沈知南在她的侧颈蹭了蹭："念念。"

"嗯。"

"我其实很不喜欢自己的名字，我觉得这个名字很讽刺。"

苏念意没说话，紧紧抱着他。

"我曾经想过要去改名，但是这个名字我妈给我取的，她说她很喜欢这个名字，直到临死前都叮嘱我不要改名。"

因为就算知道他出轨了，她也还是深爱着他。

忍着病痛的折磨，还是依然会亲自为他做早餐，以为这样就会挽回他的心。

可是到头来，在她临死的时候，她都没能再见到他最后一面。

所以这辈子，沈知南都不会原谅沈文丰。

永远都不会。

苏念意听完，眼眶泛红，想哭但又想努力安慰他："一个名字而已，可能阿姨当时取的时候并没有想那么多，就是觉得这样省事。"苏念意尽量想让气氛轻松起来，她笑了笑："我的名字就是这样，我爸当初懒得翻字典，就直接用了我妈名字里的一个字，我爸还跟我说我的名字没什么特殊含义的，真的……"

因为苏念意平时性格大大咧咧，不太会安慰人，所以她越说越觉得没有底气。

沈知南看她这语无伦次又想安慰他的模样，轻笑了声："嗯，我知道了。"

转眼到了十一月份，过了霜降之后，宁城的温度直线下降。

苏念意有些小感冒，还有点发烧。

她感冒的这些天，沈知南晚上有时间的话都会抽时间回来一趟，给她量体温和监督她吃药。

这天，沈知南回来的时候苏念意正坐在沙发上拿着电脑剪视频。

头发像刚洗过，湿答答地垂在背后。

沈知南走过去，进浴室拿了条毛巾出来，坐到她旁边给她擦了擦。

"怎么洗完头发不吹干？"

苏念意还在专心地剪视频，随口道："等会儿再吹。"

沈知南蹙眉，语气有些重："你本来就感冒了，等会儿会加重。"

察觉到他生气了，苏念意停下手上的动作，侧头看向他，身体往他身上凑，语气软绵绵的，像是在撒娇："那你给我吹嘛。"

苏念意一撒娇，沈知南完全没办法抵抗，他叹了口气，起身走进浴室拿吹风机。

苏念意的头发又长长了不少，头发又多，吹起来很麻烦。

但沈知南一点都没有不耐烦，一直帮她吹到全干才把吹风机关掉。

刚好这时，苏念意的视频也剪完了。

她关掉电脑，准备靠到他身上，又想跟他撒会儿娇。

结果人还没靠上，沈知南就从沙发上起身，走到一个置物架旁边，把上面的药箱拿了过来。

沈知南从里面拿出来一个体温计和几盒药，苏念意顿感不妙，不动声色地穿上鞋，准备开溜。

还没等她站起来，就被沈知南扯住了手腕。

"来量体温。"

苏念意乖乖地拿过他手里的体温计夹到腋下，随后用商量的语气说道："感冒已经好得差不多了，我可不可以不吃药了？"

"嗯，先看看体温。"

过了会儿，苏念意把体温计拿出来，看了下温度，36.5度。

苏念意松了口气："你看，体温已经正常了。"

"那今天先不吃药，你晚上睡觉记得盖好被子，洗完头发立马要吹干，知道吗？"

苏念意点点头："知道啦。"

沈知南把东西收好放到置物架上，又重新回到沙发上。

苏念意看了眼时间，已经有些晚了，她好奇地看着他："沈知南，已经快十点了，你还不回消防队吗？"

沈知南伸出一只手抱住她的腰，一只手抬起她的下巴："好几天没在一起了，一会儿再走。"

苏念意立马抬手捂住自己的嘴："我感冒了，别等会儿传染给你了。"

"不是已经好了吗？"

苏念意反应过来，放下手："是哦。"

下一秒，沈知南滚烫的气息缠了上来。

感冒的那些天，苏念意被沈知南强制清淡饮食，现在感冒好了，苏念意觉得自己解放了。

由于不会做饭，苏念意每天差不多都是叫外卖，但是外卖又不能送进来，还要去小区大门拿，就比较麻烦。

于是苏念意趁着沈知南不在家，去超市买了些泡面和一些自热小火锅。

结果吃了两天，苏念意就吃腻了，又在网上看起了别的吃的。

正好刷到有一家螺蛳粉销量很好，而且差不多全是好评。

苏念意知道螺蛳粉，但没吃过，听说很臭，所以她没敢尝试。

但现在她突然有点想试一下是什么味道。

于是，苏念意买了几包。

到货后，苏念意立马去拿了回来，迫不及待地照着包装上写的步骤准备煮。

煮完粉，到了最后一步，把所有料包倒进去。

当她打开那包酸笋的那一刻，她觉得她闻到了一股类似粑粑的臭味。

她立刻把料包扔到一边，捂住了鼻子。

这也太臭了！

但是想着网上好评这么多，苏念意还是决定尝试一下。

于是，她用纸巾塞着鼻子，拧着眉煮好了一碗螺蛳粉。

她把螺蛳粉端到餐桌上，深吸一口气尝了一口。

然后，她的眼睛亮了起来。

竟然这么好吃？！

苏念意又吃了一口，紧接着就把一整碗粉给嗦干净了。

吃完，苏念意收拾好碗筷，觉得客厅和厨房味儿有点大，于是她把阳台的门给打开散散味儿。

她又闻了闻自己的衣服和头发，发现也有一股味儿。

最后她只能去浴室洗了个澡。

沈知南回来的时候苏念意已经洗完澡在化妆间录化妆视频。

沈知南一进门，就闻到了一股臭味。

他皱了皱眉，听到化妆间传来苏念意的声音。

他走过去，推开门，看到她正在讲什么口红色号。

沈知南也没打扰她，轻轻关上了门。

他来到浴室，看了眼光洁如新的马桶。

浴室里很香，有一股沐浴露的香味。

他又来到卧室，里面也是平常苏念意身上的香味。

沈知南把卧室门关上，转身去了厨房，刚进去，里面一股浓烈的臭味扑面而来。

他下意识地捂住了鼻子，退了出来。

正好这时苏念意从化妆间出来。

看到沈知南，捂着鼻子站在厨房门口，她立刻知道了怎么回事。

她叫了他一声："沈知南。"

沈知南侧头看向她。

苏念意走过去，干笑了两声："我没在厨房拉粑粑，我只是吃了包螺蛳粉。"

"……"——螺蛳粉是什么东西？

自从苏念意吃过一次螺蛳粉后，她又重新在网上下单了几箱。

快递还是沈知南帮忙去拿的。

沈知南也不懂她为什么爱吃这个臭玩意儿，还非要让他也尝试一下。

沈知南浅浅地尝了一口，随后眉毛就皱了起来。

他实在受不了这味。

之后，苏念意每次都是在沈知南不在家的时候吃。

第七章
你最重要

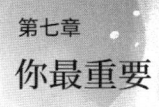

圣诞节的前几天，宁城下了今年的第一场雪。

也是宁城有史以来下得最大的一次雪。

宁城周边的一些村庄遭遇雪灾，消防队在第一时间赶了过去。

苏念意看着电视中抢险救灾的现场直播，有些担心。

抢险救灾进行了两天，雪终于停了下来，到下午的时候还出了太阳。

苏念意看了下天气预报，宁城接下来的几天都会出太阳，不过还是会很冷。

晚上十二点，苏念意正睡得迷迷糊糊的时候，感觉沈知南回来了。

隔日，果然如天气预报所显示的那样，宁城出了大太阳。

趁着雪还没化，苏念意拉着沈指南去了小区楼下堆雪人。

怕她感冒，出门时，沈知南给她包得严严实实，羽绒服、帽子、围巾、手套一样不落。

此时楼下有很多小朋友在打雪仗，苏念意这个快三百个月的"小朋友"加入他们。

由于穿得太厚，苏念意行动有些不便，很快被几个小朋友围攻了。

见状，沈知南快速走过去，替她挡了这些雪球。

然后接下来，没有一个雪球能打到苏念意身上。

小朋友们不服，指着她："你耍赖。"

苏念意躲在沈知南后面，朝小朋友们吐舌头做鬼脸："你管我。"

沈知南无奈地笑了笑："你不是想堆雪人吗？"

苏念意这会儿才想起来，她走到小朋友们面前，跟他们握手言和，并邀请他们一起跟她堆雪人儿。

苏念意对这种手工活儿向来没什么天赋，只会滚大雪球，其他的就交给沈知南和小朋友们搞定。

堆完后，苏念意和雪人合了个影发到朋友圈里。

叶语姝给她评论：这个雪人堆得真好看。

全程只滚了个不怎么圆的大雪球的苏念意回复：我堆的，好看吧。

叶语姝回复：我不信。

苏念意：……

过了会儿，陈林给她评论：这一看就是我们沈队堆的。

苏念意：什么叫你们沈队，说话请注意措辞。

陈林：哦，这一看就是我表姐夫堆的。

苏念意没再回他。

又和小朋友们玩了会儿，两人便回了家。

回到家，刚好到了中午，沈知南去厨房做饭，苏念意在客厅玩手机。

她点开朋友圈，看到有二十几条未读消息。

她点进去，一条一条滑下来，差不多全是给她点赞和评论的。

其中还夹杂着沈知南给陈林回复的一个"嗯"字。

她好奇地点进去，发现沈知南回复的是陈林的那句：哦，这一看就是我表姐夫堆的。

苏念意：……

苏念意退出微信，刷了会儿微博，觉得没什么意思，于是起身走到厨房去找沈知南。

沈知南看了看她："饿了？"

"还好。"

苏念意站在他旁边，看着他娴熟地切完菜，然后起锅倒油，开始炒菜。

因为有时会有油溅出来，沈知南空出一只手轻轻推了推苏念意："去客厅等，等下油溅到你了。"

苏念意"哦"了声，走了出去。

吃饭时，苏念意想起来自己在南怡苑的房子差不多可以入住了。

她吞下嘴里的饭，随口道："沈知南，我之前被烧掉的房子装修好了。"

沈知南愣了下："嗯。"

"味儿应该散得差不多了，可以入住了。"

沈知南放下筷子："你要搬到那边去吗？"

"可能吧。"

"你一个人住那边我不放心，搬过来跟我一块儿住吧。"

苏念意故作矜持："这不太合适吧？"

"反正你迟早都是要嫁给我的，有什么不合适的。"

苏念意觉得他这话有些霸道，婚都还没求呢，怎么就笃定她一定会嫁给他一样，就不能按流程走吗？

她"哼"了一声，赌气道："你怎么这么肯定我会嫁给你？"

沈知南漆黑的眸盯着她："那你还想嫁给谁？"

苏念意也不甘示弱地盯着他，没有接话。

安静片刻，苏念意突然站起身，眼里覆上了一层薄薄的水汽，语气委委屈屈："你这个直男，我不想理你了。"

说完，苏念意直接回了房间，把门反锁。

然后坐到床上，拿起枕边的一个玩偶捶了两下，像在发泄情绪。

直男！

钢铁直男！

宇宙无敌超级大直男！

怎么着？还想把求婚这一步省了是吗？

她有这么好敷衍吗？

真是要被他给气死了。

苏念意气得眼泪都出来了，这个世界上怎么会有沈知南这样的直男。

还是说他根本不知道两个人结婚之前有求婚这样一个步骤？

虽然她心里是愿意嫁给他的，但是哪个女孩子不想要一个非常浪漫又有仪式感的求婚呢？

正当她想着，门口传来沈知南敲门的声音："念念，你怎么了？"

苏念意盯着房间门，没有回答。

她现在有点不太想跟他说话。

见她没理他，沈知南又敲了几下。

还是没反应，沈知南按下了门把手，推了下门，结果没打开。

沈知南完全不知道她为什么突然就生气了，现在又把自己反锁在房间里。

他又敲了敲门："念念，你开下门，跟我说说你为什么会生气？"

苏念意心想，她要怎么说？说你为什么不跟我求婚吗？

安静了几秒，苏念意听到外面响起了一阵手机铃声。

随后就听到了沈知南接电话的声音："好，我马上过来。"

听到这话，苏念意心突然一紧，今天不是轮休吗？突然有什么紧急任务吗？

"念念，有紧急任务，我得回队里了。"

听到这话，苏念意也顾不得自己在跟他生气，立刻起床走到门口把门打开，连鞋都忘了穿。

"什么紧急任务？会很危险吗？"

"还好，不会很危险。"沈知南低头，看到她没穿鞋，皱了皱眉，"怎么也不穿鞋？"

"地上不凉。"苏念意抬手抱住他，"那我先不生你气了，等你平安回来我再跟你生气。"

沈知南失笑："怎么我平安回来还要跟我生气？"

"我现在只是暂时跟你和好，该生的气我还是要生的。"

沈知南亲了下她的额头："好，我得先走了，在家乖乖的。"

"嗯。"

这次的紧急任务不是救火，而是宁城周边有一座山发生了雪崩。

只是小型雪崩，但是埋了几个上山的村民，生死未卜。

雪崩在宁城是百年难得一见的，所以现场有很多电视台的人都赶着来做报道。

一群消防员牵着搜救犬，分散在积雪中。

橙色的抢险服在皑皑白雪中显得格外抢眼。

沈知南同样穿着亮眼的橙色抢险服，带着陈林在他划分的一片区域找。

大概找了一段时间，有两个村民自己爬了出来，还有另外两个也被找到救了出来。

正当大家准备撤的时候，山上突然出现一片白茫茫的东西笼罩下来。

另一边，苏念意连鞋子都没来得及换，外套也没来得及穿，直接在小区打了辆车。

苏念意语气焦急："师傅，去光夏村。"

司机师傅看起来有些为难，"姑娘，那边发生雪崩了，很危险的，你确定要去吗？"

"嗯。"

"可是我不敢去啊。"

苏念意有些急了。"师傅，我给你加钱，加多少钱都行。"苏念意说着说着就哭了，"我男朋友在那边，我现在不知道他那边情况怎么样，我想去找他，师傅，你就带我过去吧，你不用开进去，你把我放在村口就行了。"

司机师傅叹了口气："行吧。"

一路上，苏念意的手都是抖的，不是因为冷，而是太害怕了。

脑子里全是刚刚现场直播中的画面。

她下意识地想拿手机再看一下直播，却发现手机并没有在身上。

当时太过着急，根本就没有想到要拿手机。

苏念意没有办法，只能让司机师傅开快点。

到了后，因为手机没带，身上也没现金，苏念意让司机师傅给她一个联系方式，到时候会联系他把钱给他。

师傅摆了摆手："没事，不用给我了，你快去找你男朋友吧，注意安全。"

"真的谢谢你了。"

道完谢，苏念意下了车，跑进了村里面。

由于穿的是棉拖鞋，村里面的路上积雪还有些厚，没跑一会儿她就摔了一跤，鞋子早就湿了，身上只穿着宽松单薄的毛衣。

但她没有感觉到冷，只想拼命往前跑，只想快点见到一个平安的沈知南。

发生雪崩的山离村口有些远，苏念意一路跌跌撞撞，大概跑了半个多小时，才看到几个电视台的人站在山下。

还有一群穿着橙色衣服的消防员站在那里拍打着自己身上的雪。

一个女记者正拿着话筒在采访其中一个消防员。

苏念意停下脚步，已经累得跑不动了，她隔着十几米远的距离，寻找着那个熟悉的身影。

最先看到苏念意的是陈林，他惊讶地看着不远处衣着单薄、裤腿湿了一大半、头发凌乱的女孩，叫出了声："表姐。"

正在接受采访的沈知南身体一僵，快速转过头。

视线与苏念意对上。

下一秒，沈知南消失在了直播镜头里。

十几米远的距离，沈知南只用了几秒。

他紧紧抱住身前的人，像要把她揉进自己的身体里。

苏念意把脸埋进他的怀里，闷闷地哭了起来："呜呜呜……沈知南……"

沈知南语气很轻很轻："嗯，我在。"

苏念意抽泣着："我不会再跟你生气了，只要你能平安回来。"

沈知南轻"嗯"了声。

"我从没想过要嫁给别人，除了你，没有别人了。"

我不要这些了，我只要你——什么浪漫的求婚都不及一个平安的你来得重要。

沈知南眼睫动了动，忽然觉得喉间有些干涩，她细细的哭声，就像无形的线，丝丝缕缕的，缠住他的心脏，然后收紧。

带来一阵阵的疼痛。

他从来没有像现在这样心痛过，从刚刚看到她的第一眼，他就明白。

她是在第二次雪崩发生后，就立刻赶了过来。

甚至连外套都没来得及穿，鞋子也没换。

就这样狼狈地出现在了他的面前。

消防车里，苏念意裹着橙色的抢险服，被沈知南抱在怀里。

沈知南低头看着她，眼神极其温柔，又带着心疼。

"念念，你刚刚为什么突然跟我表白？"

苏念意仰起头："我就是觉得你说得很有道理。"

"什么？"

"反正我迟早都是要嫁给你的，我不想把时间浪费在一些没有意义的事情上。"

"你是说生我气吗？"

"嗯。"苏念意停顿了几秒，"还有别的。"

"别的什么？"

苏念意抿着唇，安静了一会儿，然后从他怀里坐起来，一本正经地问道："沈知南，你打算什么时候娶我？"

沈知南顿了下，低笑了一声："这不是应该我先问吗？"

"啊？"

"你打算什么时候嫁给我？"

苏念意凑过去亲了下她的唇："我随时都可以的。"

沈知南笑了起来："那我得先好好准备准备。"

"准备什么？"

"准备娶你的准备。"

"？"

苏念意有些蒙，他的意思是要准备什么彩礼房子车子这些吗？

沈知南也没再继续这个话题，打开车窗，探头看向车外的人："上车，回消防队。"

一群人笑嘻嘻的："好嘞。"

回去的路上，苏念意没再靠在沈知南怀里，而是端正地坐在沈知南的旁边。

但手却一直被沈知南紧紧握在手里。

车内很安静，大家的视线似有若无地飘到两人身上。

只有陈林一副累了的模样，靠在副驾驶座椅上睡着了。

渐渐地，苏念意也有些困了，脑袋不知不觉地靠在沈知南的肩膀上睡了过去。

苏念意断断续续地做了好几个梦。

她梦到沈知南被大雪埋了，她拼命地找，手都冻出血了也没有找到他。

然后画面一转，她又看到自己穿着洁白的婚纱走进了教堂，红毯的尽头，是穿着黑色西装的沈知南。

教堂里只有他们两个人，她手捧着鲜花，伴随着音乐缓缓走向他，等到快要走到他面前时，一片白茫茫的东西笼罩在下面，独独只淹没了沈知南一个人。

等她再次醒来时已经是晚上六点。

卧室里开着床头灯，苏念意睁着眼睛，看了看周围，发现自己在沈知南的卧室。

她慢吞吞地起了床，来到客厅。

客厅里一片漆黑，苏念意张了张嘴："沈知南。"

没人回应她。

她又叫了一声，依旧没人回应。

一种很强烈的不安感突然涌了上来。

她慌乱地想要去找手机打电话给他，还没等她走出两步，玄关处就传来开门的声音。

大概只过了几秒，门就被打开，外头过道里的灯光照了进来。

下一秒，客厅的灯被打开。

刺眼的灯光让苏念意下意识地抬手挡了一下。

沈知南站在玄关处，看到苏念意站在客厅中央，一副呆滞的模样。

他走过去，理了理她的头发："什么时候醒的？"

苏念意盯着沈知南，想起来自己做的梦。

她抬起手，捏了下他的脸。

力道有些重，沈知南皱了下眉："怎么了？"

"你是真的沈知南吗？"

沈知南笑了笑："当然是真的。"

苏念意这才松了口气——还好那只是梦。

她伸手抱住他，脸靠进他的怀里，闷声道："你刚刚去哪儿了？"

沈知南低头，轻声道："家里没什么菜了，怕你醒来饿，就出去打包了一些饭菜回来。"

"饿不饿？"

"有点。"

沈知南笑了声："那吃饭吧。"

"好。"

接下来，苏念意都要黏在沈知南身上，不管是吃饭还是做什么，沈知南在哪儿，她就在哪儿。

好像这样，就能打消她内心的不安感。

沈知南站在浴室门口，无奈地看着她："乖，去沙发上坐着。"

苏念意"哦"了声："那你要快点。"

"好。"

沈知南进去后，苏念意并没有听他的话去沙发上坐着，而是站在浴室门口等他。

大概才一分钟，沈知南就洗完手打开了门。

看到苏念意站在门口，他愣了下："怎么没去沙发上等我？"

苏念意又黏了上去，也没说话。

平安夜那天，沈知南回了消防队。

晚上的时候，苏念意带了好几大箱苹果来了消防队。

站岗的知道她是沈队的女朋友，于是帮着她把苹果搬了进去。

刚训练完的一群人从训练场出来准备回宿舍，路过大门口时，看到苏念意和地上的几大箱苹果，走了过去。

沈知南看着她，有些疑惑："你怎么来了？还带这么多苹果。"

苏念意笑了笑："我给你们送平安啊！"

消防队向来没有过洋节的习惯，所以也没有谁特意去记这些日子。

苏念意不认为在平安夜吃一个苹果真的就能一辈子平安。

但是因为沈知南，她甚至还准备抽个时间去趟寺庙，给他和消防队的人都求一个平安符。

苏念意蹲下身来，打开纸箱，拿出苹果，一个一个分给大家。

分到最后，沈知南的手上还是空的。

沈知南挑了下眉，眼睛盯着她："我的呢？"

苏念意神神秘秘地凑到他耳边："你的等会儿给你。"

发完，还剩了一些，苏念意又跑到门卫处给站岗人员送了一个。

剩下的这些，她又让陈林发给食堂的叔叔阿姨。

等人都走得差不多后，苏念意从兜里掏出来一个又大又红的苹果，郑重地放在沈知南的手上："喏，这是你的。"

沈知南看着手上这个漂亮的大苹果，笑了笑："怎么这么大？"

"嗯，我特意跑了好几家水果店，千挑万选出来的。"

"那肯定很甜。"

"当然了，你赶紧吃，看着你吃完我再回去。"

沈知南把苹果递到嘴边，像是想到什么，他停住动作，看向她："你吃了吗？"

"什么？"

"苹果。"

"还没。"

沈知南把手放下来，拉住她往门口走。

苏念意不解："去哪里？"

"买苹果。"

沈知南带着她来到附近的水果店。

此时店里的苹果都卖得差不多了，只剩下几个不怎么好看的苹果。

沈知南带着她又换了几家店，才买到比较好看的苹果。

但沈知南不止买了一个，他直接买了一大袋。

苏念意惊呼："你怎么买这么多！"

"想让你更平安一点。"

"还能这样？"

"嗯。"

沈知南也不懂，就只是这样下意识地认为。

于是最后，沈知南把苏念意送回家，两个人一起啃完苹果才回消防队。

平安夜的第二天就是圣诞节，苏念意一大早就起来装扮屋子。

她前几天在网上买了棵圣诞树，还有一些装饰的东西。

装饰完屋子，她又来到化妆间，给粉丝录了个圣诞妆容。

做完这些，苏念意就只有在家等着沈知南回来一起跟她过圣诞了。

晚上六点，沈知南回去的路上，刚好在小区附近看到一家蛋糕店。

店门口，摆了个海报，上面是一个圣诞主题蛋糕。

他直接让司机在这儿停了车。

下车后，他走进蛋糕店，买了外面海报上展示的那个圣诞主题蛋糕。

回到家时，苏念意正坐在沙发上玩手机。

看到沈知南，她起身跑了过来："你回来啦？"

"嗯。"

注意到他手上的蛋糕，苏念意疑惑道："你怎么还买蛋糕啦？"

"嗯，你应该会喜欢。"

苏念意笑了起来，原来他也没那么直男嘛。

沈知南把蛋糕放到桌子上，看着她头上戴着的鹿角发箍，原本白净的脸上被她点了一些斑斑点点，腮红也打得很奇怪，跟平常不一样，鼻子上也有。

嘴唇的颜色跟眼睛上的颜色还有腮红是同色系，睫毛也是根根分明。

沈知南看不懂她这些奇怪的妆容，但却觉得她今天像一只小麋鹿。

可爱又灵动。

又看了看她身上穿的红色毛衣，沈知南一本正经点评："你今天打扮得很喜庆。"

"？"苏念意愣了一瞬，纠正他，"什么叫喜庆，这叫圣诞氛围。"

沈知南似懂非懂地点点头。

苏念意也不知道他懂没懂，她也懒得跟他解释了，直接带着他来到圣诞树前："你看，我弄的，好看吧。"

"嗯，好看。"

苏念意嘻嘻笑了声："不愧是我。"

沈知南看着她一副得意的模样，附和道："嗯，不愧是你。"

想到已经是晚饭时间了，沈知南问她："饿不饿？"

苏念意点点头："有点。"

"我去做饭。"路过餐桌时，他看了眼蛋糕，然后转头跟苏念意说道，"蛋糕先别吃，吃完饭再吃，不然等下你吃不下饭。"

苏念意表面乖乖应下，但是在沈知南做饭时，她就在客厅餐桌上偷吃起了蛋糕，偷吃完，又特意把吃了一半的蛋糕放回了包装盒里。

等吃饭时，苏念意吃了没几口就吃不下了。

沈知南看她没吃两口就放下了筷子，碗里的饭更是没怎么动过。

他皱了皱眉："不是说饿了吗？怎么才吃这么点？"

苏念意干笑了两声，"我突然又不饿了。"

沈知南注意到她嘴边残留的一点点奶油，直接拆穿她："你刚刚偷吃蛋糕了？"

苏念意一人做事一人当，承认道："嗯。"

我就吃了，那又怎样？

——沈知南无奈地把她面前的碗拿过来，准备帮她解决掉。

见状，苏念意笑了笑，随口道："多吃点，吃饱了才有力气干活。"

沈知南一顿，很快又低低笑了一声："嗯，有道理。"

吃完饭，两人靠在沙发上。

苏念意刷着微博，看到热搜第一都爆了：*新晋小鲜肉顾之衍出柜*。

苏念意震惊地睁大了眼，她之前还因为这个小鲜肉长得很帅和叶语姝讨论过他。

苏念意下意识地说了句脏话，又道："这假的吧？"

沈知南低头看她："怎么了？"

"娱乐圈有个男明星出柜了。"

"什么出柜？"

"就是男的跟男的在一起。"

"……"

说到这个，沈知南突然想起来之前周北生给他发的信息。

再联想到两人没在一起之前苏念意跟他说的那段"不会再来打扰他，祝他幸福"之类的话，沈知南用手抬起她的下巴，说道："你之前是不是也以为我是喜欢男的？"

苏念意身体一僵。

他怎么知道的？

苏念意在脑中快速想了一下知道这件事的人，她除了跟叶语姝说过，没跟别人说过了吧。

叶语姝不可能跟沈知南说这个啊！

哎！她忘了还有个周北生。

但是叶语姝不是跟她说他嘴很严的吗？

苏念意干笑了两声，决定坚决不承认："没有吧，你是不是记错了？"

沈知南拿出手机，点开和周北生的聊天记录，递给她看。

周北生：*听说你暗恋我？*

沈知南：*什么玩意儿？*

周北生：*听说而已，不要当真。*

沈知南：*听谁说？*

周北生：*我女朋友不让我说。*

看完，苏念意满脸黑线。

这就是叶语姝跟她说的她男朋友嘴很严？

就差没指名道姓了。

证据摆在眼前，苏念意也不好不认："好吧，我的确这样以为过，但是我很快就知道是我误会了，后来我不是又来重新追你了嘛。"

沈知南凑近她："说来听听我到底是哪里让你这样以为了？"

苏念意低着头不敢看他："就我听你们消防队的人说你不近女色，然后刚好又看到你跟周北生在一块儿吃饭，还在那儿亲密地搂着肩膀自拍。"

"？"沈知南眼皮跳了跳。

苏念意继续道："你自己看看，这样我能不误会吗？"

沈知南继续靠近她："那要不要试试？"

苏念意抬起头："什么？"

"试试我近不近女色。"

话落，沈知南顺势将她压在了沙发上。

苏念意有些吃痛，抬手打了下他，下一秒，手被他抓住。

十指交错，压在沙发上。

苏念意被他压制得完全动弹不得，只能被动承受着。

两人呼吸紊乱，沈知南咬住她的耳垂，声音极其沙哑性感："忘了说了，我只近你这一个女色。"

圣诞节后，宁城的天气越来越冷。

但苏念意很少出门，家里又有暖气，还有沈知南这个火炉可以取暖。

但是这几天，沈知南都没有回来，苏念意想着应该是队里比较忙，也没太在意。

元旦前一天晚上，沈知南回来了。

他一回来，苏念意又抱着沈知南取暖，整个身体都贴在他身上。

但是抱久了，苏念意又会觉得热，直接撒手离他远远的。

沈知南长臂一伸，又把人给捞了回来。

"你怎么跟个渣女一样？"

苏念意有些惊讶："你还知道渣女？"

她以为沈知南这个老古董平时都不网上冲浪的呢。

"嗯，就是像你现在这样，利用完了就抛弃。"

苏念意小声嘟囔："我哪有。"

沈知南也只是想逗逗她，笑了笑："刚刚不就是吗？典型的渣女。"

苏念意觉得他仅凭这一件小事就判定她是渣女未免有点太断章取义了。

她非常不服："我才不是！你少冤枉人！"

沈知南看她这一脸不服气的模样，抬手轻轻刮了下她的鼻子："好了，逗你玩呢。"

苏念意"哼"了一声，背对着他不理人了。

本来上次已经说好不会生他气了，但是这个有点过分了，怎么能这么冤枉人呢？

沈知南看着她气鼓鼓的背影，想起来自己今晚回来的目的。他从背后抱住她，下巴搁在她的肩膀上："别生气了，明天队里有个元旦晚会，可以带家属，你要不要来？"

听到元旦晚会，苏念意来了兴趣，但想到自己还在生气，她只能装作没兴趣的样子，"哦"了一声。

沈知南不知道她这个"哦"到底来还是不来，他非常有耐心地又问了一遍："来不来？"

既然他又问了一遍，苏念意觉得还是要给他这个面子，于是转过身，想问问他有没有节目，话到嘴边，又改了口："有些什么节目？"

"不知道，这个事不是我管。"

苏念意明白了，沈知南没有节目。

但是她还是有点想去看看，很好奇消防队的元旦晚会是什么样的。

"行吧，那我就去看看吧。"

听到她答应，沈知南暗暗松了口气："那明天晚上来队里吃饭。"

"嗯。"

元旦当天，天气很冷，但没有下雪。

苏念意懒得涂涂抹抹，就只化了个淡妆，身上穿了个厚厚的白色羽绒服，围着围巾，戴着毛线帽。

由于苏念意本身很瘦，所以整体看上去一点都不肥。

苏念意想着反正她又不用上台表演节目，就只是去吃个饭看个晚会而已。

六点，她准时到了消防队。

沈知南牵着她往食堂走，但走的却不是平常的那条路，苏念意也没在意。

到了食堂门口，碰到几个来吃饭的消防员，有两个手上还拿着粉色的气球，看到苏念意，两人立刻把气球藏到了身后。

大家笑嘻嘻地跟她打招呼："嫂子好。"

苏念意笑了笑："你们好。"

进了食堂，陈林看到苏念意，走过去叫了声"表姐"，然后上下打量了她一番，说道："表姐，你怎么也没好好打扮打扮？穿成这样就过来了。"

苏念意觉得莫名其妙，忍不住怼他："怎么？你表姐我天生丽质，不打扮也好看，OK？"

陈林还想说什么，被沈知南一个眼神吓得闭上了嘴。

今天元旦，食堂给消防员们做了几大桌丰盛的饭菜。

饭桌上，苏念意他们这一桌，除了她这一个女的外，还有另外一个长得也很温婉的女人。

那个女人坐在教导员的旁边。

苏念意猜测她应该就是教导员的妻子。

察觉到她的视线，女人也看了过来，两人视线对上，相视一笑。

沈知南拿了好几瓶饮料过来，问苏念意："想喝哪个？"

苏念意指了指橙汁："想喝这个。"

"好。"

沈知南把盖拧开，帮她倒满，顺便自己也倒了一杯。

消防员在岗期间是严禁喝酒的，所以大家喝的都是饮料。

吃完饭，便是元旦晚会。

虽然消防队的元旦晚会远不比学校或者其他单位的元旦晚会来得正式和盛大，但也足够热闹。

苏念意和沈知南坐在前排，旁边坐的是教导员和他的妻子。

布置简易的舞台上，有几个平时粗犷的大汉在上面跳搞怪的舞蹈，逗得下面的观众笑得停不下来，就连沈知南都忍不住勾起了唇角。

这个舞蹈结束，沈知南偏头凑到苏念意的耳边："我出去一下。"

苏念意点点头："嗯。"

到了下一个节目，是陈林的自弹自唱。

唱的是一首苏念意没听过的歌。

苏念意觉得他唱得一般，于是看了眼门口，沈知南还没回来。

苏念意给沈知南发了条信息，然后收起手机继续看表演。

舞台上的陈林正唱得很投入，突然，他看着舞台下面，停了下来："哎，不是说等我唱完再开始的嘛。"

苏念意也听到了后面的动静，她转过头，看到人都跑了出去。

与此同时，苏念意的手机忽然响了一下，是沈知南给她发的信息。

沈知南："出来。"

苏念意有些疑惑，旁边的女人朝她笑了笑，站起了身，也准备出去。

苏念意一脸蒙地走到外面。

一眼就看到了不远处停着的两辆消防车，被装扮得粉粉嫩嫩，上面挂满了大大的用粉色气球做成的爱心。

而消防车的前面，用粉色和白色玫瑰花围了一个半圆，圆里面，撒满了玫瑰花瓣。

再往前，是一条用蜡烛摆出来的路。

一条通往沈知南的路。

而在路的两边，是他的战友和兄弟，还有她最好的朋友。

苏念意也曾跟其他女孩一样，想象过自己被求婚的场景。

也一直期待和憧憬着这一天。

但也因为沈知南，觉得这是一件没有意义的事，觉得只要两个人相爱，这个步骤也是可以省去的。

可是路的尽头，站着沈知南，他穿着深蓝色的制服，手里捧着玫瑰花。

眼神温柔地看着她。

即使已经知道她一定会嫁给他，他也没有省去这个步骤，而是非常浪漫地去实现了它。

所以，这怎么会是一件没有意义的事呢？

苏念意步伐缓慢又坚定地走向他，她心跳得有些快，怦怦怦的，毫无规律。

十几米远的距离，苏念意走了好一会儿才走到沈知南的面前。

沈知南盯着她，轻声道："怎么走这么久？"

苏念意"啊"了声，注意到他额头上都冒了些薄汗。

他很紧张吗？

沈知南把手上的花递给她，单膝下跪，手上拿着戒指。

天空忽然下起了小雪，他抬头望着她，漆黑的眼眸里，只有她一个人。

"念念，你愿意嫁给我吗？"

苏念意垂着眸，眨了眨眼，滚烫的水珠滴落了下来。

看到她突然哭了起来，也不说话，沈知南有些不知所措。

他猛地站起来，轻轻抱住她："怎么哭了？如果你现在不愿意，或者还想考虑一下，都没关系，我等你，好不好？"

苏念意摇了摇头："没有不愿意，也不想再考虑了，我非常愿意嫁给你的。"

沈知南顿了下，松开她，用手蹭了蹭她的眼角："那你为什么要哭呢？"

苏念意吸了吸鼻子："我就是想哭。"

沈知南勾唇，替她把右脸侧的头发挽到耳后："傻瓜。"

苏念意止住了眼泪，伸出手："戒指呢？给我戴上。"

沈知南低笑一声，牵住她的手，把戒指轻轻戴在了她左手的无名指上。

下一秒，旁边的人发出一阵欢呼声，其中还夹杂着叶语姝喜极而泣的哭声。

在一片欢呼声中，沈知南低下头，揽着她的腰，轻轻吻住了她。

回到家，苏念意还是觉得有些不太真实。

她看着戴在左手无名指上的戒指，反复跟沈知南确认："我真的要嫁给你了吗？"

沈知南也不厌其烦地耐心回答她："嗯，你真的要嫁给我了。"

苏念意嘻嘻笑了声："原来你说的准备是准备这个呀。"

"什么？"

"就你上次说准备娶我的准备啊。"

"嗯，这只是一小部分。"

"那剩下的呢？"

"当然是去拜访叔叔阿姨。"沈知南说，"还有婚礼。"

苏念意觉得他这个流程有问题："一般不都是先见家长再求婚吗？你怎么先求婚再见家长。"

沈知南愣了下："还有这个规定？"
　　"哎呀，我也不知道，我之前又没谈过恋爱。"
　　沈知南笑了笑："没事，我爷爷生日那天，叔叔阿姨不是已经见过我了吗？"
　　"那不算吧，当时我们还没在一起呢。"像想到什么，苏念意又继续道，"要是我爸妈不同意我嫁给你怎么办？"
　　沈知南想了想，一本正经地说："不会的，毕竟我俩都定了娃娃亲，怎么能反悔呢？"
　　"哦，也对。"
　　"那你打算什么时候去我家？"苏念意问道。
　　"叔叔阿姨什么时候有时间？"
　　"我问问。"苏念意看了下时间，已经不早了，"明天再问吧，他们现在估计已经睡了。"
　　"好。"沈知南拦腰抱起她，"那我们也休息吧。"
　　"你今天不用回队里吗？"
　　沈知南抱着她往房间走："嗯，明天早上再回。"
　　苏念意挣扎了一下："沈知南，先洗澡。"
　　沈知南"嗯"了声，又抱着她往浴室走。
　　苏念意看到浴室里的浴缸，她有点羞愤，抬脚踢他："你什么时候装的浴缸？"
　　沈知南抓住她的脚踝："不记得了。"
　　苏念意又问："那是在我们在一起之前还是在一起之后？"
　　"在一起之后吧。"
　　果然。
　　苏念意憋红了脸，骂道："沈知南，你是禽兽吗？"

　　不知过了多久，沈知南抱着苏念意走到房间。
　　两人躺进被窝里，苏念意抱着他，没多久便沉沉睡去。
　　而沈知南完全睡不着。
　　这么重要的一天，似乎也不想睡，只想静静地看着她。
　　一直到天亮。

次日，苏念意醒来时沈知南已经回了消防队。

苏念意下意识地去摸手机，结果摸了半天都没摸到。

想了想，手机好像在客厅里。

苏念意伸了个懒腰，起床进了浴室洗漱。

洗漱完，苏念意从沙发上拿到手机，看到叶语姝昨晚给她发了好多张图片。

她点进去。

是昨晚沈知南跟她求婚的照片，其中还有一段视频。

苏念意一一看完，小小的感动了会儿，并把照片和视频都保存下来。

保存下来后，又反反复复看了好几遍。

很快，她注意到，在这么重要的场合，她竟然穿得那么臃肿，妆也化得很随意。

苏念意有些懊恼，怎么都没人提醒她打扮得好看一点！！！

她点开和沈知南的聊天框，把照片发给他。

苏念意：我昨天好丑，你为什么不提醒我打扮得好看一点！！

沈知南过了会儿才回：我们念念天生丽质，不打扮也好看。

苏念意总觉得这话有点熟悉，想了想，这不就是昨天她跟陈林说的话吗。

苏念意：……

沈知南：那我再求一次？

苏念意：那倒也不必。

沈知南：嗯，你说什么就是什么。

苏念意：哦。

沈知南：给你买了早餐放在桌上，冷了的话放微波炉热一下再吃。

苏念意：知道啦。

第八章
我愿意

晚上，苏念意给陈女士打了个视频电话，跟她说了沈知南要来家里拜访他们。

陈女士点点头："可以的，我们周末都有空。"

"那我这周六带他回来。"

"嗯。"

去苏家那天，沈知南醒得比平常还要早。

但他却没有去晨跑，而是盯着苏念意的睡颜看了许久才起床出门买早餐。

等他回来的时候，苏念意还在睡。

他看了眼时间，已经八点了。

想起来昨晚睡前，苏念意让他早点叫她起床。

于是，他来到她房间，俯身在她耳边，轻轻叫了声："念念，起床了。"

苏念意咕哝了一声，翻了个身继续睡。

沈知南又凑到她耳边："念念，起床吃早餐了，今天还要去你家。"

苏念意睡眼惺忪，揉了揉眼睛，声音娇软："几点了？"

"八点。"

苏念意从被窝里伸出双臂伸了个懒腰，撒娇道："好困。"

沈知南低头亲了下她的唇："昨晚不是睡得挺早的吗？"

"嗯，还是困。"

"但是等会儿要去你家。"

苏念意"嗯"了声，抬手圈住他的脖子，借着他的力坐了起来。

吃完早餐后，苏念意来到化妆间化妆，沈知南坐在客厅沙发上等着她。

等她化完出来，看到沈知南正看手机看得入迷，她走到他旁边他都没有察觉。

苏念意瞅了眼他的手机屏幕，视线定在浏览器搜索栏上的那一行字上面。

察觉到苏念意的存在，沈知南下意识地摁灭了手机。

苏念意也没点破，笑了笑："我收拾好了，换个衣服就可以出门了。"

"嗯。"

去苏家的路上，苏念意一直观察着沈知南的状态，眼睛时不时看他一眼。

苏念意其实只是想看看他紧不紧张，但是从出门到现在，沈知南好像和平常一样的淡定和从容。

但是刚刚在家时不小心看到他在浏览器上查第一次见家长应该注意什么，她又觉得他这淡定是装的。

到了苏家门口，苏念意握着沈知南的手，认真道："你放心，我爸妈人都很好的，不会为难你的。"

沈知南轻笑了声："嗯。"

苏念意掏出钥匙把门打开，带着沈知南走到玄关处换鞋。

此时客厅里空无一人，但是电视却开着。

"爸，妈，我们来了。"

听到声音，陈女士从厨房里走出来："你们来了啊。"

"嗯。"

沈知南笑了笑，把手上的东西递上前："阿姨，这是我给你们买的礼物。"

"来就来，还买什么礼物呢。"

"应该的。"

"那阿姨就收下了。"陈女士接过他手上的东西，看向苏念意："念念，带知南去客厅看会儿电视，饭还要一会儿。"

"好。"

苏念意带着沈知南坐到客厅沙发上，电视上正放着一档搞笑综艺。

刚坐下没多久，陈女士就从厨房里端了些水果出来。

她把水果放到茶几上："先吃点水果。"

"好的，谢谢阿姨。"

"不客气。"

苏念意吃了颗车厘子，问道："我爸呢？"

"在厨房做饭呢。"

苏念意"嗯"了声，扯了扯沈知南的衣服："我爸做饭很好吃，比你做的还要好吃。"

沈知南笑了笑，站起身："我去帮叔叔忙吧。"

陈女士连忙阻止："不用不用，你跟念念在这看电视，我跟她爸来就行了。"

"没事，阿姨你跟念念在这儿看电视吧，我去帮忙。"

见女婿想表现，陈女士也没再坚持，笑了笑："好，那你去吧。"

沈知南进了厨房后，陈女士坐到苏念意旁边，注意到她手上的戒指，惊讶道："你手上这个戒指……"

苏念意不敢撒谎："沈知南前几天跟我求婚了。"

陈女士愣了下。

她和苏志群对沈知南的第一印象很好，觉得这个小伙子长得很正气，家庭条件也不错。

他们不反对他们交往也不会反对他们结婚。只是消防员这份工作，确实有些危险，而这份危险带来的痛苦，他们也曾承受过。所以心里也会有些担心自己的女儿在嫁给他后会不会也会在某一天承受这份痛苦。

"你考虑清楚了吗？"

苏念意点头："嗯，考虑清楚了，跟他在一起的每一天我都很开心，他也很好很好，所以没什么好考虑的。"

苏念意说得很认真，脸上的笑容更加真切。

能感受到她是真的很开心。

陈女士握住苏念意的手："嗯，只要你开心就好。"

厨房里，沈知南站在苏志群的旁边，表情认真："叔叔，有什么需要我帮忙的吗？"

苏志群侧头看着他，脸上带着点试探的意味："听念念说你做饭很好吃，有什么拿手菜吗？"

沈知南抿唇笑了笑："念念说您做饭也很好吃，我就只会点家常菜。"

苏志群关掉火，把锅里炒好的菜盛出来，紧接着将手里的锅铲递给他：

"那你来露一手？"

沈知南接过锅铲："好的。"

做饭其实不是沈知南擅长的，在和苏念意在一起前，他也很少自己做饭，大部分都是在队里食堂吃。

和她在一起后，发现她完全不会做饭，整天吃外卖，于是他就在网上学了点。

沈知南把锅洗好，开始炒菜，苏志群在一旁看着。

沈知南炒的是一个青菜。

一开始，画面还很和谐，到了放盐的时候，苏志群拉住沈知南的胳膊："炒青菜的时候盐不能放那么早，你得先等菜炒熟再放。"

沈知南虚心求教："为什么？"

"晚点放更好入味。"

沈知南点点头，一脸"我懂了"的表情。

炒完这道菜，苏志群就拿回了锅铲，一副大厨模样："接下来你好好看我是怎么做的。"

"好的。"

接下来还有三道菜，是苏念意最喜欢吃的。

苏志群一边炒一边跟沈知南讲解这几道菜怎么做比较好吃、为什么这么做会好吃。

沈知南认真听着，时不时点个头，默默地把他说的记在心里。

苏念意和陈女士聊了会儿天，闻到厨房传出来的香味，起身走进厨房。

正好看到苏志群正和沈知南说着话。

苏念意正准备走过去，就看到沈知南端着菜转过身走了过来。

苏念意凑到他旁边："我爸刚刚有跟你说什么吗？"

沈知南笑："没说什么。"

沈知南把菜放到餐桌上，注意到她手上沾了点红色的东西，又不像血，他问道："你手上沾的什么？"

苏念意"啊"了声："我刚吃了红心的火龙果。"

沈知南在桌上抽了张纸巾给她擦，结果没擦掉："去厨房洗洗，等会儿就吃饭了。"

"好。"

苏念意来到厨房把手洗干净,顺便帮忙端了道菜出去。

餐桌上,陈女士用公筷给沈知南夹了很多菜:"知南,多吃点,平时消防队出警应该很累吧。"

沈知南:"谢谢阿姨,也不是很累,习惯了。"

"我家念念也不会做饭,你平时休息的话可以和念念一起来我们这里吃饭。"

"那太麻烦叔叔阿姨了,念念不会做饭没关系,我会就行了。"

苏志群点点头:"嗯,知南做饭确实还挺熟练的。"

"对呀,他做饭很好吃的。"苏念意看向沈知南,"你刚刚都做了那几道菜?"

沈知南指了指离苏念意最远的那道青菜:"那个。"

"还有呢。"

"没了。"

"……"

苏念意安静了几秒,她一直觉得沈知南炒青菜没有炒荤菜好吃,但她还是非常捧场地伸手夹了一筷子到碗里,然后尝了尝。

跟平常炒得不太一样,好像好吃一些了。

苏念意点评道:"好吃。"

陈女士也尝了尝:"嗯,不错。"

苏志群也夹了一筷子:"确实还可以,跟我炒得差不多。"

苏念意:"对,爸炒得也好吃,不对,我爸炒什么菜都好吃。"

陈女士:"你可别再夸你爸了,再夸他都要飘了。"

苏志群:"女儿说的是事实。"

沈知南唇边勾起一抹笑意,他好像很久没有感受过这样的家庭氛围了。

他妈妈生病后不久,沈文丰就出轨了,从那之后,沈文丰就很少回家,饭桌上,经常只有他和妈妈两个人,甚至有时候只有他一个人。

过了这么多年,他早就忘了这种和睦且充满人情味的家庭氛围是什么样的了。

父母相爱,家庭幸福,所以才会有这样活泼开朗、自信大方的苏念意吧。

吃完饭,一家人坐在沙发上。

陈女士拿着苏念意小时候的相册给沈知南看。

"念念小时候可调皮了，经常欺负小男孩。"陈女士指了指相册上被苏念意按在地上的小男孩，笑着道，"这是她表弟，经常被她打哭。"

沈知南看着照片上苏念意一副凶巴巴的表情，还有陈林张着嘴巴号啕大哭的脸，忍不住笑出了声："挺可爱的。"

苏念意"哎呀"一声："这张一点都不可爱。"

她立刻把相册翻了个页，后面那张是苏念意戴着一顶粉色爆炸头假发，小小的脸上架着一副大大的墨镜，穿着吊带和短裤，双手还插在裤兜里，样子看上去搞怪又滑稽。

沈知南"扑哧"笑出声，苏念意直接把相册抢了过来："哎呀，怎么都是这种。"

苏志群打趣她："你小时候就是个混世小魔王，当时我和你妈还怕你长大后嫁不出去。"

"是啊，当时给你买漂亮裙子你不穿，非要说自己是个男孩子，以后要保护这世界上所有的女孩子。"

苏念意根本不记得还有这种事了，她把相册护在怀里："没有吧，你们肯定记错了。"

"我们怎么可能记错，就跟个假小子一样。"

沈知南只觉得她很可爱，他扯了扯她怀里的相册："还没看完。"

苏念意又紧了紧："不给你看了，你刚刚都在笑我。"

"我觉得很可爱才笑的。"

苏念意半信半疑："真的吗？"

"嗯。"

苏念意松开手，把相册递给他："那你看吧。"

沈知南把相册放在腿上，一张一张认真看着。

从幼儿园到小学。

这个可爱又漂亮的小苏念意一直都是那么快乐，看起来无忧无虑。

每一张，他都看不腻，甚至想珍藏起来。

翻到最后，沈知南看着她那张小学毕业照，问道："没了吗？"

"还有几本在我房间里，你要看吗？"

"嗯。"

"我去拿。"

苏念意跑到房间拿了几本相册出来。

这几本是她从初中到大学的照片,初中和高中的比较多,大学就只有几张毕业照。

沈知南专心看着,苏念意时不时指着某张照片告诉他这是她多大时候拍的,还会问他漂不漂亮。

沈知南总是点点头笑着说很漂亮。

苏念意从小就是美人胚子,越长大还越好看,从幼儿园到大学,追她的男同学不计其数。

甚至在高中时,还因为校草喜欢她受到了很多女生的排挤。

沈知南看着照片中明艳动人的苏念意,忽然觉得,如果他能早点遇见她就好了。

这样,他就能多拥有她几年。

看完相册,又聊了会儿家常。

陈女士想起来什么,问苏念意:"念念,你的房子装修好了吗?"

"装修好了。"

"那你什么时候搬回去?你老住姝姝那儿也不好。"

苏念意胡乱说了个时间:"等年后再搬回去吧。"

沈知南侧头看向她。

察觉到沈知南的视线,苏念意默默低头,不敢看他。

陈女士点点头:"也行,对了,知南,你住在哪里?"

"景和北苑。"

陈女士想了想,惊呼一声:"念念,你现在也住在景和北苑吧?"

"嗯。"苏念意立刻补充道,"姝姝的房子就在他家对面。"

"所以你们是对门?"

"嗯。"

苏志群搭腔道:"那挺好的,住得近也有个照应。"

安静了几秒,沈知南看着他们:"叔叔阿姨,我跟念念已经住在一起了。"

苏念意突然心一紧,小心观察着陈女士和苏志群的表情。

"是我让念念搬过来跟我一起住的。"沈知南颔首,语气郑重,"叔叔阿姨,我已经跟念念求婚了,很抱歉没有先来拜访你们,征求你们的意见就擅自想娶走你们的女儿。"

气氛突然安静下来。

沈知南眉心微动,继续道:"我知道我所从事的这份职业有一定的危险性,也明白念念外公的去世会让你们有一些担忧,我也没办法向你们保证每一次出警都能平安回来。"

这是他唯一不能保证的,也不敢轻易保证。

"知南,我们确实有这方面的担忧,但我们从来没想过要反对你们结婚。"陈女士说,"念念外公确实因为救火牺牲了,我们很悲痛,但同时也很敬佩他,也敬佩你们每一位奋战在一线的消防战士,所以,我们希望你能保护好自己,这就是对我们和念念最好的保证。"

沈知南安静地听完,觉得自己喉咙有些干哑,想说点什么却又不知道该怎么说,最后只说出了一句道谢的话:"谢谢叔叔阿姨。"

一旁的苏念意眼眶泛红,眼泪不受控制地往下掉。

她曾自私地想说服沈知南换份工作,因为她害怕他受伤,害怕在某一天彻底失去他。

可是她又在想,既然他选择了当消防员,肯定是因为他很热爱,就像陈林一样,不顾家里人的反对,一定要坚持自己的选择。

所以她根本说不出让他放弃当消防员这样的话。

她吸了吸鼻子:"沈知南,我当时就是因为你那一身消防服才对你一见钟情的。"

沈知南替她擦了擦眼泪:"是吗?"

"嗯,但是你要保护好自己,如果你哪天挂了,我就带着你的崽改嫁给别人。"

陈女士拍了下苏念意的手,正色道:"你这孩子,瞎说什么呢。"

沈知南失笑:"这么狠心?"

苏念意:"嗯,所以你别给我嫁给别人的机会。"

沈知南捏了下她的脸:"好,不会给你这个机会。"

吃完晚饭,两人回了景和北苑。

苏念意黏着他,一会儿要抱抱一会儿要亲亲。

洗完澡,两人躺在床上,想到今天沈知南说的话,苏念意紧紧抱着他,侧着脸贴在他的胸前。

"沈知南,你真好。"

沈知南低下头看她:"我这么好那你为什么还要嫁给别人?"

苏念意仰起小脸:"我这不是想让你有点危机感嘛,想让你时时刻刻记着,要保护好自己,不然老婆就是别人的了。"

沈知南笑了声:"好,老婆的话时刻谨记。"

苏念意重新埋进他怀里:"哎呀,我还不是你老婆呢。"

"你不是都答应我的求婚了吗?叔叔阿姨也同意把你嫁给我了。"

苏念意对这种称呼向来都是很严格的:"我们又没领证。"

"那明天去?"

"明天周日,民政局不开门吧。"

"嗯,也对,审批还没下来。"

"什么审批?"

"我们结婚的审批。"

苏念意抬起头:"多久能下来?"

"估计还得要几天。"

"这个不是要提前申请吗?"

"嗯,提前一个月。"

苏念意想了想,在心里算了下时间,然后睁大了眼:"所以你在求婚之前就跟队里申请了?"

沈知南勾唇:"嗯。"

苏念意"哼"了一声:"你这个心机 boy。"

沈知南亲了亲她的嘴角:"嗯,明天跟我回家见我爷爷。"

苏念意"嗯"了声:"那我要早点睡了,明天记得叫我起床。"

沈知南翻身压住她:"我们过去吃晚饭。"

"哦,然后呢?"

沈知南吻上她的唇,话语含糊不清:"所以明天可以晚点起床。"

苏念意是真的困了,推开他:"不是你要我每天十点睡觉吗?我要睡了,晚安。"

随后她翻了个身,用背对着他。

"……"

沈知南这辈子也没想到能被自己狠狠坑一把。

第二天下午四点，两人出发去了沈家。

但不是去沈文丰那儿，而是去沈老爷子那里，沈老爷子一个人住，沈文丰给他请了一个保姆照顾他。

两人到达时，是保姆来开的门。

"张姨。"

"哎呀，知南，你怎么有空来这边了？"

"嗯，带女朋友回来见见爷爷。"

张姨看向一旁的苏念意，温柔地笑了笑："那快进来吧。"

两人换好鞋，走到客厅。

张姨："老爷子在花园里逗鸟呢，我去叫他。"

沈知南叫住她："不用了，我们去花园里找他。"

"也行，那你们去吧，我去准备晚饭。"

"嗯。"

沈知南把手里的东西放到一边，牵着苏念意往花园走。

苏念意莫名地有些紧张，上次见沈老爷子还是他生日的时候，那个时候他和沈知南还没在一起，所以觉得没什么。

但是现在不一样了，她是以他未来孙媳妇的身份来拜访他的。

察觉到她的紧张，沈知南捏了下她的手："不用紧张，有我在。"

"嗯。"

没多久两人就走到了花园里，园子不大，但是花花草草很多，时不时有传来鸟叫声。

此时沈老爷子正坐在小亭子里，拿着鸟食在喂鸟。

沈知南带着苏念意走到他面前："爷爷。"

"沈爷爷好。"

沈老爷子转过头："知南，你怎么过来了？"

看到旁边的苏念意，他有些惊讶："这姑娘不是老陈的外孙女吗？"

沈知南笑了笑："嗯，也是您的孙媳妇。"

沈老爷子愣了几秒，反应过来后也笑了："嗯，不错不错。"

他满意地看着两个人，随后站起身："走，去屋里坐会儿。"

沈老爷子虽然年过八十，但是身子骨还算硬朗，也不怎么生病。

走到客厅，苏念意想起来带过来的礼物还没给沈老爷子，于是扯了扯沈知南的衣服，小声问道："带过来的东西呢？"

沈知南走到他刚刚放东西的地方，把东西提了过来。

苏念意接过他手上的东西，递给沈老爷子："爷爷，这是给您买的一些补品，祝您身体健康。"

老爷子笑了笑，接了过来："让你破费了，下次过来就不要买东西了，人来就行。"

苏念意弯唇笑笑。

坐下后，沈老爷子对苏念意越看越满意："哎，你们两个能在一起我很开心，当年你外公开玩笑说要和我家订娃娃亲，没想到这么多年后，你俩还真在一起了。"

老爷子温和慈祥，苏念意慢慢地不再紧张。

她笑得眉眼弯弯："这大概就是缘分吧。"

烧了她一套房子换来的缘分。

不过也值了。

"嗯，以后知南做了什么对不起你的事，你来跟我说，我帮你教训他。"

像找到了大靠山，苏念意嘻嘻笑了声："好呀！"

沈知南看着她宠溺地笑了笑。

"你爸妈最近还好吗？"老爷子问。

"嗯，挺好的。"

"那就好。"他看向沈知南，"你去拜访岳父岳母了吗？"

"昨天去了。"

老爷子点点头："那你们打算什么时候结婚啊？"

"还没确定，不过也快了。"

"嗯，早点结婚早点让我抱上曾孙。"老爷子打趣道。

苏念意不禁红了脸。

沈知南看了眼苏念意，笑着道："顺其自然吧。"

"嗯。"想起来什么，老爷子走到房间，拿了个小盒子出来。

他把这个盒子递给苏念意，说道："这是我们沈家从很早就流传下来给沈家媳妇的手镯，因为知南的母亲去世了，所以这个手镯放到了我这里，现在交给你。"

苏念意打开盒子，里面是一个很漂亮泛着光泽的翡翠手镯。

"谢谢爷爷。"

她看向沈知南，沈知南也正看着她。

四目相对，他们都在对方的眼睛里看到了自己。

老爷子休息得早，吃完晚饭后，两人便回了景和北苑。

回去的路上，苏念意坐在副驾驶位，小心翼翼地把手镯从盒子里拿出来。

"沈知南，这个是从什么时候流传下来的？"

沈知南专心开着车，随口道："好像是民国吧。"

"那岂不是很贵重？"

沈知南一本正经："传给媳妇的，能不贵重吗？"

听到这话，苏念意更加小心翼翼了，她把手镯放回盒子里，说道："那我不敢戴了，我怕我不小心磕到它了。"

沈知南轻笑了声："没事，再贵重也没有我媳妇贵重。"

苏念意看向他，觉得沈知南现在这"老婆""媳妇"叫得越来越顺口了。

"沈知南，咱们什么时候结婚？"

"你想什么时候？"

苏念意想了想："年后吧，现在都快过年了。"

沈知南安静了几秒："领证年前，婚礼年后可以吗？"

"好。"

队里的审批下来后，隔日沈知南就拉着苏念意去民政局扯了证。

从开始到结束苏念意都没太反应过来。

副驾驶位，苏念意拿着两个红本本，感慨一声："我怎么就成有夫之妇了呢？我感觉我不自由了。"

沈知南唇角不自觉地往上扬起，看上去心情极佳："嗯，挺好的。"

苏念意瞅了眼他："这么高兴吗？"

"嗯，你不高兴吗？"

苏念意不自觉地捏紧结婚证，笑了笑："高兴。"

车窗外的阳光照射进来，打在红红的小本子上。

上面金灿灿的三个大字格外耀眼。

本来前几天天气很不好，雨夹雪下了好几天，但今天却难得出了太阳。

所以怎么会不高兴呢？

——我们领证的这天，连天气都这么好。

转眼到了春节。

消防队是不放假的，只有轮休。

除夕那天，沈知南值班，所以苏念意的年夜饭是在消防大队吃的。

不过人没有元旦时候多，也有些轮休的消防员回家过年了。

但同样轮休的陈林却没有回。

苏念意问他："陈林，你都多久没回家了？舅舅上次不是说要报警抓你吗？"

"不知道。上次我妈过来看我了。"

苏念意也没觉得惊讶："舅妈知道你当消防员了？"

陈林点点头："嗯，不过我爸好像还不知道。"

"你也该跟他说了。"

"再说吧。"

此时菜已上齐，陈林看着一桌菜，有一半都是他爱吃的。

他拿起筷子吃了起来。

没吃几口，他就觉得今天的菜味道很熟悉，不像食堂阿姨做的，有点像他妈妈做的。

他想了想，也没太在意。

直到吃到一个狮子头的时候，他突然停下了筷子。

不禁看向后厨的方向。

这道狮子头，跟他爸做出来的味道一模一样。

他放下筷子，站起身，准备去后厨看一眼，苏念意叫住他："干吗去？"

"表姐，我想去后厨看看。"

苏念意笑了笑："去吧。"

陈林走后，苏念意夹起一个红烧狮子头放到沈知南碗里："尝尝我舅舅做的菜，他做饭也很好吃哦。"

沈知南尝了口："嗯，好吃。"

厨房门口，陈林站了十几秒，他心里其实是很紧张的，但是又有点期待。他抬手，慢慢地掀开了门帘。

抬眸，与厨房里的人视线对上。

安静了几秒，陈林才缓缓出声："爸，妈。"

陈妈妈红了眼眶，走过来抱住他："儿子。"

陈林也有些哽咽："妈，你们怎么来了？"

"来看看你，过年也不回家。"

陈林看了眼不远处的陈父，问道："爸怎么也来了？"

陈妈妈松开他："来看看你啊。"

"爸什么时候知道我当消防员的？"

"他比我还早知道。"

陈林不可置信地"啊"了一声。

"你爸就是刀子嘴豆腐心。"

陈林沉默了几秒，走到陈父面前，叫了他一声："爸。"

陈父清了清嗓子："臭小子，还知道我是你爸，这么久都不回一次家。"

陈林挠了挠脑袋："我就是怕你打我。"

"我就你这一个儿子，我还能打死你？"

"那你不反对我当消防员了吧？"

陈父叹了口气："你喜欢就行，我也不想强求你做你不喜欢的事。"

陈林笑了："谢谢爸，你们吃饭了吗？"

"给你做饭呢，哪有时间吃。"

"那跟我们一起啊。"陈林拉着陈父陈母的胳膊，"走啊走啊。"

两人本来是打算做完饭菜就走的，但是现在估计也走不成了。

吃完年夜饭，有的看春晚，有的和家里人打电话。

而苏念意则是拉着沈知南玩仙女棒[1]。

因为是在消防队，这么光明正大地玩火她还有点害怕沈知南会说她，她自己先说："沈知南，我就玩几根，我会很小心，不会引发火灾的。"

沈知南宠溺地捏了下她的脸："没事，你玩得开心就好，有我在，不会有事的。"

---

1. 一种手持烟花，也叫"电光花"

听到这话，苏念意笑了起来，把打火机递给他："那你帮我点火。"

"好。"

沈知南帮她点燃仙女棒，一瞬间，一朵小小的烟花炸开，发出嗞嗞嗞的响声。

苏念意拿着点燃的仙女棒在半空中画了个圈："好漂亮。"

沈知南站在一旁看着她，眼里含着浓浓的笑意。

仙女棒燃得很快，这一根很快就燃完了。

苏念意又拿了几根，催促沈知南给她点燃。

点燃后，苏念意递了一根给沈指南："给你，我们一起玩。"

沈知南顺从地接过来。

仙女棒发出的光打在两人的脸上，温暖又温馨。

这是两人在一起过的第一个新年。

之后，还会有很多个。

看着手上的仙女棒燃尽，沈知南转过头，微微俯身，嘴唇贴到她的耳畔，轻声说道："老婆，新年快乐。"

苏念意偏头，对上他的视线，说了声："新年快乐，老公。"

沈知南眼眸微动，垂眼看着她红艳的唇，距离渐渐拉近。

就在快要贴上她嘴唇的那一刻，苏念意伸出手，非常煞风景地说："我的红包呢？"

沈知南顿住，呼出一口气，身体站直。

他无奈地笑了笑，从兜里拿出来一个红包递给她。

苏念意接过来，感受了一下这个红包的厚度，笑着道："果然是沈大队长，出手这么阔绰。"

沈知南低笑一声："那我的呢？"

苏念意不可思议地看着他，"我是你老婆，你竟然还管我要红包。"

"没准备？"

苏念意确实没准备，一般不都是老公给老婆发红包吗？

沈知南重新凑近她："给点别的也行。"

话落，沈知南滚烫的唇覆了上来。

年后，沈知南就和队里请了婚假开始置办婚礼。

除了刚开始沈知南问苏念意想要一个什么样的婚礼，之后的事情苏念意就没怎么管，全程都是沈知南一手操办。

她只要在婚礼当天，穿一套漂亮的婚纱，说句我愿意就行了。

婚礼的前一天，苏念意待在她爸妈家，作为伴娘的叶语姝，今晚也睡在她家。

晚上，两人躺在床上聊天。

叶语姝感叹一声："没想到你这么快就结婚了。"

"我也没想到。"苏念意转头看向她，"你和周北生什么时候结？"

叶语姝安静了几秒，"不知道，周北生还没跟我求婚。"

察觉到她有些失落，苏念意安慰道："可能已经在准备了呢。"

"我还不想这么早结婚呢，再多玩几年也好。"叶语姝侧过身，看着她，"你听说过一句话没有？"

"什么？"

"婚姻是爱情的坟墓。"

苏念意正想说什么，一旁的手机响了一下。

她拿起来看了眼，是沈知南发过来的信息。

沈知南：在干吗呢？

苏念意：在和妹妹聊天呢。

沈知南：聊什么？

苏念意：聊婚姻是爱情的坟墓。

沈知南：嫁给我，婚姻就是爱情的天堂。

苏念意：……

这是什么土味情话？太土了吧。

苏念意扯了下嘴角，回复他：最好是，我要截图保存下来，要是哪天我们俩吵架了我就拿出来给你看。

沈知南：……

叶语姝好奇地戳了戳她："跟沈队长聊天呢？"

苏念意放下手机："嗯，他说嫁给他婚姻就是爱情的天堂。"

叶语姝愣了下，随后笑出了声："哈哈哈哈哈，原来沈队长还会说土味情话呢。"

苏念意的手机又响了下，她拿起来，沈知南又给她发了条信息：早点睡，明天还要早起。

苏念意：哦。

沈知南：晚安。

苏念意：晚安。

隔日一早，苏念意和叶语姝就被闹钟吵醒。

起床简单洗漱后，开始化妆。

苏念意第一次起这么早，困得不行，化妆师给她化妆的时候也是闭着眼睛，感觉完全睁不开。

而沈知南早就在她家楼下等着，准备来接走他的新娘。

化好妆穿好婚纱，又吃了点陈女士准备的早餐。

苏念意困倦地坐在床上打了个哈欠。

叶语姝拿着她的婚鞋到处找地方藏。

苏念意看着她，问道："干吗呢？"

"我得给沈队长出点难题，哪能让他这么轻易娶走你。"

"他伴郎有四五个，你一个人敌得过吗？"

叶语姝深吸了一口气："我能，相信我，我还给他出了几道奥数题。"

苏念意笑了笑："行。"

到了接新娘环节，叶语姝作为唯一的伴娘，挡在房间门口，看着眼前几个体格健硕的男人，拿出来一张 A4 纸递给沈知南："来，先把这几道奥数题做了。"

沈知南一脸蒙地接过来，他并不知道接新娘还需要做奥数题。

他扫了眼上面的题目，淡定地说："笔呢？"

叶语姝并没有给他准备笔，她环着胸，下巴稍抬："我没有，自己想办法解决。"

周北生笑了笑，从兜里掏出来一支笔递给他。

叶语姝睁大了眼——啊！叛徒！

沈知南接过笔，把纸压在墙上解了起来。

沈知南上学时候也算个学霸，这几道题难不倒他。

没过多久，这几道就解完了。

叶语姝拿着试卷，看到答案和她准备的答案一样，心里暗暗后悔自己小看他了。

见这个难不倒他,她又开始出别的难题:"你们一人做三十个俯卧撑。"

沈知南嘴角微扬,给身后的人使了个眼色。

随后,三十个俯卧撑轻松完成,只有周北生一个人还在气喘吁吁的:"28、29……30——"

叶语姝嘴角抽了一下,她忘了这群人除了周北生以外都是消防员。

唉!失算了。

叶语姝想了想,又问了一些关于苏念意的爱好之类的问题,结果沈知南都答出来了。

她没辙,把门给打开了。

想着还有最后一道难题,就是找婚鞋,她藏的地方应该很难找到。

一进门,沈知南就看到苏念意正在打瞌睡,听到有人进来的声音,才缓缓睁开眼。

沈知南无奈地笑笑,走过去,准备抱着她离开。

叶语姝一下就冲到两人中间:"急什么,婚鞋还没给她穿呢。"

沈知南愣了下,皱了皱眉。

叶语姝催促道:"快点去找啊。"

于是几人开始满房间翻找。

没过多久,第一只鞋就被周北生找到了,他递给沈知南,笑着说:"我知道还有一只藏在哪儿了。"

叶语姝觉得他这纯粹就是运气,根本没在意。

因为另一只她藏在了苏念意的裙摆底下,他肯定不知道。

结果周北生指了指苏念意,跟沈知南说:"另一只藏在你老婆的裙摆下面,你自己找一下。"

这下叶语姝傻眼了——这都能猜到?

到底是哪个环节出了问题?

沈知南笑了笑,看向苏念意摊开在床上的大裙摆。

他走过去,俯身把脸贴到苏念意的耳边,轻声道:"自己拿出来。"

眼看着已经藏不住了,苏念意掀开裙摆一角,那只婚鞋就放在床上,只是被她的裙摆给遮住了。

沈知南拿起那只婚鞋,蹲下身,轻轻给她穿上。

几人欢呼起来，沈知南起身，弯腰亲了下她的唇。

随后抱起她往外走。

婚礼是在一家五星级酒店举行的。

婚礼进行时，沈知南穿着黑色西装，站在最前方，等着他的新娘。

苏念意穿着洁白的婚纱，挽着苏志群的手臂，缓缓走向他。

路的两边，铺满了她喜欢的香槟玫瑰。

伴随着《婚礼交响曲》的缓缓乐声，苏念意终于走到了他的面前。

紧接着主持人说了一大堆话，终于说到了最后："你愿意娶眼前这位美丽的女士为妻吗？爱她一生一世，无论贫穷还是富有？"

沈知南深深地看着苏念意，语气虔诚："我愿意。"

主持人看向苏念意，"那么这位美丽的女士，你愿意嫁给眼前这位男士吗？爱他一生一世，无论贫穷还是富有？"

苏念意眼睛有些湿润："我愿意。"

随后两人交换了对戒。

主持人："新郎，你可以亲吻你的新娘了。"

台下欢呼声响起，沈知南走上前，揽住她的腰，轻轻吻了上去。

在这一瞬间，苏念意感觉到头顶上有什么东西炸开。

下一秒，一大片小小的白色羽毛落下来。

在这片白色浪漫中，苏念意轻轻闭上眼，踮起脚，抬手圈住了他的脖子。

—— 全文完 ——

番外篇·一
新婚夜

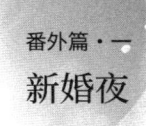

婚礼结束后，两人回到了婚房。

婚房就是沈知南在景和北苑一直住的那套房子，不过房子昨晚已经被他精心布置过。

回到家，苏念意立刻踢掉脚上的高跟鞋，直接瘫软在沙发上，一副累得不行的模样："怎么结个婚这么累？脚都酸死了。"

沈知南把她的高跟鞋放好，走到她边上坐下："早跟你说了穿平底鞋会舒服一些。"

"你不懂，礼服就是搭高跟鞋才好看。"苏念意向来爱美又讲究搭配，而且这么重要的场合怎么能随便穿呢？

沈知南无奈地笑笑，握着她的脚踝："给你揉揉。"

"好呀。"

沈知南轻轻给她揉了会儿，随后看到苏念意一脸享受地闭上了眼睛，像是要睡过去了一样。

沈知南恶作剧般地在她的脚心上挠了下，苏念意立马收起脚，睁开眼睛看着他："干吗呀？好痒。"

沈知南欺身压了下来，鼻尖抵住她的："不准睡。"

苏念意嘟囔："可是我好困。"

一股淡淡的酒味在两人鼻尖萦绕。

因为刚刚敬酒，两人都喝了点酒，沈知南走进厨房，泡了杯蜂蜜水出来："喝点蜂蜜水，不然明天起来头疼。"

苏念意慢吞吞坐起身子喝了几口，然后又推到沈知南嘴边："你也喝点，你刚刚喝的比我还多。"

沈知南把剩下的蜂蜜水都喝掉,然后把杯子放到茶几上。

下一刻,他揽腰把苏念意抱了起来。

"干吗去?"

"洗澡。"

进了浴室,沈知南把人搁置在洗漱台上,自己则转身去了浴缸边放水。

苏念意一瞧,瞬间就腿软了。

趁着沈知南还在放水,她直接下了洗漱台,逃出了浴室。

听到动静的沈知南转过头,看到人已经不在浴室了。

他走出浴室,看了眼客厅,没人。

又走到卧室,看到苏念意正坐在梳妆台前卸妆。

沈知南走过去,侧身倚靠在墙上:"跑什么?"

苏念意一边卸妆一边说:"我先跟你说,我现在很累了,我洗完澡就要睡觉。"

沈知南"嗯"了声:"一起洗。"

"不要,你等会儿又要……"苏念意没好意思再说下去,继续拿着卸妆棉卸妆。

沈知南沉沉笑了声:"要什么?"

苏念意瞪了他一眼,把卸妆棉扔进垃圾桶里,站起身,拿着睡衣进了浴室。

见沈知南没跟过来,苏念意直接把门反锁了。

苏念意舒舒服服地泡了个澡,出来后,看到沈知南正坐在客厅沙发上看手机。

她随口说了句"我洗好了"便进了卧室。

沈知南放下手机,起身走进卧室,看到苏念意正在往脸上涂护肤品,他走到她旁边,弯腰凑近她的耳畔:"等我,不许睡。"

苏念意有些头皮发麻,正想要说话,就看到沈知南转身出了卧室。

她收回视线,继续往脸上抹乳液。

护完肤,苏念意爬上了床,闭上眼睛,准备睡觉。

她才不会听沈知南的话。

沈知南洗澡很快,不到十分钟,浴室门就被打开。

他来到卧室,看到床上像是已经睡着的苏念意,皱了皱眉。

怎么还真的睡了?

沈知南走到床边,把浴巾掀掉,躺进了被窝。

感觉到了熟悉的温度,苏念意像八爪鱼似的缠了上来,紧紧抱着他。

但眼睛仍是紧闭着的。

沈知南捏了捏她的鼻子:"不是说了不许睡吗?"

苏念意此时还没进入深度睡眠,被他这样一捏,睡意直接消了大半。

她睁开眼,瞪着他:"你干吗捏我鼻子?"

沈知南看她这副已经清醒的模样,笑了声:"看来你现在不困了。"

"我困。"

话刚说完,密密麻麻的吻便落了下来。

所到之处,留下一个个暧昧的痕迹。

这是他们的新婚之夜,如果睡觉真的好像是在浪费。

沈知南把脸埋在她的侧颈,时不时舔咬一下她小巧的耳垂,声音格外性感:"老婆。"

此时窗外不知何时刮起了夜风,吹得窗户有些响。

苏念意侧着头,嘴巴微张,细细的声音断断续续从喉间溢出。

……

这个夜晚,好像特别漫长。

但又希望它再漫长一点……

番外篇·二
怀孕

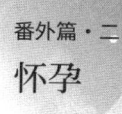

两人结婚后不久，平时很少吵架，偶尔也就只是苏念意闹点小脾气，沈知南一哄就哄好了。

但是这些天，苏念意的脾气突然越来越暴躁，一点点小事就揪着不放。

沈知南人又在消防队，在电话里哄了半天，苏念意还是气得不行。

哄着哄着，苏念意直接不理他了。

当天晚上，沈知南就回了景和北苑，结果苏念意却没在家，给她打电话也不接。

而另一边，苏念意坐在叶语姝家的沙发上，手机放在一边，任由它响。

叶语姝看着苏念意，问道："你真不接啊？"

"不接。"苏念意咬了咬牙，"我觉得你说的没错。"

"什么？"

"婚姻是爱情的坟墓。"

叶语姝有些好奇："发生什么了？"

苏念意一副气得不行的模样："你知道吗，沈知南今天早上没有叫我起来吃早餐，到中午才给我发信息。"

叶语姝一噎——就这点小事？

"有可能他在忙，消防员不都很忙吗？"

"不可能，我问陈林了，他说今天一点都不忙。"

叶语姝不知道该怎么说了，她好像也因为这点小事跟周北生生过气。

不过自从两人准备结婚后，周北生好像很少惹她生气了。

"那他以前每天都会叫你起来吃早餐吗？"叶语姝问。

苏念意想了想,之前好像会,但是在某一个早上她跟他发了通起床气后,沈知南就很少叫她起来吃早餐了。

苏念意顿时有些心虚了:"偶尔会。"

"那你还有什么好生气的?"

"我也不知道。"

"是不是因为要来例假了?"

苏念意确实感觉到自己最近脾气差了许多,但是平时要来例假的时候情绪也没有这么多变啊。

她拿起一旁已经没了动静的手机,看了眼日历,发现自己上个月根本没来例假。

而且前两个月她和沈知南好像也没有特意去做安全措施。

苏念意脑中突然涌现出了一个难以置信的想法。

"姝姝,明天跟我去趟医院吧。"

"怎么了?去医院干吗?"

苏念意也不确定自己的想法是不是对的:"我例假推迟了。"

叶语姝愣了几秒才反应过来,惊呼:"你不会是……怀孕了吧?!"

"我也不太确定。"

"要不要跟沈队长先说一下?"

"不要吧,等下没有怀孕怎么办?让他白高兴一场吗?"苏念意说。

"也行,先看看明天的检查结果。"

"嗯。"

两人又聊了会儿,在这期间,沈知南都没有给她打电话或者发信息。

到了十点,沈知南准时给她发了条信息让她早点睡。

苏念意依旧没回,怎么一点都不关心她在哪儿,也不关心她有没有吃饭。

气着气着,苏念意进入了梦乡。

第二天一早,两人就去了医院妇产科。

等检查结果的时候,苏念意极其紧张,手心都在冒汗。

大概等了半小时,医生拿着检查单出来递给她:"恭喜你,你怀孕了,已经两周了。"

听到这话,苏念意愣愣地接过检查单,看着彩超单上的黑白图片。

她竟然真的怀孕了!

一旁的叶语姝握住医生的手,激动地说:"辛苦你了,医生。"

"没事。"

医生又给她开了点叶酸让她回去吃,还跟她说了些怀孕的注意事项。

走出医院,苏念意摸了摸平坦的小腹,还是有些不敢相信。

这里面竟然有个小宝宝。

是她和沈知南的小宝宝。

叶语姝看着苏念意摸着自己的小腹,突然觉得她全身上下都散发着一种母性的光辉,她问道:"念念,你现在是去我家还是回家?"

苏念意想了想,这么重要的事她还是想当面跟沈知南说,刚好今天沈知南好像是轮休,他应该在家。

"先去你家拿东西,然后我再回家。"

"行。"

回到家,两人刚打开门,就听到里面传来周北生和沈知南的声音。

苏念意一顿——他怎么来了?

不对,他怎么知道她在这儿?

肯定是周北生报的信。

听到了开门的声音,沈知南走了过来。

苏念意抬起头,两人视线对上。

空气安静了几秒,叶语姝默默换好鞋和周北生进了卧室,给两人留了单独相处的空间。

苏念意站在原地,低着头慢吞吞地换鞋,不说话也不看他。

沈知南盯着她看了一会儿,最终还是忍不住走过去抱住她,轻声问道:"还生气吗?"

明知道他也没做错什么,但苏念意就是有些委屈,她靠在他怀里,闷闷开口:"气。"

沈知南又抱紧了些:"那要怎样才不气?"

"不知道。"

沈知南"嗯"了声,哄道:"那先跟我回家,好不好?"

苏念意沉默了几秒,才淡淡"哦"了声。

回景和北苑的路上,苏念意坐在副驾驶位一声不吭,沈知南一边开车,一边时不时看她一眼。

苏念意其实早就不生他的气了，只是因为刚刚还跟他说自己还在生气，如果现在她主动跟他说话，那她岂不是很没有面子？

但沈知南并不知道她的内心活动，只以为她真的还在生他的气。

到了景和北苑停车场，下了车，沈知南习惯性牵着她的手往电梯口走，苏念意倒也没反抗，任他牵着。

没过多久，两人便到了家。

一进门，沈知南把她的东西放到地上，然后抱起她往卧室走。

苏念意知道沈知南的心思，但是她怀孕了啊！

她轻声说道："沈知南，我们现在不能同房。"

沈知南皱了皱眉，忽然想起来这几天好像是她的生理期。

他摸了摸她的小腹："疼吗？"

苏念意"啊"了声："什么？"

"不是来例假了吗？"

苏念意愣了几秒："我没来例假。"

沈知南看她："那你还在生我气吗？"

"没有。"

沈知南亲了亲她的耳朵："那是为什么？"

苏念意转头看着他："我袋子里的东西你能帮我拿过来一下吗？"

沈知南愣了下："好。"

沈知南从床上起来，走出了卧室。

苏念意平躺在床上，眼睛盯着天花板，心里莫名地紧张。

过了好一会儿，苏念意都没看到沈知南进来。

她疑惑地起床走出卧室来到客厅，一眼就看到了沈知南站在玄关，手上拿着医院的检查单，模样有些呆滞。

苏念意走到他旁边，看了看他。

这是怎么了？怎么一点反应都没有？难道他没看懂？

苏念意扯了扯他的衣服："沈知南。"

这下沈知南有了点反应，他侧头，看着苏念意，视线往下，到达她的小腹。

声音有些沙哑："你……怀孕了吗？"

"嗯，你要当爸爸了。"

沈知南反应有些迟钝，好半天都没说出一个字。

苏念意对他这反应有些不满:"你怎么就这反应?"

沈知南笑了笑,突然蹲下身把她竖着抱了起来,仰起头亲了下她的唇:"我就是太开心了。"

听到这话,苏念意也笑了。

——我们要当爸爸妈妈了。

番外篇·三
漂亮的小公主

苏念意怀孕期间，由于沈知南工作的原因，不能时常陪在她身边，所以苏念意直接回了娘家养胎，沈知南一有空就去她娘家陪她。

苏念意怀孕没什么孕吐反应，反而很能吃，还嗜睡。

每次沈知南一来，不是看到她在吃就是看到她在睡觉。

这天晚上，沈知南刚进门，就看到苏念意靠在沙发上一边吃水果一边看电视，苏志群和陈女士则在厨房忙活。

沈知南走过去坐到她旁边，摸了摸她鼓起来的肚子，勾唇笑了笑："今天我老婆和孩子怎么样？"

苏念意把盘子里的最后一颗葡萄吃完，然后把盘子递给他："孩子挺好，老婆不太好。"

沈知南轻轻抱住她："怎么了？"

苏念意撇撇嘴："我胖了好多。"

因为怀孕，她确实比以前胖了一些，但也没胖很多。

沈知南握住跟怀孕之前没差多少的手腕："这不是还很瘦吗？我觉得还能再胖一点。"

"哪有，我今天称了下，我都快一百一了。"

"你这不是肚子里还有个宝宝嘛。"沈知南亲了她的脸颊，"没事，再胖我也不嫌弃你。"

苏念意才不信男人的这种鬼话，哼了声："生完我就要减肥。"

"那需要我帮忙吗？"

听到这话，苏念意立马反应过来，瞪了他一眼，义正词严地拒绝他："谢谢，不需要。"

沈知南笑了声："你需要。"

苏念意正想好好说他一番，刚好这时陈女士走了过来，问道："需要什么？"

苏念意干咳了声："没什么。"

陈女士也没在意，随口道："差不多可以吃饭了。"

"好。"

临近预产期，沈知南跟队里请了产假陪苏念意生孩子。

生产那天，沈知南进了产房陪产。

苏念意躺在床上，皱着眉头，眼泪止不住地往外流，额头上全是汗："沈知南……"

沈知南紧紧握住她的手，满脸心疼："嗯，我在。"

医生："快了，再用点力。"

苏念意咬紧牙关，用尽了最后一点力气。

随后传来一声婴儿的啼哭声，苏念意随之瘫软在床上。

沈知南替她擦了擦汗和眼泪，心疼地吻了下她的额头："好了好了，生完了。"

苏念意已经累得完全动不了了，小声哭着："我再也不生了，好痛。"

沈知南的心也被揪着痛："好，我们再也不生了。"

医生抱着婴儿走到苏念意的旁边，把孩子给她看："是个漂亮的小公主。"

苏念意看着那个让她痛了好久的小家伙，抬手轻轻碰了碰她的脸："怎么脸看上去皱巴巴的。"

沈知南看了看，他觉得还挺可爱的。

医生笑了笑，解释道："刚出生的婴儿都是这样的,以后会越长越好看的。"

苏念意"嗯"了声，看着这个小家伙，突然有了种做了妈妈的真实感。

番外篇·四
沈倾意小朋友

"沈倾意"这个名字是沈知南给取的。

听名字别人会以为沈倾意小朋友是个文静又可爱的小姑娘,但其实并不是。

沈倾意小朋友完美继承了她妈妈的美貌和性格,才四岁就皮得不行,完全就是小苏念意。

上幼儿园时,沈倾意天天在学校里欺负小男孩。

但她也不是无缘无故欺负人家小男孩,她是看到有小男孩欺负别的小女孩,她就非常有正义感地要帮那些小女孩欺负回去。

关键还因为她长得漂亮,小男孩都不还手,就任她欺负。

于是,沈倾意小朋友成了幼儿园里的"大姐大"。

苏念意通过幼儿园的老师知道这事后,吓了一跳,打算晚上等沈知南回来让他好好说一下。

因为平常沈倾意最听沈知南的话。

晚上,沈知南回来的时候看到母女俩正坐在沙发上看动画片。

一看到沈知南回来,小姑娘立刻从沙发上起来跑过去抱住他的腿,仰着小脸求抱抱。

沈知南是个女儿奴,哪能拒绝她的要求,立刻就弯腰抱起她,笑得极其温柔:"今天倾意在学校乖不乖呢?"

小姑娘有些心虚,但又很淡定地撒谎:"很乖呀。"

"嗯,那倾意很棒。"

小姑娘咧开嘴嘻嘻笑了两声。

苏念意看着这个小家伙脸不红心不跳地撒谎，觉得这样下去不行。

她走过来，轻轻捏了捏她的小脸："倾意，你知道撒谎的小朋友会变成什么样吗？"

沈倾意天真地看着她："什么样呢？"

苏念意一本正经地吓唬她："鼻子会变长，然后就不漂亮了哦。"

撒了谎的沈倾意下意识地摸了摸自己的小翘鼻，她跟苏念意一样，从小就爱美，现在一听到要变丑了，她伤心哭了起来："呜呜呜……我不要变丑。"

沈知南有些不知所措，看向苏念意："这是怎么了？"

苏念意凑到沈知南耳边，小声说道："你女儿在学校当大姐大，欺负人家小男孩。"

沈知南觉得有些不可思议，沈倾意平常在他面前乖得不行，怎么还会欺负别人。

沈知南看着怀里这个因为要变丑而伤心得不行的小家伙，抱着她走到沙发前坐下。

这么小就学会撒谎了，这可不是个好习惯。

沈知南抬手帮她擦了擦眼泪，脸上没什么表情，但语气却很温柔："倾意，跟爸爸说说，你有没有在幼儿园欺负小男孩？"

沈倾意吸了吸鼻子，坦白道："对不起爸爸，我不是故意欺负他们的。"

沈知南摸了摸她的小脑袋："那是为什么呢？"

"他们欺负别的小女孩，还欺负我的朋友，我就是想帮她们欺负回来。"

沈知南失笑，小小年纪还知道打抱不平了，怎么感觉是个翻版的小苏念意呢？

一旁的苏念意看着这个充满正义感的小姑娘，瞬间觉得她好像做的也没错，不过用暴力解决问题还是不可取："倾意，咱们是女孩子，女孩子是不能这么暴力的，知道吗？"

沈倾意眨了眨眼："那我应该怎么办呢？"

"你可以告诉老师，或者你跟那些欺负人的小男孩……呃……讲讲道理？"苏念意越说越觉得不靠谱，最后还是把教育小孩的大任交给沈知南。

沈知南轻捏了下她的小软脸："倾意，妈妈说的是对的，你们现在还小，遇到这种事情首先要先告诉老师或者告诉爸爸妈妈,不能自己盲目去解决,知道吗?"

沈倾意似懂非懂地点点头:"我知道了爸爸。"

虽然平常沈倾意比较喜欢黏着沈知南,但是睡觉仍然喜欢让苏念意抱着睡。

把小朋友哄睡着后,苏念意也差点快要在儿童房睡着了。

沈知南走进来,轻轻把苏念意抱回了卧室。

苏念意下意识地抬手抱住他的脖子,声音细糯:"几点了?"

"十点半。"

沈知南把人放进被窝里,自己也躺了进去。紧接着,细碎的吻落到了她的脖颈上。

番外篇·五
林岚 & 顾之衍 1

自从演完《温柔陷阱》这部电影后，林岚就被顾之衍黏上了。

林岚在圈里面是出了名的脾气好、绯闻也极少的女明星，但是偏偏却被圈里面出了名的脾气差、绯闻接连不断的男明星给盯上了。

网上有传言，顾之衍家庭背景雄厚，后台硬，有个贼有钱的老爸，刚出道两年，咖位就已经和林岚差不多了，他演技却很成熟，像天生就吃演员这碗饭的一样。

林岚坐在休息室，心里有些惆怅。

因为电影即将上映，她还得跟顾之衍一起帮电影做宣传。

最近这些天，她几乎每天都能收到顾之衍给她发的微信，一开始他都是问她一些演技方面的问题，她都会很有耐心地回答他。

因为两人合作过一部电影，而且顾之衍是她的大学学弟，在圈里，又是他的前辈。

但是慢慢地，他的信息就演变成了"早安""午安""晚安""吃饭了吗？""睡了吗？""在干吗呀？"之类的话。

林岚不是一个迟钝的人，她察觉到这个脾气差的小弟弟似乎是喜欢自己。但他又没有明说，就只是每天发一些无关紧要的信息问候她。

她想跟他明说自己不喜欢他，又怕是她猜错了，如果他不喜欢他，那她这样说岂不是显得她很自作多情。

所以最后，她选择忽略他的信息。

而且，她记得他好像喜欢男的吧？之前微博还上过热搜的，虽然最后他本人发了声明澄清，但信的人很少。

宣传活动快要开始，助理小晚进来提醒她准备去现场。

她"嗯"了声，起身走到门口，刚好这时顾之衍经过他的休息室。

两人脚步顿住，顾之衍勾唇，看着她："姐姐，一块儿去现场啊。"

林岚没办法拒绝，礼貌一笑："嗯。"

两人并排走着，旁边跟着一些保镖。

顾之衍一只手插在兜里，身体往她靠近了点，眼睛里含着笑意，语气有些不正经："姐姐，这几天怎么不回我信息啊？"

林岚身体僵了僵，她没想到他会这样直接问出来。

而且他怎么总是叫她姐姐，虽然她是他前辈和学姐，是该叫她一声姐，但是不应该是叫"岚姐"或者"学姐"吗？为什么是叫"姐姐"？

林岚不动声色地往边上挪了一点，淡声道："顾之衍，你还是叫我学姐吧。"

顾之衍觉得好笑："为什么要叫学姐？我刚上大学时你都毕业了。"

林岚一噎——难道这就不算了吗？

刚好这时两人已经走到了活动现场。

林岚穿着黑色的礼服，礼服很长，已经拖地了，于是她提着裙子的两侧，走上了舞台。

顾之衍小心翼翼走在她的后面，避免自己踩到她的裙子。

宣传活动开始，导演大致介绍了一下电影，然后几位主演各自介绍了下自己的角色。

提问环节，主持人问："之衍第一次和林岚合作是什么感受呢？"

顾之衍拿起话筒，回答道："岚姐演技很好，人也很好，希望以后还能有机会一起合作。"

主持人又看向林岚："那林岚第一次和之衍合作是什么感受呢？"

林岚换上职业假笑："之衍虽然出道不久，但演技很不错，为人很和善，我也希望跟他能有下一次合作。"

而内心其实是：他脾气真的很差，特别拽，心情阴晴不定，导演有时候都怕他，千万不要再有下一次合作，求求了。

顾之衍看了她一眼，唇角勾起一抹笑意。

宣传活动很快结束，林岚不紧不慢地走下台，顾之衍依旧走在她的后面。

刚走到第二个台阶，林岚不小心踩到自己的裙子，整个人直接往前倒。

顾之衍眼疾手快，一把拉住她的胳膊。

不知是他力气太小还是其他什么原因，顾之衍直接拉着她的胳膊往回扯了点，然后揽住她的腰，转身。

两个人直接往下倒。

但只有顾之衍一个人倒在地上，因为林岚倒在了顾之衍的身上。

脸直接贴在他的胸膛上，整个身体都趴在他的身上了。

还没等她反应过来，现场的工作人员和其他人都围了过来："没事吧？"

林岚瞬间反应过来，立即从他身上爬起来，担心地看着顾之衍："你怎么样？没事吧？"

顾之衍眉头都没皱一下，坐起身："没事。"

走到休息室门口，顾之衍跟在林岚后面。

林岚转过身，问道："你跟着我做什么？"

"姐姐，你准备回去了吗？"

"嗯。"

"送我一趟呗。"

林岚有些疑惑："你车呢？"

"我没车。"

"？"林岚明显不信，"那你怎么过来的？"

顾之衍一本正经地撒谎："我自己打车过来的。"

林岚是不信他的，但是想到他刚刚救了自己，反正也就只是送他一趟，倒也不是什么过分的要求，于是便答应了。

林岚的保姆车上，顾之衍坐在她旁边，时不时扭动一下身子。

林岚看着他："你怎么了？"

顾之衍皱了皱眉："我胳膊和背有点痛，可能刚刚受伤了。"

林岚心想，刚刚不是还没事吗？怎么这会儿又有事了。

小晚见状，从包里拿出来一瓶红花油："之衍哥，回家拿红花油擦擦吧。"

顾之衍："……"

见顾之衍没接，林岚接了过来，放到他的腿上："自己回家搽搽吧。"

顾之衍淡淡"哦"了声。

接下来，顾之衍都没再说话，抿着唇，看起来心情不佳。

把人送到后，林岚便回了自己家。

刚回到家，就收到了顾之衍的微信："姐姐，我的胳膊好痛。"

林岚回复："要不你上医院看看？医药费我出。"

顾之衍："我现在这么火，哪能随便外出，被认出来了怎么办？这不是给医院增添麻烦嘛。"

难不成还要她给他请个家庭医生吗？

"那你想怎么办？"

"要不你来照顾我两天吧？"

林岚想了想，回复："要不我给你请个家庭医生？"

那头过了几分钟才回："不用了。"

林岚现在的工作模式是拍完一部电影或者电视剧都会休息一段时间。

所以隔日，她就在家休息。

本来是打算在家做做瑜伽看看电视的，结果就听到楼上移动东西的声音，像是在搬家，吵了她半天。

她记得楼上很久没住过人，这是有人刚搬过来吗？

她也没多想，继续做自己的瑜伽。

没多久，她家的门被敲响。

她走到门口，往猫眼里看了眼，随后她便僵住了。

外面竟然是——顾之衍！

正当她犹豫要不要开门时，顾之衍叫了声"姐姐"。

林岚一愣，他怎么知道她住在这儿？

门又被他敲了两下："姐姐。"

林岚把门打开："你怎么来了？"

顾之衍看着她，此时她穿着瑜伽服，身材曲线凹凸有致，他说道："我来借个东西。"

"借什么？"

"抹布。"

"……"

"我刚搬过来，家里需要打扫一下。"

林岚愣了一瞬,不会就是搬她楼上吧?

林岚没说什么,去厨房拿了块干净的抹布给他。

于是接下来,林岚家的门都快要被他敲烂了,一会儿来借个拖把,一会儿来借酱油,一会儿又来借锅。

林岚有些忍无可忍:"要借什么能不能一次性借完?"

顾之衍笑了笑:"不能呢。"

"……"

番外篇·六
林岚 & 顾之衍 2

　　林岚在家休息的这段时间，顾之衍似乎也很闲，天天来她家找她让她帮忙涂药。
　　都好几天了，他伤得这么严重吗？怎么还没好？
　　由于他的伤是救她造成的，林岚觉得有些愧疚，于是也就没拒绝。
　　这天晚上，顾之衍照常来找她涂药，林岚倒了药在手上，然后抓着他的胳膊给他轻轻按揉。
　　也不知道是脑子抽了还是因为今天白天刷到一个营销号发的顾之衍出柜的证据，林岚突然冒出来了一句："你真的喜欢男的吗？"
　　说完，她才反应过来自己说了什么，尴尬地笑了笑，试图解释："那个……我没别的意思，就是八卦一下。"
　　这解释还不如不解释。
　　顾之衍身体侧过来，面对着她，脸凑近，声音有些蛊惑："姐姐要不要试试？"
　　林岚身子往后退："什么？"
　　顾之衍步步逼近，"试试我到底是喜欢男的还是女的。"
　　林岚抬手推开他："不用了，你可以找别人试试。"
　　顾之衍又差点没被噎住，他表现得难道还不够明显吗？
　　他眸色沉了沉，伸手揽住她的腰，林岚整个身子往前，贴到了他的身上。
　　顾之衍盯着她，声线有些哑："你还看不出来吗？"
　　林岚整个身体都是紧绷的，虽然两人拍戏的时候也有亲密戏，甚至比现在更亲密，但是当时只是演戏，她并没有现在如此心跳加速的感觉。

她张了张嘴："你喜欢我吗？"

顾之衍笑了笑，看来她也不笨嘛："是，我喜欢你。"

林岚不是第一次被表白，也猜测到了他可能喜欢自己，但为什么心会跳得这么快？

距离她上一次心跳这么快还是高中时候跟沈知南表白的时候。

她调整了下呼吸，拿出了她作为演员的专业水平，淡定地推开他："不好意思，我不喜欢年纪比我小的。"

顾之衍表情僵住，安静了好几秒，才缓缓说道："你觉得这个理由能彻底拒绝我吗？"

林岚只是想委婉地拒绝他，所以才扯出来这么一个理由。

她想了想："还有，我不想在娱乐圈找对象。"

"我可以退圈。"

林岚顿住，他现在正处在上升期，怎么能说退圈就退圈。

所以他非要她说出那句伤人的话吗？

顾之衍握住她的手，轻声道："林岚，我真的很喜欢你，从大学入学的第一天我就喜欢了。"

林岚惊讶地看着他："你那个时候见过我吗？"

"嗯，你那天作为优秀毕业生在台上讲话。"

林岚想起来了，那天大一新生入学，学校叫她回来发言。

所以他对她一见钟情？

林岚是相信一见钟情的，因为她对沈知南也是一见钟情，不过沈知南已经结婚了，有了个可爱、漂亮的女儿。

而她也早就跟过去说再见了。

顾之衍看着她，继续道："你知道这个电影的男主角为什么会是我吗？"

"为什么？"

"因为剧本是我写的，导演是我找到，电影是我投资的。"

林岚睁大了眼——他还会写剧本？

等等，里面的那三场吻戏和那一场床戏是他故意写的？

林岚瞬间觉得他特别有心机。

不，应该是特别腹黑。

林岚站起身，淡定地说："哦，我知道了，我要休息了，你也早点回去休息吧。"

说完，林岚便进了卧室。

休息了没几天，林岚便开始忙于工作了。

本来是打算多休息几天的，但是楼上住着顾之衍，还喜欢她，关键是她还觉得自己好像对他有点心动。

林岚有些苦恼，于是就让自己忙起来，不要再想这件事，但由于两人在同一个圈，免不了碰面。

在一次圈内好友的聚会上，林岚又碰到了顾之衍。

因为林岚工作结束得晚，等她到的时候只剩下顾之衍旁边有一个空位了。

她没办法，又不好跟人换座位，只能坐在了他的旁边。

刚落座，顾之衍就替她倒了杯水，然后侧着头，单手撑着下颚线看着她："姐姐，好久不见啊。"

林岚扯唇笑了笑："好久不见。"

——明明才几天没见。

坐在顾之衍另一边的女生看了看两人，撇撇嘴，夹着嗓子道："之衍哥，能帮我也倒一杯吗？"

顾之衍瞥她一眼，没有动。

顾之衍其实长得比较奶，皮肤很白，眼睛是双眼皮，鼻子高挺，脸部线条流畅，看起来跟只小奶狗一样。

但是他的性格却一点都不奶，特别拽，脾气还很臭。

女生是知道她脾气的，所以便闭上了嘴，没再说话。

林岚也没作声，拿起桌上的水杯喝了一口。

吃完饭准备回家，顾之衍又跟在她后面："姐姐，顺路捎我一趟啊。"

林岚回头看他："你车呢？"

"我打车过来的。"

又是这个借口，林岚淡淡笑了下："那你再打车回去吧。"

"……"

当然顾之衍最后还是没皮没脸地上了林岚的车。

到了家，顾之衍又跟着她在她家那层楼出了电梯，林岚实在忍无可忍：

"你不回家跟着我做什么？"

顾之衍勾唇："想让你帮我搽药。"

搽药？这都多少天了，那点小伤还没好？

林岚："这么多天了，你的伤应该好了吧。"

顾之衍一副漫不经心的模样："没有呢。"

林岚才不会信他，没再理他直接往家走。

顾之衍跟在她后面，林岚走到门口，脚步定住，转过身看着他："顾之衍，你到底想干吗？"

顾之衍往前，一步一步靠近她，直到将她逼靠在门上："姐姐，你考虑下我呗。"

林岚抬手推他，但没推动，双手抵在两人中间："不考虑。"

顾之衍垂头盯着她，气息一点点喷洒在她的脸上，语气像是在撒娇："考虑下嘛。"

林岚垂着眼没看他，却能清晰感受到他此时炙热的眼神，她支支吾吾道："我考虑下……我要不要考虑。"

顾之衍顿了下："姐姐怎么还跟我玩文字游戏呢？"

"……"

顾之衍笑了笑，身体挪开："行，那你要考虑多久？"

林岚随便说了个时间："一个月吧。"

顾之衍安静了几秒："行。"

自从林岚答应会考虑后，顾之衍没再像以前那样给她发信息，只是偶尔会发一两条。

两人已经有半个月没见了，林岚莫名觉得有些空落落的。

电影《温柔陷阱》上映那天，顾之衍给林岚发了微信，想约她一起看这部两人合作的电影。

林岚有个习惯，每次拍完电影或者电视剧都会自己再仔细看一遍，看看自己有什么地方还需要改进的。

反正这天也没什么事，于是便答应了他。

但由于两人是公众人物，怕给电影院造成麻烦，顾之衍便包了个场。

进了影厅，电影已经快开始了，但里面一个人都没有，林岚疑惑地问道：

"你包场了？"

顾之衍："嗯。"

林岚没再说什么。

因为包场，偌大的影厅里就他们两个人，位置也是随便坐。

林岚不太想和他挨着坐，于是便坐到了离他有点远的后排。

顾之衍看了看她，起身走到她旁边坐下，林岚又起身与他隔了一个位置，顾之衍又跟了过去。

重复几次，林岚放弃了挣扎。

这时电影已经开始了，这部电影讲的是姐弟恋，女主大男主四岁，男主从大学时候起就暗恋女主。为了和她在一起，毕业后的男主来到了她的身边，步步逼近她，让她也喜欢上他，然后再狠狠占有她。

里面有三场吻戏和一场床戏。

剧情到了第一场吻戏时，林岚莫名地别开了视线。

当时拍的时候没什么感觉，现在再看怎么心跳得这么快。

顾之衍侧头看着她，嘴角上扬着，像在回忆当时吻她的感觉。

这三场吻戏倒也不是太激烈，最后一场床戏才是最致命的。

电影里正是两人感情爆发的时候，吻也格外激烈。

这是林岚自出道以来拍的尺度最大的一部电影。

林岚看着大屏幕中两人的激情吻戏，红了脸，视线移开大屏幕，侧头正好撞上了顾之衍幽深的眼睛。

她身体一僵，顾之衍慢慢靠近。

两人的气息渐渐交缠在一起，顾之衍低头，盯着她的红艳的嘴唇。

下一秒，他滚烫的唇贴了上来。

林岚睁大了眼，一时间忘记了拒绝。

顾之衍用手扣住她的后脑勺，闭上眼睛，用力吮了下她的唇。

感受到嘴唇上传来的触感，林岚瞬间反应过来，抬起手想推开他，却被顾之衍抓住，牢牢地禁锢在胸前。

林岚"唔"了两声，渐渐地没了反抗。

好像……也不想反抗。

回到家，林岚的脸还是红的。

她不敢相信，她竟然被他"色诱"了！

林岚站在玄关处，不自觉地摸了摸自己有些发肿的嘴唇。

顾之衍站在门外，敲了敲门："姐姐，你开门呀，我有话想问你。"

林岚此时不太想看见他，但是又不得不承认，她好像也有点喜欢他。

想了想，她打开门："你要问什么？"

顾之衍走上前，视线定在被他亲得红肿的唇上："就想问问你考虑得怎么样了？"

林岚没说话，像在思考。

正当她想说话，顾之衍又立刻捂住了她的嘴："刚刚你吻我了，你应该不是不负责任的人，对吧？"

林岚惊了——刚刚到底谁吻谁？！

顾之衍继续道："我不管，你就得对我负责。"

见他这一副像在撒娇的模样，她突然心里一颤。

她原本是想说她会考虑和他在一起，但是她明白自己就是喜欢上他了，好像也没必要纠结考不考虑了。

她拉开他的手，盯着他的漆黑的眼眸："我不想考虑了。"

顾之衍身体僵住，下一刻，他听到林岚一字一句道："顾之衍，我喜欢你。"

话落，顾之衍低头吻住了她的唇。

番外篇·七
幸福多一点

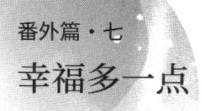

新年前夕，周北生组织了一次高中同学聚会。

人差不多还是之前的那些人，不过却多了一个男生和两个女生。

饭桌上，沈知南还是和以前一样，话少，但是偶尔也会跟着大家笑一下。

苏念意和叶语姝性格比较开朗外向，很快就和大家熟络起来了。

顾之衍坐在林岚的旁边，没怎么说话，但心情看上去很放松。

和林岚在一起后不久，顾之衍就直接发了条微博官宣恋情，半年后便结了婚。

现在全国人民都知道国民女神是他顾之衍的了。

而叶语姝和周北生，也早在苏念意和沈知南结婚后不久就结了婚，还有了一个帅气的儿子。

"唉，你们都有孩子了，就我连女朋友都还没找到。"其中一个男人看着这成双成对的，感叹道。

周北生看着他："你也老大不小了，是该成家了。"

"唉，别提了，感觉就是遇不到喜欢的人，我又不愿意将就。"

沈知南喝了口水，一本正经地说："嗯，那确实挺难的。"

苏念意觉得他简直是低情商发言，她在桌下轻捏了下他的大腿，用眼神示意他别再给人家火上浇油了。

沈知南的意思其实是能遇到喜欢的人确实挺难的，但苏念意都给他使眼神了，他只能乖乖地闭上嘴不再说话。

苏念意干笑了声，看着那个男同学，安慰道："是不该将就，但总会遇到的。"

像被安慰到,男人点点头:"对,我也这么觉得。"

菜全部上齐,大家边吃边聊。

叶语姝把嘴里的饭吞下去,看向苏念意:"对了念念,你怎么没把小倾意带过来?"

"我妈想她,把她接到她们那边去了。你家那个小皮蛋呢?"

叶语姝叹了口气:"别说了,天天在家皮得不行,现在被他奶奶监督着写寒假作业呢。"

说到这个小皮蛋叶语姝就头疼,小小年纪就在学校学人家打架,不过成绩倒是很好,这方面从来不会让她担心。

"你也别总凶他,男孩子是会皮一点的。"

"不对他凶点他能翻天。"

这边还在聊孩子,另一边,顾之衍给林岚盛了碗汤:"喝点清淡点的热汤。"

"嗯。"

林岚最近胃口不太好,她喝了几小口汤,吃了点青菜便没了食欲,很快她感觉到胃里一阵翻涌,林岚捂住嘴快速去了包厢里自带的洗手间。

顾之衍也立刻站起身跟了过去。

见状,苏念意看着洗手间的方向,跟一旁的叶语姝说道:"她不会是怀孕了吧?"

叶语姝怀孕期间孕吐也很严重,吃饭没什么胃口,所以她也怀疑林岚应该是怀孕了。

等林岚出来,苏念意关心地说道:"你还好吗?"

林岚笑了笑:"没事。"

叶语姝问道:"岚姐,你是不是怀孕了?"

林岚愣了下,不会吧?她和顾之衍每次都做了措施啊,不应该怀孕啊。

不过她这个月的例假好像确实推迟好些天了。

顾之衍也蒙了,很快,他握住林岚的手:"我们现在去医院。"

林岚:"啊?"

顾之衍拿起她的外套替她披上,然后牵着她站起身:"不好意思,失陪了。"

苏念意笑了笑:"没事,快去吧。"

林岚和顾之衍走后，苏念意他们吃完饭便各自回家了。

因为吃饭的地方离景和北苑不远，苏念意和沈知南是走路回去的。

沈知南牵着苏念意的手放进自己的口袋里，两人不紧不慢地走着。

天空突然飘起了雪，这是今年宁城下的第一场雪。

苏念意抬起手，小小的雪花落在她温热的掌心，瞬间就化掉。

她从围巾里仰起脸，侧头看着身侧的人："沈知南，下雪了。"

"嗯。"

苏念意突然有些感慨："时间过得好快啊，又快要到新年了。"

沈知南握紧她的手，眼里含着缱绻的笑意。

"嗯，但我希望它能过得慢一点。"

——这样，我们就能多幸福一点。

——全文完——

后记
多肉芒芒的碎碎念

　　大家好呀！我是多肉芒芒。

　　看过我前两本书的人应该都知道，书的最后，都会有一段我的碎碎念，当然这本书也不例外。

　　这是我写的第三本书，前两本书的灵感来源都是我现实生活中的一些经历。

　　但是这本不是。

　　不知道大家是不是也跟我一样，在睡觉之前，喜欢天马行空地在脑子里想出一部以自己作为女主角的偶像剧，然后想着想着，就睡着了。

　　我经常会这样，所以，这部作品就是我在睡前怀揣着少女心胡思乱想出来的。

　　或许这个世界上并没有像沈知南这样的男人，但会有很多个像苏念意这样勇敢追爱的女孩。

　　在现实生活中，她们远没有她那么幸运。

　　所以我是想着多虐一下沈知南的，在沈知南第一次告白时，我原本是想让女主拒绝他，让他追她一段时间，但是莫名的，我又让女主答应了他的告白。

　　好像这样的沈知南，我也没办法让她拒绝。

　　不知道大家有没有发现，男二江屿在文中并没有出现过几次，在后期基本没有他的身影，因为我觉得他没有出现的必要了。

　　我并不想制造什么误会，然后让男女主吵架。

　　这完全没有必要。

　　而关于林岚，现实中有很多像她这样喜欢一个人很多年却爱而不得的人，这一部分人，在这个浮躁喧嚣的世界里，其实是很珍贵的。

所以我让她遇到了同样喜欢了她很多年的顾之衍，两个珍贵的人在一起，他们会有自己的小孩，会有个温馨的家庭，也会和沈知南和苏念意一样，一直幸福下去。

还有叶语姝和周北生，有人给我留言说想看他们俩的番外。

其实他们俩的恋爱模式，更像是现实生活中大部分情侣的恋爱模式，会经常吵架，会分分合合，到最后，还是会结婚生子，一起度过这平凡的一生。

在现实生活中我们已经见过太多了，所以我一直没打算细写。

但叶语姝和周北生婚后的生活，尽管也会吵架，但他们彼此相爱，也同样会一直幸福下去。

因为这本书里，女主对男主是一见钟情、"见色起意"，也觉得男主是因为女主长得漂亮才会喜欢上她，所以大家都会觉得，被爱的前提是漂亮。

但其实并不是这样的，漂亮只是一部分，女主可爱活泼的性格占了绝大部分。

每个人都是独一无二的，都有自己的独特的闪光点，有的人的闪光点是漂亮，但有的人是性格或者她擅长的某一项特长，等等。

如果这个人既漂亮性格又好，还有很多特长，那她确实很完美。

但这个世界上，总有人会更好，所以，我们努力做自己就好。

总有一天，会有人发现你独特的闪光点，然后去爱你。

可能我的文笔还有些稚嫩，没办法表达得更好更多，但我会继续努力，写出更好的作品。

至此，很感谢大家喜欢和支持我的作品，也希望大家能早日遇到属于自己的"沈知南"，并祝愿所有的消防战士每次出征都能平安归来！

多肉芒芒

2022 年 5 月 6 日

图书在版编目（CIP）数据

千万次心跳 / 多肉芒芒著. -- 北京：国文出版社，2024. -- ISBN 978-7-5125-1753-0

Ⅰ.I247.5

中国国家版本馆CIP数据核字第2024DS4625号

千万次心跳

作　　者	多肉芒芒
责任编辑	侯娟雅
策划编辑	夜　森　秋　巷　伊西斯
装帧设计	羊羊得意设计工作室	QQ247451228
出版发行	国文出版社
经　　销	全国新华书店
印　　刷	三河嘉科万达印刷有限公司
开　　本	880毫米×1230毫米　1/32
字　　数	332千字
印　　张	9.5
版　　次	2025年3月第1版
	2025年3月第1次印刷
书　　号	ISBN 978-7-5125-1753-0
定　　价	45.00元

国文出版社
北京市朝阳区东土城路乙9号　　邮编：100013
总编室：（010）64270995　　传真：（010）64270995
销售热线：（010）64271187
传真：（010）64271187-800
E-mail: icpc@95777.sina.net